線量計と奥の細道

ドリアン助川

集英社文庫

目次

線量計と奥の細道

忘れてしまうこと――まえがきにかえて

忘却と記憶。その分岐点はどこにあるのだろう。

昔のことだから思い出せないよ、という言い方はある。過ぎ去った時間の長さに比例して、忘却のふたの厚みは増していくとされている。でも、どうだろう。記憶は、時間経過というわかりやすい物差しだけでその濃淡を変えていくものなのだろうか。もし本当にそうなら、私たちは幼かった頃のことなどなにも覚えておらず、昨今のできごとばかりを人生のすべてと感じるはずだ。

幼い頃に見聞きしたことを、私はよく覚えている方だと思う。虫を採りに分け入った森のきらめき、鳥たちのざわめき、揺れる木漏れ日、並んで歩いた友人たちの笑い声、盗んだ柿の渋さ。ひとつずつはとるにたらないことであっても、当時の風景や音や匂いの断片は、鮮明なまま寄り集まって、まだこの世界の端にかかる彩雲をつくっている。一方で、近くに体験したはずなのに、忘れてしまうできごとのなんと多いことか。深夜のバーでだれかと笑いあった理由。ひと月前に読んだ本の内容。おとといの昼なにを食べたのか。そうしたことが、私の頭からはすっかり抜け落ちている。

歳月に関係なく残っている記憶は、悦《よろこ》びにしろ哀《かな》しみにしろ、命が震えた瞬間のできごとが多いのではないか。胸が深いところで閉じたり開いたりしたからこそ、経験は時を越えて記憶となる。

たとえば、初めての行為がそれだ。初めて食べたピザの味。初めて釣った魚の模様。初めての外国で見かけた変な果物。もちろん、初めての口づけ。その他にも初めてのことなら、まあ、たいていは記憶の引き出しに入っているものだ。なにごとであれ、初めての体験は心を揺さぶる。揺さぶられたから覚えている。しかし、この図式で記憶を語るのも、場合によっては難しくなる。

私たちは、二〇一一年三月十一日に発生した大地震と大津波により、自然がもたらす破壊力を思い知った。なんという数の命が失われたことか。犠牲者の恐怖や無念を思い、また嗚咽《おえつ》する遺族を前にして、ただ立ち尽くすしかなかった。そして福島での原発事故により、森や川が、町や集落が、海や空が透明なまま汚れ、失われていく場面にも立ち合った。足もとから地面が崩れていくような不安。そのなかで天を仰いでいた。

あの三月の記憶。

あれほど胸を締めつけられたのだから、一連の日々を忘却するはずがない。個々の脳裏に長く強く残っていく。私はそう思っていた。

スーパー防潮堤の建設が始まったのはその延長線上だ。巨大ダムにも似たコンクリートの壁が福島や宮城の海岸沿いにそびえ立ち、人々の視界から水平線を奪おうとしている。海が見えなくなる方がよほど怖いという住人の声を押さえこんででもこの土木工事を進めているのは、その理由のひとつをあげるなら、町を飲みこんだ大津波の恐怖が、記憶としてまだそこにあるからだ。

ところが不思議なことに、原発は再稼働してしまった。政府は今後も可能な限りこの方向で電力行政を進めていくらしい。被災時の政権下で一度は決定した「脱原発」の国是はものの見ごとに粉砕され、なきものとなった。まるですべての問題が解決し、原発事故が起きる前の福島がそのまま戻ってきたかのように。

いったいこれはどうしたことか。津波は記憶として残り、スーパー防潮堤建設の揺るがない根拠となっている。その一方で、なぜ原発事故は忘却のベールにくるまれようとしているのか。

復興は進んでいるというが、放射性物質に汚染された強制避難地域がなくなったわけではない。家に戻れず、いまだに仮設住宅で暮らすたくさんの人々がいる。汚染土の最終処分場はおろか、その処理方法すら確定していない。猛毒の土はドラム缶サイズのフレコンバッグに入れられ、黒い群れとなって被災地の海辺を占領するばかりだ。

私の目と記憶がおかしくないなら、原発事故がもたらした深刻な事態はいまだ解決にはほど遠い。福島県では複数の子供たちが甲状腺がんに苛《さいな》まれている。原発事故とは因果関係が認められない、いや、大いにあり得ると学者たちの意見は二つに割れている。疑いがあるなら調査は続けるべきだ。低線量被曝《ひばく》がもたらす人体への影響は、今後数十年にわたって精査が必要な国家的課題ではないだろうか。

そのような状況のなかで、どういうわけか忘却が起きた。福島の一部の地域は人々の意識から消え、耕せない畑は荒れ地のままに放られ、仮設暮らしの人々はオリンピックへ向かう景気の陰で見えにくい存在になりつつある。爆発した炉心にヘリコプターで海水をかけていたあの恐ろしいシーンはインターネットで観《み》られる動画のひとつでしかなくなり、今や原発は次々に再稼働されようとしている。

なんだろう、これ。いやだなあ、と私は思う。人として、生理的に思う。議論や検証が尽くされたとはとても思えない。そこにあるのは、恣意的な忘却ではないのか。忘れること、忘れさせることは、利権にからむ太っちょたちの金のスコップに転じているようにさえ思える。

震災の翌年、二〇一二年八月から十一月にかけ、私は放射線量計を携え、松尾芭蕉《まつおばしょう》の『奥の細道』の全行程約二千キロを旅した。折り畳み自転車で行けるところまで行き、あとは列車を利用したり、車やトラックにも同乗させてもらった。

この旅のきっかけは、一冊の参考書をしたためようとしたことだった。

高校時代、私は古文で苦労した。まっとうに勉強をしたのにできなかったという意味ではない。当時理系だった私は、現代では使わない言葉を覚えていくことに意味を感じられなかったのだ。だから、授業や試験がひたすら苦痛だった。

これは教える側にも一因があった。竹の指示棒で教卓を叩《たた》きながら、「活用してみろ!」と怒鳴りまくる教師。彼は古典作品になにが書かれているかではなく、文法の枝葉末節のみに異様なばかりの情熱を注いだ。その結果、古文の「こ」の字を聞いただけで下を向いてしまう一人の高校生ができあがってしまった。

だが、もちろん、下を向きっぱなしではいけない。仮にもこの四半世紀ほどは、言葉をひねったり、くっつけたりして生きている身だ。長い間にわたり読み継がれてきた作品には秘められた宝の輝きがあるはずで、それを知らずに今回の人生を終えるのはあまりにもったいないと考えるようになった。私は高校生用の参考書を買い求め、古語辞典を横に置いて日記文学や浄瑠璃ものなどを読むようになった。「活用してみろ!」と怒鳴られず、自由にページを行き来できる勉強時間は実に楽しい。なにが書かれているのか、いにしえの人はどう生きようとしたのか、文芸としての内容のみに注目したのだ。

ちょうどその頃、高校生の娘が学期末の通知表を見せてくれた。勉強熱心な子ではあったが、当然のことながら成績はでこぼこしている。なかでもひとつ、本人自ら苦手だと認める科目があった。親子の血は争えず、古文だった。

聞けば、娘は古文に興味を感じられないのだという。わかるわかる。しかも私が高校生だった頃と変わらず、授業は助動詞の活用だの係り結びだの、やはり細かいことが多いらしい。

次いで娘はこうも語った。

あのね、みんなも苦労しているみたいだよ。

半分は言い訳なのだろうが、半分は本当なのだろう。大学受験のための勉強だから細かいことも覚えなければいけない。だから、なおさら面白くない。この時代もなお、大半の高校生たちは古典文学の幹には触れられず、枝葉《えだは》の知識を身につけよと迫られ、目を白黒させているのではないか？

もちろん、今の私にはわかる。文法や古語の知識があってこその読解なのだ。それは間違いない。ニュアンスあっての文芸なのだから、細かな部分をおろそかにしていいという話ではない。だが、順番が違うのではないか。これから古典を勉強しようという子供たちには、まずは興味を持ってもらうことが一番だ。已然形《いぜんけい》がどうのこうのという地点でつまずかせてしまうのではなく、そこになにが書かれているのか、当時の人間の喜びや哀しみはなんだったのか、物語のダイナミズムを理解してもらうことだ。山の登り道を地図で知ることも大事だが、その前に山を眺め、美しさを知り、好きになってもらった上で登ることの方がよほど本質的な行為なのだと私は考える。

そこで閃《ひらめ》いた。『源氏物語』などは現代語訳で読む人の方が圧倒的に多いのだから、高校生の課題になりそうな代表的な古典作品は、私がどんどんわかりやすく訳していけばいいのではないか。厚い本でなくてもいい。古文の入門書として使ってもらえれば、彼らも助かるし、私も助かるのだ。『昆虫記』のジャン゠アンリ・ファーブルは、貧困に苛まれながらも総計五十冊以上の参考書を出し、その印税で家族を支えた時代がある。パフォーマーとしても作家としても景気のいい話から遠ざかっていた私は、ファーブルを真似《まね》てこれからを乗り切ろうと考えたのだ。

では、記念すべき一冊目はなにがいいのか。受験用ということであれば、よく出題される『大鏡』あたりから始めるべきなのかとも思ったが、どうも荷が重い。文章量が多くなく、だれもが楽しめる内容で、古語のしめる割合がすくない近世の作品が向いているように思えた。

となれば、『奥の細道』を選ぶまで大した時間はかからなかった。ドナルド・キーン博士による英訳を読んだあとでもあったので、口語訳しやすいシンプルなイメージも湧いていた。空いた時間を利用しつつ、私はさっそくとりかかった。そして二週間もかからずに初稿を仕上げた。

進行としては予定より早かった。ところが、困ったことが起きてしまった。原稿を書き進めるにつれ、これはお前の仕事ではないだろうと、芭蕉本人から叱咤《しった》されているような気分になってきたのだ。

かつて私は、「叫ぶ詩人の会」という演劇的なバンドを組んでライブをしていた時代がある。語りや歌の内容は旅先で体験したことからの個的な、内側の葛藤を訴えたものが多かった。東西冷戦構造に大転換を呼びこんだ東欧革命。地雷原を歩むことになったカンボジア。生命について思いを馳《は》せたインドやガラパゴス諸島。そうした場所で出会った人々の表情や言葉から、人間を考え、人間を叫び、人間を歌おうとしたのだ。文字をつづる前に、私はまず旅人であった。

それなのに、『奥の細道』の現代語訳にとりかかったこの中年男は、仕事場から出ることもなく、資料を横に並べるだけの机上作業者となった。自分の原則に照らすなら、私は身を落としたのだ。我が国を代表する紀行文を前にして、その道を歩いたこともない人間がなにやら代用品をつくろうとしている。こんな非本質的な行為があるだろうか。いや、こんな怠慢が許されるだろうか。

いったいなにをやっているのか？　お前は旅人ではなかったのか？

彼方《かなた》からの諫《いさ》める言葉は毎日繰り返し聞こえてきた。加えてもうひとつあった。元禄《げんろく》二（一六八九）年に芭蕉と曾良《そら》が歩いたこの行程は、都県名でいうなら、東京、埼玉、茨城、栃木、福島、宮城、岩手、山形、秋田、新潟、富山、石川、福井、滋賀、岐阜をはるばる辿《たど》る旅になる。このルートには、津波の被害だけではなく、放射性物質によって汚染された広大な地域が含まれている。太平洋側だけではなく日本海側にも原発を抜きには語れない二県があり、芭蕉が歩いた道はそこを貫いていた。

つまり、今この時代に奥の細道を辿るのは、江戸期の俳諧紀行に思いを馳せる旅であるとともに、私たちが抱えている問題に正面から向かい合う体験的、思考的行為であるとも言えるのではないか。

そこまでわかっているなら踏みだすしかない。

私はやはり、旅立つことにした。

旅のやり方はこうだ。

月に一週間ほどを奥の細道の旅に費やす。だいたいそうすると仕事の都合で東京に帰らなければならなくなる。そこで自転車を折り畳み、肩にかつぎ、列車で戻ってくる。翌月はまた自転車をかつぎ、列車の人になる。前回の旅で進めた地点まで運んでもらい、そこから再びペダルを漕《こ》ぐのだ。言わば、継いでつないでいく新しい奥の細道だ。

二〇一二年八月にこの旅を始めたとき、あまりの暑さに熱射病で倒れるのではないかと思った。どれだけ水を飲んでもすぐに汗となって出てしまう。ところが十月に登頂した月山《がっさん》山頂ではすでに氷が張っていた。十一月に旅を終える頃には、北陸の山々はうっすらと雪化粧をしていた。

五十歳という年齢にしては、敢闘精神にあふれた旅だったと思う。だが、正直なことを言えば、それ以上に逡巡《しゅんじゅん》や葛藤を抱える道行きとなった。旅費を稼ぐため、週刊誌の連載もやらせてもらった。太平洋側の旅のみを四回に分け、コンパクトな記事にして週刊朝日に届けたのだ。また、気が向いたときにSNSや自分のサイトで発信もした。

実はその際にも胸のなかには相反する二つの声があった。この旅で見聞きしたことは、現代語訳の『奥の細道』のための見えない礎とすればよいのではないか。記事として、あるいは単行本として公表することは避けるべきではないか。

なぜなら、汚染された地にあっても、人々はその負のイメージを乗り越えて生きていこうとしていたからだ。測った線量値を露骨に発表することは、その地で商売をしたり、懸命に生きようとしている人にとってプラスにはならない。

しかし、逆の考え方もある。汚染の被害を訴えることができず、半ば泣き寝入り状態になってしまった人々がいる。その声を拾いあげて書くことは、再び原発大国に戻ろうとしている今、意味も意義もある行為ではないだろうか。

いったい、私はどこに向かってこの旅を続けるべきなのだろうか。迷いをつづる日記となった。ただ、それが等身大の私だったのだ。そのまま読んでいただければよいと思う。

いずれにしろ、私は自転車行による震災翌年の新しい奥の細道を、ここに公開することにした。忘却があってはならない、特に権力による恣意的な忘却に巻きこまれてはいけないと覚悟を決めたからだ。

この旅の前半は主に人と出会い、目を開く日々となった。後半は人に会うことが一気にすくなくなり、自身の内側でつぶやいたり、煩悶《はんもん》する時間が続いた。なお、出会った人は実名で紹介している場合もあるが、それを望まれない方は仮名での登場となる。カタカナ表記のお名前はすべて仮名である。

では、震災から一年半後のこの長い旅に向け、ともにペダルを漕ぎだしていただければと思う。

秋田
10.11 象潟
蚶満寺
鳥海山
酒田
最上川
秋田
岩手
北上川
中尊寺
平泉
9.12 ② 帰京
10.8
新庄
封人の家
尿前の関
10.8 ③ 東京から
鶴岡
10.12
羽黒山
10.10
堺田
鳴子温泉
鼠の関
湯殿山
月山
10.9
立石寺
宮城
おくのほそ道
石巻 9.11
松島
多賀城 9.10
仙台
岩沼 9.9
武隈の松
阿武隈川
山形
10.13 ③ 帰京
濃川
角田
飯坂温泉
〈飯塚〉
9.8
新潟 11.5
9.7 福島
文知摺観音
二本松
黒塚
新潟
福島
長岡
9.6 郡山
安積山公園
須賀川
9.6 ② 東京から
かげ沼
鏡石
福島第一原子力発電所
11.5 ④ 東京から
白河めぐみ学園
白河
8.18 ① 帰京
殺生石
那須
8.16/17
白河の関跡
芦野
雲巌寺
日光
東照宮
栃木
茨城
馬
宇都宮 8.15
室の八島
埼玉
春日部 8.14
〈粕壁〉
草加
利根川
東京
調布
採茶庵
深川
8.14 ① 出発
神奈川
千葉

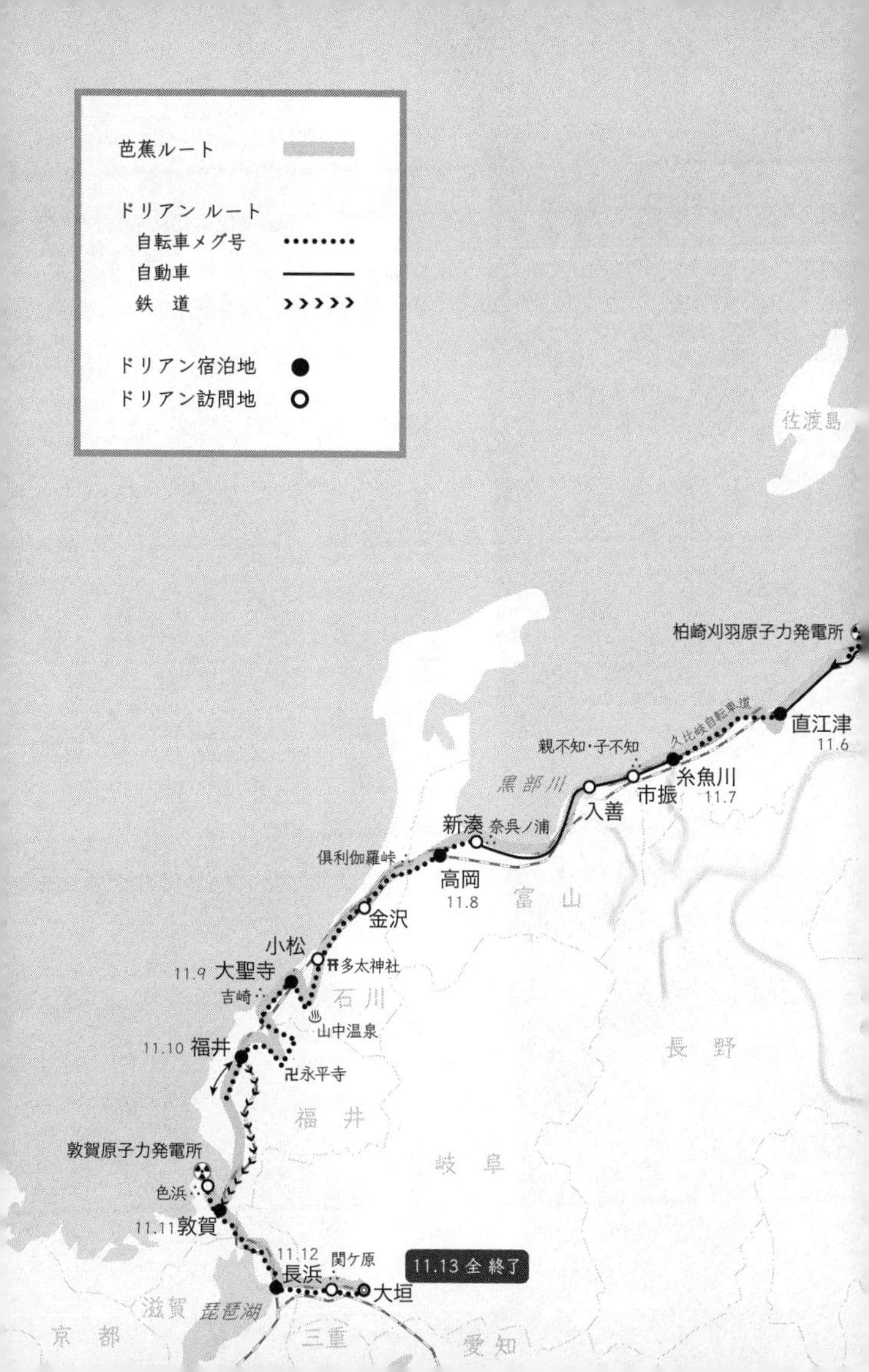

芭蕉ルート
ドリアン ルート
自転車メグ号
自動車
鉄　道
ドリアン宿泊地
ドリアン訪問地
佐渡島
柏崎刈羽原子力発電所
直江津
11.6
久比岐自転車道
親不知・子不知
糸魚川
11.7
市振
入善
黒部川
新湊
奈呉ノ浦
倶利伽羅峠
高岡
11.8
富　山
金沢
小松
多太神社
11.9 大聖寺
吉崎
石　川
山中温泉
長　野
11.10 福井
永平寺
福　井
敦賀原子力発電所
岐　阜
色浜
11.11 敦賀
11.12
関ケ原
11.13 全終了
長浜
大垣
滋賀
琵琶湖
京　都
三重
愛知

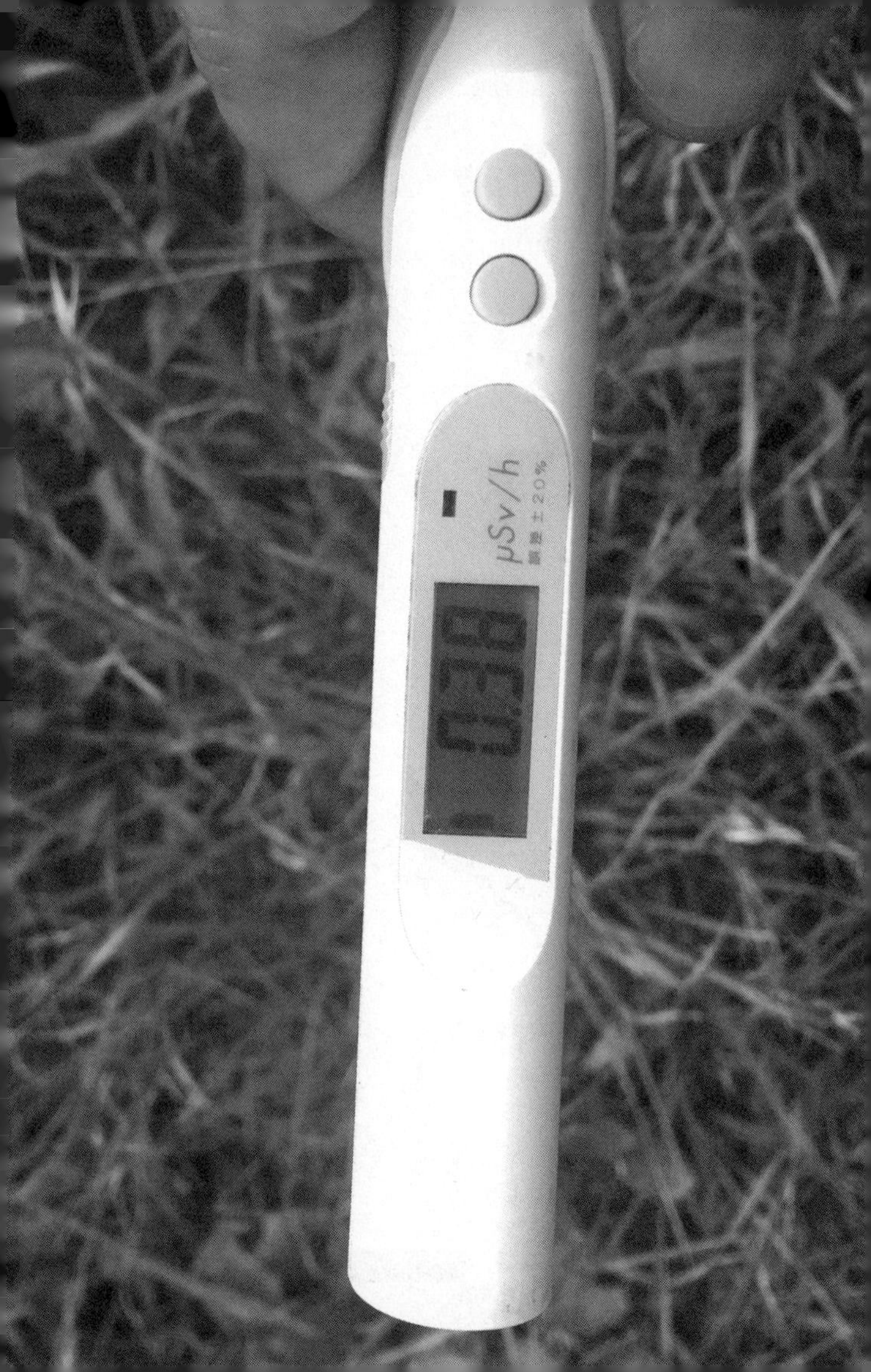
μSv/h

一　深川〜白河

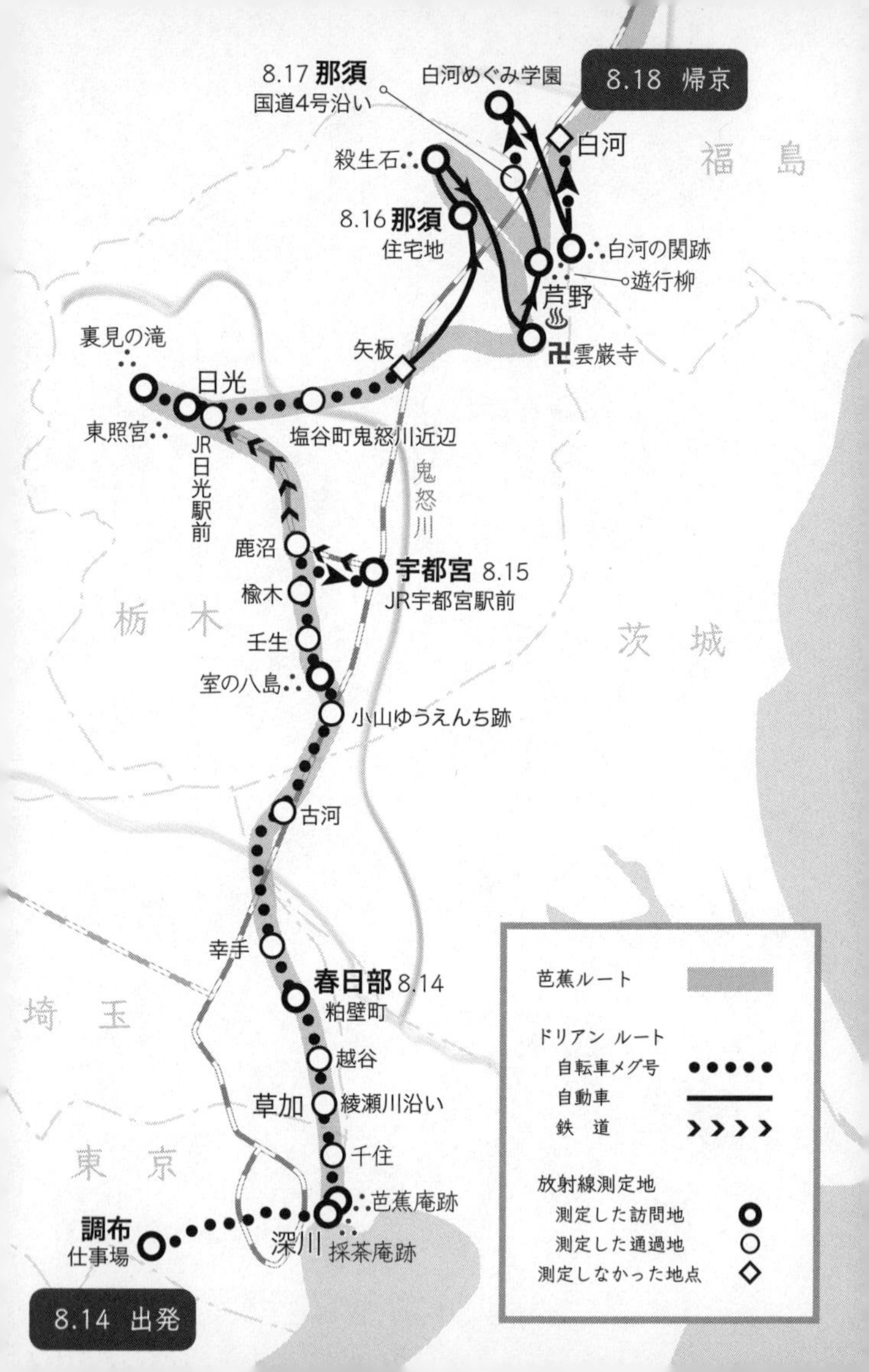
8.18 帰京
8.17 那須
国道4号沿い
白河めぐみ学園
白河
福島
殺生石
8.16 那須
住宅地
白河の関跡
遊行柳
芦野
雲巌寺
矢板
裏見の滝
日光
東照宮
JR日光駅前
塩谷町鬼怒川近辺
鬼怒川
鹿沼
宇都宮 8.15
JR宇都宮駅前
楡木
栃木
壬生
茨城
室の八島
小山ゆうえんち跡
古河
幸手
春日部 8.14
粕壁町
埼玉
越谷
草加
綾瀬川沿い
東京
千住
芭蕉庵跡
調布
仕事場
深川
採茶庵跡
8.14 出発
芭蕉ルート
ドリアン ルート
自転車メグ号
自動車
鉄道
放射線測定地
測定した訪問地
測定した通過地
測定しなかった地点

八月十四日（火曜日）

旅立ちのときを迎えた。昇る太陽を正面に見すえ、年齢を忘れた眼差《まなざ》しでペダルを漕《こ》ぐのだ。早朝の爽やかな風を分け、みちのくに向かってひた走る……と、昨日までは夢想していたのだが、午前九時を過ぎても、私はまだ仕事場のマットレスの上でくすぶっていた。窓ガラスの向こうで雨に叩《たた》かれているのは、生えほうだいの草花だ。本降りだった。昨夜は出発の準備を整えたあと、近所の居酒屋で一杯やった。すると降りだした。ネットの予報を見ると、昼近くまで雨のマークだった。旅の始まりからずぶ濡《ぬ》れになる気もせず、それでは仕方ないなあと、一杯が二杯になり、三杯になり、ついつい深酒をしてしまった。

頭が重い。必要以上に重い。

それでも、今日出発する。主に脚力に頼る旅だ。全行程約二千キロ。自転車で長距離を旅するのは初めてのことだ。原発事故の影響を受けた皆さんの声を聞きたいと思っている。半世紀生きてきた自身に課す新たな修行の場になりそうだ。頭に白いものが混じりだしていても、駆けていく道とやってくる日は常に新しい。ならばまだ間に合う。震災から一年半。今の日本がどうなっているのか、この日と耳と足で確かめる旅をするのだ。そして自身もまた、生きることについて考える日々にしようと思う。

旅のために買った自転車は、米国ダホン社の普及タイプだ。日本製の折り畳み自転車は体重制限のあるものが多く、大柄な私には向いていない。もっとも、ダホン社のこの自転車も遠乗り用ではないのだとサイクルショップのお兄さんに説明された。たしかにツーリング用に比べればコンパクトだ。重量は十二キロほどで、いわゆるママチャリの形をしている。勘の鋭い人だったのか、お兄さんは「どこまで行くつもりですか」と心配げな顔で聞いてきた。こちらも気をつかい本当のことを言えなくなり、「埼玉とか、あるいはもっと遠くかも」といい加減な答え方をした。すると彼は、うーん、と唸《うな》りながら無言の人になり、あとはただお金を受け取るだけの人になった。

私はこれからこの小さな自転車にまたがり、松尾芭蕉と河合《かわい》曾良が歩いた道を辿《たど》っていく。二人が行脚した地には、日本のこれまでが風景としてあり、日本のこれからが急坂として続いている。自転車のハンドル中央部に付けたバッグには空間線量計やカメラが入っている。芭蕉が俳句を詠んだ地で私も立ち止まり、それぞれの放射線量を測っていくつもりだ。

雨が上がるのを待ち、正午過ぎにリュックを背負う。ためしに我が仕事場はどれくらいの線量なのだろうと思い、ドアの前の草地で測ってみた。高さ一メートルの位置に線量計を構え、三十秒計測ののちに平均値が出るのを待つ。放射性物質から飛んでくるガンマ線はランダムだ。かたよりがある。なるほど結果にはばらつきが出る。0・07、0・14、0・10と表示が出て、平均で毎時0・10マイクロシーベルトになる。

原発事故が起こらずとも、私たちは自然界の放射線に常にさらされている。降り注ぐ宇宙線や、地殻（大地）からの放射線などだ。食べ物にもごく微量の放射性物質は含まれているので、内部被曝《ひばく》もしている。この自然放射線による被曝は、地球全体の平均で一人あたり毎年2・4ミリシーベルトになるらしい。

日本の平均値はもうすこし低くて、外部被曝が0・63ミリシーベルト、内部被曝が1・47ミリシーベルト、合わせて毎年2・1ミリシーベルト程度だとされている。問題は、原発事故によってここにどのくらいの放射線が加わったかだ。

日本政府が定めた一般公衆の線量限度は年間1ミリシーベルト。これは自然放射線量を除く、人工的に新たに加わる放射線量の限度数値だ。ただし、1ミリシーベルトを越えるとやばいですよ、人体に影響を与えますよ、ということではないらしい。レントゲン検査やCTスキャンなどの医療被曝を抑えるために設けられた目標数値であって、危険かどうかを示す基準値ではないというのが厚生労働省の説明だ。

では、どれくらいの人工放射線量が加わると、私たちの体に異変の可能性が生じるのか。これが、よくわからない。手元にある資料や信頼できそうなサイトを覗《のぞ》いてみても、低線量被曝についての確定的なことは書かれていない。まず基本として、原発事故によって降り注いだセシウムやヨウ素などからの人工放射線を自然放射線と同質にとらえていいものなのか。あるいは、警告を発する学者がいるように、まったく別のものと考えるべきなのか。そのあたりのことですら、私のような初学者には茫漠《ぼうばく》として見えてこない。

正確な統計が科学の基礎となるなら、放射線がもたらす人体への影響について、私たちはまだ共通の土台すら手に入れてないのではないか。そんな気さえしてくる。広島と長崎は戦時だったゆえに、またあまりの衝撃をともなったために、米軍の調査団が持ち帰ったデータを除けば、継続的な調査を進めていく上での起点が失われている。

以降、最大の被害をもたらした事故といえば、もちろんこれは一九八六年のチェルノブイリ原子力発電所の爆発だ。ユーラシア大陸のみならず北半球全体に大きな被害をもたらした。発電所の職員や事故の処理にあたった作業員からは多数の犠牲者が出たし、放射性物質が多量に降り注いだエリアではいまだ小児がんや先天性異常児の発生率が高いという。

だが、この事故が起きたのは旧ソ連邦だった。都合がわるいことはすべて隠蔽する国家体制だったと言っても間違いではないだろう。たとえば、子供たちの被曝調査を行っていたベラルーシ科学アカデミー所長のヴァシリ・ネステレンコ教授は突然解雇され、アカデミーの会員権すら奪われた。同じくセシウムによる子供たちの心臓病を研究していたユーリ・バンダジェフスキー教授は根拠のない罪で投獄され、チェルノブイリに関するすべてのデータを没収された。

国から葬り去られたこれらの医学博士たちの研究報告を信じるならば、汚染された地域での低線量被曝による人体への影響は、私たちの想像をはるかに超えている。百万人規模での発がん、白血病、今後長く続くかもしれない出産異常や先天性異常児の出現だ。

ところが、国連機関であるＷＨＯ（世界保健機関）やＩＡＥＡ（国際原子力機関）で構成するグループは今世紀に入ってから、チェルノブイリの事故による直接的また間接的死者はすべてを足しても四千人に満たないと報告している。

命を張った学者たちの調査結果と、お役所が出す数字のこの違いはなにか。実は、WHOは原発関連の健康被害調査を公表する際、IAEAの承諾を得なければいけない。その力関係や仕組がわかってくると、なるほど、そうだったのかと、WHOやIAEAが発表する数字の信頼性が突然揺らいでくるのだが、それにしてもこんなに数字にばらつきがあると、どちらを信じるべきなのか、あるいはどちらも信じられないのか迷ってしまうのが一般の感覚だろう。

政府や役所が発表する数字をそのまま信じていいのかどうか。これはチェルノブイリに限らず、日本で暮らす我々にとっての問題でもある。世界には嘘《うそ》つきも多いが、日本人は政府高官にいたるまでみんな正直者だ、とはとうてい思えないからだ。政府や東京電力や学者たちは、起きていることをすべて明らかにしただろうか。隠蔽はなかっただろうか。チェルノブイリも福島第一もメルトダウンを起こした。原発事故として最悪のレベル7に達した。それでも大したことはないという印象を与えようとした東大のセンセイたちや、彼らの言葉をもって安心を演出した報道があったことを私は忘れない。

強烈な放射線にさらされれば即刻死にいたることはだれにでもわかる。今みんなが恐れているのは、継続的な低線量被曝から生じる遺伝子異常や発がんだ。だが、チェルノブイリのデータが個人や民間組織によっててんでばらばらなため、このくらいの線量のなかで何年暮らすと、遺伝子が傷つけられる可能性が何パーセントあります、といった客観的な物差しが見えてこない。

しかしいずれにしろ、今回の原発事故で、半減期三十年のセシウムが大規模に飛散し、東北から関東に向けて降りまくったのは事実だ。安心して暮らせるはずだった国土から、心理的にも、事実としてもそうではない環境に変わってしまった。セシウム137から飛び出すガンマ線は長期にわたり、私たちの生殖細胞や遺伝子に影響を与える。今はなんでもなく外で遊んでいる女の子がやがて母親になったとき、先天性異常児を出産する可能性がないとは言い切れない。チェルノブイリによってもっとも汚染された地域を見れば、それは杞憂《きゆう》ではないとわかる。放射性物質が半減を繰り返して消滅するまで、何十年、何百年という単位でこの恐ろしい状況は続く。

このことを考えるのは、人によっては精神的なストレスにつながると思う。だから私は敢《あ》えて、日本政府が定めた一般公衆の線量限度、年間1ミリシーベルトを精神的安全基準値ととらえたい。肉体的な基準値ではないと言われても、皆に不安を与えているのだから、この数値はやはり意味を持つ。

年間1ミリシーベルトなら、365で割り、さらに24で割ると、約0・11マイクロシーベルト毎時という計算になる。被曝する外出時を一日の半分だと仮定すると、この倍の0・22マイクロシーベルト毎時あたりからが心理的な影響を受ける数値だと線引きをしてもいいのかもしれない。空間線量計やモニタリングポストはあらかじめ自然放射線量を引き算してあるので、出た数値はそのまま人工放射線量だ。数値の反応を今回の原発事故によるものとするなら、半減期八日のヨウ素はもう消滅しているのだから、これはすべてセシウム137からの放射線量ということになる。仕事場の草地は0・10マイクロシーベルト毎時。大したことないと言ってしまえばそれまでだが、ただ、ゼロというわけではない。福島の原発事故は微量とはいえ、東京西部の多摩川《たまがわ》近辺にも放射性物質を降らせた。そしてほとんどだれもが、そのことに気づいていない。

調布《ちょうふ》　仕事場　0・10マイクロシーベルト

正午過ぎに雨がやんだ。東京都調布市の仕事場からいよいよ出発。甲州《こうしゅう》街道を新宿《しんじゅく》方面に向けて走りだす。大きなリュックを背負い、小さな自転車を漕いでいる。急速に晴れ上がった空で、これまで隠れていた分を挽回《ばんかい》するかのように太陽が本気を出しはじめた。

強い陽射《ひざ》しが路面に反射する。たまった雨水が蒸される。上昇するスチームの向こうにコンクリートの街並が続く。あらゆる平面が息をしているかのように湯気を吐く。すぐに汗まみれになった。手でつかめそうなほどの湿気。新宿に着くまでにペットボ

トルの水が半分ほどなくなる。四谷《よつや》から麴《こうじ》町《まち》へ。三宅坂《みやけざか》を下って皇居を半周し、馬場先《ばばさき》門《もん》から茅場町《かやばちょう》方面へと走る。やはり暑い。とても暑い。汗は止まらない。繰り返し水を飲む。だが、自転車を停《と》めて休んではいられない。旅の初日だというのに大幅に遅れてのスタートだ。夕暮れまでにどこまで進めるのか。宿はどうやって見つけるべきなのか。そんなことを考えだすと、よけいに汗が噴き出してくる。

　隅田川《すみだがわ》にかかる永代橋《えいたいばし》を渡ったところで左に折れ、深川《ふかがわ》を目指す。運河を越える橋をいくつか渡ると、午後二時過ぎ、芭蕉がここから旅立ったとされる採茶庵《さいとあん》跡に着いた。いよいよ奥の細道の始点だ。復元された建物が運河沿いにあり、縁台にはやたら品格のある芭蕉像が腰かけていた。いい男、思慮深げな顔立ちだ。

採茶庵は、芭蕉の弟子、杉風《さんぷう》の別荘だ。みちのくへの長旅を決意した芭蕉は、住み慣れた草庵を人に譲り、ここに移った。生きて帰ることができるかどうかわからない旅路への思いを、おそらくは毎夜のようにふくらませたのがこの庵《いおり》なのだ。

自分もまたここから脚力で東北を目指す。運河の水面にはイナッコが群れている。ボラの幼魚であるこの子たちもこれから海に出て旅をする運命だ。まさにこの地が旅の起点。

その意気や良しなのだが、復元された採茶庵の前に立つと、どうも余計なことが気になってしまう。採茶庵の外観だ。国民的紀行文の始まりの地にしては、なんというか、はっきり言ってしまうと……中途半端なのである。芭蕉の彫像が腰かけているあたりは江戸期を偲《しの》ばせる粋な造りなのだが、全体としては未完成感がはなはだしく、工事現場の倉庫のような佇《たたず》まいだ。これはいったいどうしたことなのだろう。江東《こうとう》区の史跡となっているが、あまりお金をかけられない事情でもあったのだろうか。それとも、当時の草庵なんてみんなこんなもんだったんですよと、敢えて未完成で放り投げたのだろうか。

まあ、それはともかく、ハイ、ポーズ。

彫像の芭蕉さんにも線量計を持っていただき、さっそく写真撮影。

するといきなり、六十代後半くらいのゆるい感じのおじさんに話しかけられた。冷凍してから解凍し、また冷凍してから解凍したような表情のおじさんだ。

「なにしてんの？」とおじさんは尋ねてくる。これから奥の細道を旅するのですと答えると、おじさんは、「これ、にせもんだぞ。ほんものは俺の知ってるところにある」とうそぶくではないか。

そんなことを言われても、江東区が建てた史碑は目の前にあり、ここから芭蕉が出発したとちゃんと書いてある。それでもおじさんは自説を論じる。

「ここにこういうのを建てればお客が集まるだろうって、区が勝手に造ったんだよ」

さすがにそれはないだろう。おじさんはきっと、芭蕉がもともと暮らしていた芭蕉庵とこの採茶庵の区別がついていないのだ。つまりおじさんは芭蕉庵がほんもので、この採茶庵はにせものだと思っている。それはまったくの誤解なのだが、おじさんはどこまでも自信たっぷりといった気配なので、芭蕉庵への行き方だけ教えてもらい、運河沿いの道をまた走りだした。

ちなみに採茶庵跡で線量計をオンにすると0・05と数値が出た。これは毎時平均0・05マイクロシーベルト以下という意味で、放射線は検知しなかったに等しい。以降、0・05の場合は、「検知せず」とする。

採茶庵跡　検知せず

おじさんが教えてくれた場所に向けて自転車を進める。橋をひとつ越え、運河に沿って隅田川へと向かう。すると、立ち並ぶ住宅と工場の隙間にひっそりと芭蕉庵の跡があった。ここだと教えてもらわなければまず気づかないような小さなお宮だ。「芭蕉稲荷《いなり》神社」とある。

大正六（一九一七）年にこの地を津波が襲い、芭蕉が愛玩したとされるカエルの石の置物がここから出土したらしい。そのことをもって歴史家たちが芭蕉庵の位置を断定、と史碑に書かれていた。このカエルの置物は江東区の芭蕉記念館に保存してあるというが、お武家さんや町民だってカエルくらいは飾るだろう。本当にカエルの置物だけでここに芭蕉がいたと断定していいのだろうか、とも思った。ちなみに私の知人のギタリストは、部屋のなかに五百体以上のカエルの置物を並べている。自分のギター教室も「カエル庵」と呼んでいる。

お宮にはさまざまなカエルの置物が飾られていた。昭和の頃を彷彿《ほうふつ》とさせるケロヨンの人形もあった。カエルマニアにとってはきっとよく知られた場所なのだろう。お宮の赤にカエルの緑。この取り合わせが醸しだす雰囲気がなんとも印象的だった。

草の戸も住替《すみかわ》る代《よ》ぞ雛《ひな》の家

『奥の細道』で最初に登場するこの句。旅の準備をしている頃の心境を詠んだものだが、草の戸が示すのはもともとここにあった芭蕉庵だと信じたい。住み慣れたこの庵を他人に譲り、弟子の別荘である採茶庵に間借りした芭蕉。みちのくへの思いでいっぱいになりながら、他人の住む場となってしまったかつての庵に対しても一抹の寂しさを抱いていたようで、その双方の感情があってこそのこの句であり、俳人芭蕉なのだと感じられる。

お宮の先、隅田川沿いの堤防に上がると、ここにも芭蕉の像があった。こちらの芭蕉さんは座布団の上で正座している姿だ。採茶庵に腰かけていた芭蕉像とは違い、細おもてで柔和な顔立ち。隅田川の水面をやわらかな眼差しで眺めている。

芭蕉と曾良はここから隅田川を上る舟に乗り、千住《せんじゅ》で降り、みちのくを目指して歩き始めた。さあ、私も自転車を漕ぎだそう。こちらのほっそりした芭蕉さんとケロヨンくんに送られる気分で浅草《あさくさ》方面に向かう。

芭蕉庵跡　0・09マイクロシーベルト

浅草で牛丼店に入り、休憩。大盛りに卵とサラダセット。Tシャツが汗で濡れたままなので、冷房のある場所がきつい。一気にかきこんで、また猛暑の路面へと戻る。雷《かみなり》門《もん》を越え、東京スカイツリーを右に見ながら隅田川に沿って北上する。

午後四時過ぎ、千住大橋を渡り、荒川《あらかわ》区から足立《あだち》区へと入る。橋を越えると旧日光《にっこう》街道の初宿、足立市場前に出る。一六八九年の三月二十七日、今の暦なら五月十六日、舟を降りた芭蕉と曾良はここから歩きだしたのだ。

ここにも芭蕉の像があった。こちらの芭蕉さんは深川の二体に比べるとちょっと漫画チックなフォルムだ。しかも、いささか太っている。市場の前だけにバナナ（バショウ科）の食べ過ぎか。

太めの芭蕉さんを写真に収め、線量を計測してしばらく……実際にはまだ都内にいるのだが、隅田川を越えると、東京をあとにするような感覚になる。振り返れば、千住大橋の荒川区や台東《たいとう》区側は高層ビルが立ち並んでいて、空間をやたら直線が仕切っている。逆に目の前は、時代がかった店舗や民家などが連なり、旅を進めながら時間をさかのぼっていくような気分になる。

芭蕉と曾良はこの地でたくさんの門人たちに送られ、じゃあ、行ってくるよ、と歩きだした。見送りの皆さんはなかなか立ち去ろうとしない。

〈後《うしろ》かげの見ゆるまではと見送るなるべし〉

「私たちの姿が見えている間はずっと立っているんだろうな、あの人たち」と、なんだか面映《おもは》ゆい含みのある一行を残している。

行く春や鳥啼《な》き魚《うお》の目は泪《なみだ》

これが矢立ての初め。すなわち、旅を始めてからの最初の句だ。門人たちとの別離をこんなふうに哀《かな》しみながらも、この見送りの列がいつまでも去らないことでちょっと照れ臭いような、いたたまれない気分になっている芭蕉。

千住　0・09マイクロシーベルト

旧日光街道から国道4号（現日光街道）に入り、午後五時に竹ノ塚《たけのつか》を過ぎる。太陽は傾いてきたが、風は微塵《みじん》も吹かず、往来は交通量が多く、路面の照り返しはきつい。汗だくでペダルを漕ぎつつ、清涼飲料水の自販機を見かける度に止まってしまいそうになる。脚力の旅をするならもうすこしあとの季節が良かったかもしれない、などと後悔しだしたとき、歩道に乗り出すように置かれていた象と目があった。もちろん、生きている象ではない。石材店に置かれた彫像の象だ。それでも私には目があったような気がした。

芭蕉は象という動物の存在を知っていたのだろうか。ふと、そんなことを考えた。秀《ひで》吉《よし》や家康《いえやす》には生きた象を贈られたという記録がある。象の形や大きさは江戸庶民の一般教養としてあったのだろうか。

午後六時を過ぎて、草加市《そうか》に入った。東京とは本当にお別れだ。ここから先は埼玉県。『奥の細道』の原文では、初日の宿は草加だったとされている。しかし、曾良の日記を読めばわかることだが、これは事実ではない。芭蕉はドキュメントとしての紀行文ではなく、心象風景を含む、長い旅の詩篇《しへん》としてこの紀行文をつづったのだろう。つまり、『奥の細道』は現実の記憶をもとにしながらも、そこに想像上の旅を重ね合わせたファンタジーだったと言えなくもないのだ。ここで貴重な存在となるのが、正確な記録をつけながら芭蕉とともに歩いた門人、河合曾良だ。彼の日記によれば、最初の宿は〈カスカベ〉(春日部)。草加は通り過ぎただけであった。

しかし、驚くほど草加市は芭蕉を持ち上げている。商店街には芭蕉の旅姿の旗がひるがえっているし、綾瀬川《あやせがわ》の堰堤《えんてい》には芭蕉の壁画が並ぶ気の入れようだ。芭蕉が実際に泊まったかどうかはまったく関係ないようで、綾瀬川沿いの公園には「百代橋《ひゃくたいばし》」と名づけられた太鼓型の橋まで造られていた。もちろんこの命名は『奥の細道』の冒頭、〈月日は百代《はくたい》の過客《かかく》にして〉(月日というのは永遠の旅人だ)から来ているのだろう。夕暮れの公園で遊ぶ子供たちが、この橋をうれしそうに何度も渡り歩いていた。

この公園にも芭蕉の像があった。こちらの芭蕉さんは満開の百日紅《さるすべり》の花という優雅な景観のなかに立っていらしたが、頭から鳩《はと》の糞《ふん》をかぶり、心なしかお疲れの表情。それもそのはず、原文を読むと、千住からたった八キロのこの草加にて、〈痩骨《そうこつ》の肩にかかれる物、まづ苦しむ〉〈さりがたき餞《はなむけ》などしたるは、さすがにうち捨てがたくて〉と記している。旅は始まったばかりだというのに、「断ることのできなかった餞別《せんべつ》が重くて、肩が痛いよ」「しかしもらいもんだから捨てるわけにもいかないし」と、少々の弱音を吐いているのだ。この芭蕉の嘆き、わかるなあ。私も実は、お尻がすこし痛くなってきた。

さて、スマートフォンで春日部あたりの安宿を探し、なかでも一番安いビジネスホテルに電話をしてみる。受付のお姉さんは「空いてますよ。何時頃に着きますか？」と言ってくれる。「今、草加にいます」とこちらの状況を伝えると、「あら、自転車？　それなら、あと二時間くらいですかねえ」と教えてくれる。ああ、まだ二時間走るのかあ。腰をもみつつ、行き交う車を眺める。

日没は、綾瀬川沿いを走っている最中に迎えた。この川はかつて、水質検査で全国ワーストランキングの常連だった。ケミカルなどぶ川の代表格だったのだ。水質はすこしずつ良くなっているらしいが、子供が水遊びをできるような環境にはまだ遠いだろう。それでも、夕暮れ時の綾瀬川は鏡に変わり、空を駆けるすべての光を映しだしていた。美しいと思った。汚染には目に見えるものと見えないものがある。

草加　綾瀬川沿い　検知せず

春日部に向かってひたすら自転車を漕ぎ、越谷《こしがや》に入る。いつのまにか夜になっていた。国道4号に沿った道を進む。工事現場などを避けて迂回《うかい》すると、路肩が崩れた道などもあり、そのすぐそばを猛スピードの車が抜けていく。汗が眼鏡に滴り落ちる。しかも老眼のせいか、闇は本当に漆黒となりものが見えない。対向車が来るとヘッドライトがまぶし過ぎて、やはり目くらましの状態となる。夜の走行は危ないなと思い始めた頃、「ça va?《サヴァ》（お元気?）」という名のバーを見つけた。「はい、元気です。お尻が痛いだけ」とつぶやく。自転車旅の魅力のひとつは、店の看板のような、つい見落としがちなものまで味わいながら進めることだ。

越谷　0・09マイクロシーベルト

春日部のビジネスホテルに着いた。電話で話したお姉さんはどこかが八代亜紀《やしろあき》さんに似ている。どこかが、ほんのわずかに。そのお姉さんから、「自転車は盗まれないように玄関の前に停めて下さい」と言われる。

部屋に入りシャワーを浴びたあと、シャツや下着を手で洗い、エアコンの吹き出し口に吊《つ》るしたらベッドが濡れてしまった。まずいなと思ったが、あまりにも小さな部屋であるため、他に干す場所がない。芭蕉は旅の間、洗濯をどうしたのだろう。

春日部の駅前を歩き、適度な佇まいの中華料理店に入る。ビール大ジョッキと餃子《ギョーザ》二人前。隣で家族連れが定食ものを囲んでいる。五歳くらいの女の子と若い夫婦だ。女の子は機嫌がいいらしく、お父さんお母さんがなにを言ってもアハハと笑う。その声がとても自然で、聞いていて気持ちが良かった。幸福の繭を思わせるこの家族の横で私は、ビールの酔いと疲労がごちゃ混ぜになり、ほとんど動けない状態になった。

八月十五日（水曜日）

飲み過ぎた。また必要以上に頭が重い。反省しつつ、朝七時半に公園のベンチでハムサンドを食べる。二日目のスタートだ。

春日部は、『奥の細道』では〈粕壁《かすかべ》〉と記されていて、今もそのままの町名が残って

いる。ちなみにその粕壁町で計測をしてみると、放射線量の平均は0・14マイクロシーベルト毎時と出た。アスファルトの路面上での計測だったので、庭や草むらではもうすこし高い数値になるかもしれない。0・14×24×365＝1・23ミリシーベルト。どうということはない数値であろうが、一日中、外にいると仮定すれば、私が勝手に決めた精神的安全基準値、日本政府による線量限度＝年間1ミリシーベルトをわずかに越える。

いよいよこのあたりからホットスポットに出くわすのだろうか。そんなことを考えながら、昨日に引き続き湿気と熱気のかたまりのなか国道4号を北上する。

国道が久喜《くき》市をかすめるあたりで景色が変わってくる。稲田や畑、用水路などが常に目に入るようになる。中古車センターの車の半

分は耕耘機《こううんき》やトラクターだ。それにしても暑い。思わず自転車を停め、用水路の流れに見入る。泳いでやろうかと思うくらいだ。

春日部　粕壁町　0・14マイクロシーベルト

幸手《さって》市に入った。国道4号をまっすぐに進む。

本来なら車道を進むべきであるが、サイクリング車ではないのだし、大きなリュックサックを背負っているので、通行が許されそうなところであれば歩道を走ることもある。ところがこのあたりからそれが少々困難になってきた。田畑が増えるに従い、歩道の上もまた緑化していくのだ。ふだん人が通らないからだろうか、あるいは夏草の勢いが凄《すご》すぎるのか、大人の腰のあたりまで雑草がはびこり、通せんぼをしているような場所がある。もは

や自転車での走行は困難。といっても、車道は怖い。大型トラックがすぐ横を飛ばしていく。しかたなく、雑草密集地帯は自転車を押しながら進む。

幸手　検知せず

午前十時半、利根川《とねがわ》を越え、茨城県古河《こが》市に入る。河川敷の雄大な緑が目に心地よく、自転車を停めてしばらく休憩。熱気のなかに時折、涼しげな川風が吹く。

こうした風景ばかりなら目の保養をしつつの輪行になるのだが、国道4号沿いを走っていて頻繁に目に入るのは、つぶれたドライブインや商店の廃墟《はいきょ》だ。東京を一歩離れると、日本の現状がストレートに飛びこんでくる。それぞれの店に夢をかけた人がいて、またその家族がいただろうにと思う。

アブラゼミも景気悪そうに道端でひっくり返っている。手にとると、宙を一回《ひとまわ》り飛んだあと、私のウエストバッグに止まった。生き物の道連れがいるというのはいいものだ。しばし旅の仲間となってもらい、炎天下をいっしょに進む。

古河　検知せず

栃木県の標識を越える。自転車でこんなところまで来ちゃったよという感慨と、本格的になってきたお尻の痛みの間で私は揺れている。二日目にしてこの痛み。これは慣れというものがあるのだろうか。

野木《のぎ》、間々田《ままだ》と稲田が続くエリアを走ったあと、小山《おやま》市に入る。あまりに暑いので、国道沿いの田畑のなかに突如現れた巨大なショッピングセンターに入った。ここのスターバックスでアイスラテというものを頼み、エアコンの風にあたりながらしばし休息。目の前にはなぜかメリーゴーランドがあり、その横ではお父さんやお母さんが、馬に乗った子供たちに向けて手を振っている。

なんだろう、ここ？　と思いながら敷地内を散策してみると、「小山ゆうえんち跡」という表示があった。訪れたことはなかったが、名前は知っている遊園地だった。たったひとつだけ残っているメリーゴーランドに、今はもう消滅してしまった阪神《はんしん》パークでの子供の頃の思い出を重ねた。

阪神パークにはレオポンという動物がいた。ライオンとヒョウの交配から生まれた子たち。そうした生き物まで創りだして客寄せをしようとする空気は今の時代にはないのだろう。そもそも遊園地という概念が遠いものになったのかもしれない。気づかないうちに時代は変わり、過ぎていく。回るメリーゴーランドを見ながらそれを思う。

小山ゆうえんち跡　検知せず

牛丼店でお昼をすませたあと、国道4号を離れ、県道18号を北上。姿川《すがたがわ》沿いの起伏のある道を進み、栃木刑務所の横を抜ける。そして午後二時過ぎ、『奥の細道』に記された最初の歌枕〈室《むろ》の八島《やしま》〉がある大神《おおみわ》神社に到着する。神社の杉木立は背が高く、天に向けて一直線に並ぶその勢いに迫力がある。都心ではなかなか見られない光景だ。

奥の細道は、古い歌に詠まれた場所、すなわち「歌枕」を我が目で見てみたいという芭蕉の欲求からの旅路であったとも言える。なかでも西行《さいぎょう》や能因《のういん》など、和歌のトップスターが好んだ歌枕に対して熱を帯びていたようだ。リサーチ役は曾良で、この室の八島への行き方についても念入りに調べている。

室の八島そのものについても曾良は芭蕉に語っている。その内容が『奥の細道』に記されている。ざっとこんな具合。

「ここは、木の花《こはな》さくや姫という神様が祀《まつ》られているのです。ええー……簡単に言うとですね、木の花さくや姫は旦那さんと一回しかいたしていないのに、ご懐妊。それで、

旦那が本当に俺の子か？　と疑ったことに腹を立て、姫は扉のない室に入って自分の体に火を放ち、ぼーぼー燃えながら火々出見尊《ほほでみのみこと》という子供を産んだという話なんですよ」

なんと突出したイメージか。リアルな想像をすると、呼吸が苦しくなりそうなファンタジーだ。曾良の調べによれば、木の花さくや姫は富士山《ふじさん》の浅間《せんげん》神社と同系列。安産の神様であるとともに、火山の神様でもある。したがって、「室の八島」である八つの島を浮かべる池から昔は煙（水蒸気）があがったとされる。ここではその煙を詠むのがならわしとなったらしいのだが、池をしばらく眺めていても、立ちのぼる水蒸気は確認できなかった。その代わり、この池や周囲の森はカエルの天国だった。お浄《きよ》めの水をすくおうと柄杓《ひしゃく》を手に取ったら、数匹のアマガエルが一度に飛び跳ねた。芭蕉の足跡を訪ねる旅、そのなかの歌枕一番手としては、縁起の良さを感じさせる生命の躍動だった。

木陰では配達のお兄さんたちが三人並んで昼寝をしていた。仕事の途中でいいのかなとも思ったが、まあ、暑いから、仕方がないのだ。これはこれで絵になっていた。堂々としたさぼりには、一種の爽快さがある。

室の八島を出て、またペダルを漕ぐ。このあたりまで来ると、通りを歩く人が見当たらなくなる。稲田の横に自販機がぽつんとあって、子供の頃よく飲んだ「ネクター」を発見したので迷わず購入した。この人工的な桃の香料にしびれたのは何十年ぶりだろう。記憶の上での香りを辿ることで、昭和の生活史をひもとくような本が書けるかもしれないと、ふと思う。

栃木市　室の八島　検知せず

午後三時過ぎ、独特のおもむきがある壬生《みぶ》という町に入る。たとえば埼玉には小江戸と呼ばれる川越《かわごえ》の古い街道筋があるが、この壬生にも長い時の流れを感じさせる街並があった。覗いてみたくなる古い建物もいくつか散見した。ただ、観光地となった川越と違うのは、ここを支配しているのは静寂さだということ。蟬《せみ》の声や鳥のさえずり以外なにも聞こえない。今は寄り道のできない旅路だが、いずれは壬生を再び訪ねる旅をして

みたいと思った。

壬生を抜けて日光西街道を進む。三百六十度の田園地帯。並木は杉。広がる風景が与えてくれる解放感と、本格的になってきたお尻の痛みの間で私は再び揺れている。道の端には古くからのお地蔵様たちが並んでいて、「達者で行けよ」とささやいてくれているようでもある。

さらに進み、鹿沼《かぬま》市の楡木《にれぎ》という町に入る。あいかわらずの熱気のなか、ペダルを漕ぎ続けている。だが、人の姿がない歩道には次の季節の気配もある。点々と栗のいがが落ちているのだ。ただしまだ青い。

日光西街道　壬生　楡木　検知せず

午後六時前、今日の旅の最終目的地である鹿沼市の中心地に到着した。明日はここから日光を目指す予定だ。たくさん汗をかいたので、早く宿でシャワーを浴びてビールを飲みたい。事前に調べておいた鹿沼で唯一のビジネスホテルに電話をすると、「おかけになった電話番号は現在使われておりません」と流れる。どういうことだろう。鹿沼で唯一のホテルなのに。少々焦りながら調べた結果、なんと、そのホテルは先月で閉鎖していた。つまり私は、宿のない場所に向けてひたすら走り続けていたのだ。すでに日は暮れかかっている。

さあ、今夜どうする?

腕を組んでいてもどうにもなるものでもない。野宿が似合う年齢でもない。スマートフォンで近隣の安宿を探しまわる。ヒットするのは宇都宮《うつのみや》ばかりだ。鹿沼から宇都宮まではあまりに遠い。しかし、このまま立ち尽くしているわけにもいかない。意を決して宇都宮のビジネスホテルに電話を入れる。そしてそのまま、栃木の県庁所在地まで二十キロ近くを走ることになった。夜間の走行となる上、明日の目的地の日光から離れていく方向だ。しかもお尻は相当に痛い。これが行き当たりばったりの私の旅の現実である。

というわけで、こわばった足を引きずるようにして宇都宮餃子で飲みだしたときにはもう午後十時を過ぎていた。

鹿沼　検知せず

八月十六日（木曜日）

三日目の朝だ。足の筋肉痛とお尻の痛みでひと昔前のロボットのような歩き方になっている。長い距離の輪行には、柔らかいサドルに替えたり、サイクリング用のパッド付きパンツを穿《は》くなど、それなりのカスタマイズや工夫が必要なのだろう。今回どこまで行くかは決めていないが、東京に戻ったら早急に考えなければいけないことだ。昨夜余分に走った二十キロをもう一度戻る気にはならず、電車に乗せてもらうことにする。ためしに宇都宮駅前の植込みで線量計をかざしてみる。結果は、春日部と同じで0・14マイクロシーベルト毎時。目くじらをたてるほどの数値ではないのかもしれないが、ここにもセシウムは降ったのだ。

JR宇都宮駅前　0・14マイクロシーベルト

折り畳んだ自転車を輪行袋に入れ、日光線の車両に乗りこむ。

電車は楽だ。繰り返して記すのもなんだが、電車は楽。ここまで脚力でやってきた自分にとっては、ただ座っているだけで進んでいくというのが実に近代的だ。車窓の風景を眺めながら、江戸期の旅をイメージしてみる。

『奥の細道』には室の八島から日光山の麓である鉢石《はついし》までの記述がない。曾良の日記にも単に道順が記されているだけだ。どうでもいいようなことは書かれていないので、そうしたことはこちらで勝手に想像するしかない。もちろん芭蕉だって、俳諧以外の世間話などもしただろう。伊賀《いが》の出身ゆえ、口語では関西なまりがあったはずだ。「わし、あいつ嫌いやなあ」とか、たまには悪口なんかも言っただろうか。日光街道の杉木立を眺めながら、二人はどんな言葉を交わしたのか。

そんなことを想像しているうち、不覚にも居眠りをしてしまった。気づけば鹿沼を過ぎていた。どうしようかなと一度は腰を浮かせたが、迷っているうちに今市《いまいち》も越えた。目的地の日光がどんどん近づいてくる。途中まで戻ってペダルを漕ぐ気にはとうていならず、ロボット歩行のまま日光駅のプラットホームに降りる。

関東で育った人なら、日光は遠足や家族旅行でおなじみの地に違いない。西で育った私はこれが初めての訪問だ。駅前のロータリーにて、まずは自転車を組み立てる。青い空には光があふれ、ひたすらまばゆい。いいところへ来たなあと率直に思う。ベンチに座って居眠りの続きをやりたいくらいだ。しかしそこは気を取り直して、広場の植込みで計測をする。宇都宮駅前と同じく、こちらも0・14マイクロシーベルト毎時。鹿沼が0・05以下で検知できず、その両側に位置する宇都宮と日光で具体的な数値が出てしまうことの不思議。原発事故の影響は、単純に原発からの直線距離だけでは語れないと知る。

JR日光駅前　0・14マイクロシーベルト

東照宮《とうしょうぐう》へと向かう登り坂を進む。道の両側には古くからの土産物店が並んでいる。この通りは平均して0・14前後の数値が続く。やがて、鉢石へ。ここも等しく0・14マイクロシーベルト。

東照宮手前のこの宿場町で、芭蕉と曾良は一泊している。当時は修行のためにさすらう僧侶や、芭蕉のように彷徨《ほうこう》する風流人を無料で受け入れた宿屋があり、善根宿《ぜんこんやど》と呼ばれたらしい。二人もただで泊めてもらった可能性がある。『奥の細道』で、〈我が名を仏《ほとけ》五左衛門《ござえもん》と言ふ〉と、宿屋の主人のいかにもな登場の仕方を芭蕉がわざわざ描いたのは、そうした背景があったからだ。ただで泊めてくれるのはありがたいのだけれど、あまりに善人づらをされるとかえってありがた迷惑な気分。だいたい自身を仏と言い切るなんてどういう人なのだろうと芭蕉はいぶかり、この主人の動向に注意して目を向けることになる。結局は〈無智無分別にして正直偏固《へんこ》の者なり〉と切り捨ててしまう。しかし、この鉢石という地で、偽善をめぐるこうした人間臭いやりとりがあったのだと当時を偲べば、いまだ残る古い旅館街が情念や機微の巣窟のように思えてくる。

さて、東照宮。駐車場の端に自転車を停め、杉の巨木が並ぶ参道へと入っていく。強烈な陽射しのもと坂を上り続けてきただけに、木立がつくる陰がうれしい。日光は放射性物質のホットスポットだと言われるようになってから観光客が減ったらしい。それでも、木陰を歩む人々は相当な数だ。皆と並んで砂利道を進めば、ここは標高六百三十四メートル、スカイツリーと同じ高さです、といった喜ばしげに訴える複数の看板と出くわした。そんな高いところにいるんだという驚きがある一方、徳川《とくがわ》家康を大権現《だいごんげん》として祀った世界文化遺産なのだから、最近建造されたばかりの建物にへりくだる必要はないのではないかという気もしてくる。参道横で計測。数値はすこし上がった。

日光　東照宮参道　０・19マイクロシーベルト

午前十時過ぎ、東照宮のなかに入った。平成の大工事とかで、本殿もなにもかもめぼしいところは全部幌《ほろ》をかぶっていた。伝統建築の粋《すい》、美しい彫刻を含めた肝心の外観がほとんど見えない。それなのにこの拝観料千三百円はちょっと高めかも。

参拝客は次々とやってくる。本殿内部に入るのも押すな押すなの大行列で、すでに全員華厳《けごん》の滝のように汗を流している。でかいリュックを背負ったままの私は肩身が狭い。人にぶつけないように気をつかうとまたどっと汗が噴き出してくる。

「見ざる、言わざる、聞かざる」で有名な神厩舎《しんきゅうしゃ》、「三猿」の前に立つ。午前中だというのに、年末のアメ横みたいにものすごい人だかりだ。みんな喜色満面でカメラを構え、猿たちを写真に収めている。私はその背後で計測をする。構図としてなんだか後ろめたい。しかし、数値はすこしずつ上がってくる。三猿の前の芝生。このあたりが平均して

0・19から0・22マイクロシーベルト毎時。

幌がかぶせられていないところを見て歩くだけだが、東照宮はやはり彫刻が素晴らしい。周囲の風景も雄大で、青い空を支えるにふさわしい自然がここにはあると感じられる。

あらたふと青葉若葉の日の光

剃《そり》捨てて黒髪山《くろかみやま》に衣更《ころもがえ》　曾良

いずれも爽やかで、透明な陽光が句そのものからも発せられている。日光はやはりそのような場なのだ。放射線の問題があっても、お客さんは今後も途切れることなくやってくるだろう。あり得ない提案と一蹴されるだろうが、スカイツリーと同じ高さだと繰り返し訴えるくらいなら、モニタリングポストを一基設置してはどうか。美しき世界文化遺産も事故の影響下にあると知ることは、私たちにものを考えさせる良い契機になると思うのだが。

東照宮　三猿そば　0・19〜0・22マイクロシーベルト
（見ざる、言わざる、聞かざる、というわけにはいきません）

東照宮本殿からはずれ、薬師堂の「鳴き龍」を見学する。高校時代の教科書でも見たことがある天井一面の龍の絵は、歴史を経ながらもなぜかちょっと現代風でアニメチックだった。お坊さんが薬師堂のなかのいろいろな場所で拍子木を叩いてくれて、これは普通にカンッという音がする。ところが、龍の顔の真下で叩くと、カーーーンッと、音響効果はオペラ座なみに抜群。これはとても面白かった。

薬師堂のなかもとても暑く、汗が滴り落ちるばかりなので、出てすぐのところの「お浄めの水」で顔を洗い、そのまま水を飲んだ。なにげに隣にあった杉の大木の根の上で線量計を出したところ、私の表情にも変化が出るような数値を示し始めた。0・33マイクロシーベルトだ。精神的安全基準はとうに越えている。私たちは一日二日で通り過ぎてしまう観光客に過ぎないが、ここにずっといなければならない東照宮の関係者は、年間なら0・33×24×365＝2・89ミリシーベルトという線量のなかで暮らすことになる。泣いているのは龍だけじゃない。

薬師堂　杉のそば　0・33マイクロシーベルト

芭蕉は東照宮や二荒山《ふたらさん》神社を見学したあと、〈廿《にじゆう》余丁山を登つて瀧あり〉と、約二キロ半離れた〈うらみの滝〉へと向かった。私も学生時代の友人から、「あの滝は一見の価値あり」と勧められていたので、延々と続く坂道に向かい再びペダルを漕ぎ始めた。するると天気が急変した。山の方から雲が張り出してきたなと思ったら、ものの数分で周囲は真っ暗に。そして突然の雷鳴とともに、銀のぶどうのような大粒の雨が落ちてくるではないか。

私は使われていない集会所の軒先に駆けこんだ。だが、爆発的に落ちてきた雨はしばらくたっても弱まる気配がない。こういうときは無理をしない方がいい。すこし離れた食堂までずぶ濡れで横断し、昼飯の時間と割り切ることにした。稲妻と雷鳴のなか、「日光名物ゆば丼」をいただく。湯葉と野菜をあんでくるみ、ご飯にのせたもの。汗をかいているのでビールを飲みたい気分になったが、自転車とはいえ酔っぱらい運転は御法度。我慢してお茶を飲み、雨が小降りになるのを待つ。

小一時間もすると雨がやんだように見えたので、また自転車へと戻る。坂を再び上っていく。すると再びの稲妻だ。雨もまた落ち始めた。興奮したような雨脚がどしゃ降りへと転じていく。今度は営業していないスーパーの軒先に入り、朽ちかけた木のベンチ

に座って辛抱した。私はレインコートは携行していたが、傘は持っていない。この雨のなか、レインコートをリュックの底から引っ張りだすのは面倒臭いなあと背伸びをしつつ右手を伸ばすと、なにか触れるものがあるではないか。なんと、だれかがしばらく前に忘れて置いていったに違いないボロボロのビニール傘がそこにあった。

すこし小降りになったのを見計らってから、このボロ傘を拝借し、自転車を再度押し始めた。森林に点在する住宅を越え、「日光のおいしい水」と大きくペイントされた給水タンクを過ぎたあたりで雨がやんだ。空は急速に明るくなる。今度はいきなり真夏の太陽が顔を出した。路面からいっせいに湯気が立ち昇る。まるで温泉の湯煙のなかを行くかのようだ。ようやくのことで、「裏見の滝」と表示がある駐車場に着く。ここから先は舗装道路ではなく、岩が露出したタフな小径《こみち》になる。渓流の音を横に聞きながら、木々のなかを登っていく。陽が戻ったこともあり、森は明るい。そして滝に辿り着いた。『奥の細道』ではこう紹介されているところだ。

〈岩窟に身をひそめ入りて滝の裏より見れば、うらみの滝と申し伝へ侍《はべ》るなり〉

陽射しを受けた森の輝きを器に、雨を集めた青白い滝が勢いよく躍っている。滝を囲む岩盤には、輪のように横に走る窪《くぼ》みがある。芭蕉と曾良はこの窪みに腰をおろし、滝の水と同化するかのような涼を楽しんだに違いない。

　暫時《しばらく》は滝に籠《こも》るや夏《げ》の初め

無粋だとは承知の上、ここで線量計を出す。

本当？

これまでのなかで一番高い数値が出た。0・43マイクロシーベルト。

さすがにここに居続ける人はいないだろうが、同量の放射性物質はこのあたり一帯に降り注いだのだ。ここは福島ではなく栃木であり、事故を起こした原発から百キロ以上離れた地でもある。しかし、こんなにも汚染されていたのだ。この森を抜けていく水は、どのように使われるのだろう。「日光のおいしい水」という給水タンクの文字が今や皮肉としか思えない。

森の道を下り、駐車場に戻ると、自転車のハンドルにナナフシが止まっていた。木々から滴る水が姿を得たような美しい昆虫だ。虫好きの自分としてはありがたい対面だったのだが、高い放射線量を記録したばかりとあって、宮崎駿《みやざきはやお》監督の『風の谷のナウシカ』、そこに登場する「腐海」の昆虫類を思い出してしまった。

日光　裏見の滝　展望施設横　0・43マイクロシーベルト

日光をあとにし、那須《なす》まで一気に駆け下りていく。下り坂が続くので、ほとんどペダルを漕ぐこともない。青空が戻り、すべての草木がきらめいている。夢のなかの田園地帯を抜けていくかのようだ。とはいえ、『奥の細道』を読んで以来ずっと憧れていた裏見の滝が0・43マイクロシーベルトだった衝撃は残っていて、自分のものの見方にも変化が起きていた。昨日までの旅とは、なにかが根本的に変わってきたようだ。

鬼怒川《きぬがわ》近辺の里山の風景は澄んできらめいている。すべてが光のなかにある。日本にまだこんなところがあったのかと目が新しくなる。橋からは鮎《あゆ》の友釣りをしている人たちが見える。稲田を抜けていく風にはかすかな香りがある。秋に向けて稲が輝きを増しつつある。これだけの美田をつくるために、どれほどの努力がなされてきたのだろう。

だが、線量計を向けるとここも数値が出た。汚染を免れているわけではなかった。米は検査を経た上で出荷されるのだろうが、農家の皆さんにしてみれば、厳しい条件の稲作であることは間違いない。

塩谷町《しおやまち》　鬼怒川近辺　田園地帯　0・22マイクロシーベルト

風光明媚《ふうこうめいび》な長い勾配を下りきり、栃木県矢板市《やいた》の「道の駅　やいた」に到着した。私はここであるご夫婦と待ち合わせをしていた。久しぶりに会うチーちゃんと、宮大工の旦那さんだ。チーちゃんは私がラジオの深夜放送をやっていた頃、局でアルバイトをしていた女子大生だった。それが今では大学の福祉学の先生。番組スタッフのお弁当を選ぶのにもお店のカタログを並べて真剣になっていたチーちゃん。あの調子でまじめに勉強を続けたのだろう。気配りは今も変わらない。「奥の細道のルートを辿ります。泊めて下さる人大募集」と自分のサイトやSNSでお願いしたところ、複数の皆さんから申し出をいただいた。十数年会っていなかったのに、チーちゃんもそこで手を挙げてくれた。放射性物質による汚染は、ご夫婦の新居がある那須でも深刻だという。

午後五時過ぎ、道の駅にチーちゃんと旦那さんが作業用のトラックで現れた。チーちゃんは旦那さんのことをムッちゃんと呼んでいる。初めて会うムッちゃんは大柄で笑顔が絶えないバオバブの木のような人だった。チーちゃんも学生の頃と変わらず、控えめでありながら全開で笑っている。二人が醸しだす雰囲気のなんと爽やかなことか。

自転車とリュックはトラックの荷台に積みこまれた。那須に向かう前に温泉に入っていきましょうとムッちゃんからの提案。日光で雨に降られはしたが、そのあとは汗まみれだったので、これはうれしかった。

芦野《あしの》の湯につかり、疲労感はやわらいで甘くなった。そのままトラックの助手席で揺られる。ここから那須までは脚力による旅ではなくなるが、芭蕉も那須では馬に乗ったと記しているからこれでいいのだ。

日没後の空が紫の光を放ち、那須野を妖しく輝かせている。黒羽《くろばね》の城代の屋敷に逗留《とうりゅう》したという二週間、芭蕉もこの色の夕景を眺めたのだろうか。

八月十七日（金曜日）

四日目の朝は、チーちゃん家の犬二頭を連れて散歩に出ることから始まった。私は人相がわるいし、体も大きいので、たいていどんな犬にも吠《ほ》えられる。犬や猫、あるいは小さな子供たちから見ればフランケンシュタイン博士の怪物みたいに見えるのだろう。だが、怖がられてばかりいるのもしゃくにさわる。こんなとき、自分に向かって吠える犬は散歩に連れ出すのがいい。「散歩に行くよ」とリードを引っ張ると、恐さとうれしさがないまぜになり、犬はかなり混乱する。でも、普通の犬ならうれしい方がすこしまさり、後ろを振り向きつつも歩きだすものだ。一回散歩をしてしまえば犬との間にほのかな感情の交流が生まれる。これであまり吠えられなくなる。

　芭蕉はこの那須の地で城代に導かれ、〈一日《ひとひ》郊外に逍遥《しょうよう》して犬追物《いぬおうもの》の跡を一見《いっけん》し〉と小旅行に出かけている。これは武将の弓の訓練のため、逃げまわる犬を馬上から矢で射ったトレーニングセンターの跡地。現代の私たちの感覚ではとうてい受け入れられる施設ではないが、江戸期以前の犬はそういう扱いをされていたらしい。私は二頭に引っ張られ、チーちゃんとともに那須の住宅地を散歩する。後ろから見ると、つくづく犬のお尻はいいなと思う。無防備で無邪気だ。この感じの「犬追物」が私にはちょうどいい。

　さて、散歩をしながらも線量測定。人が歩きそうな路肩で測ってみると、0・38マイクロシーベルト毎時と出た。年間なら0・38×24×365＝3・33ミリシーベルトだ。将来的に、人体への影響が否定できない数値だ。線量計をこわごわ覗いたチーちゃんがかなりショックを受けた。実はチーちゃん、自宅周辺はホットスポットで放射線量が高いとは聞いていたものの、数値を知ってしまうと恐くなるからこれまで測らずにきたそうなのだ。それを聞いて私も沈黙する。

　数値をあらためて知ることは、そこに住む人々にとって気持ちのいいものではないだろう。日光で高い数値が出てから、私はそこをこれまで以上に考え始めた。迷いのようなものが生じだしたのだ。私は、目に見えない部分での日本の現実を知ろうとしてこの旅を始めた。しかしその結果、多くの人を傷つけてしまうことになるのではないか。当然のことながら、それを考え始めたのだ。

住宅地にはムーミンの塔を模したと思われる家もあった。どんな気持ちでこの小さな楽園を設計されたのだろう。新居を構えたチーちゃん夫婦も、胸弾む思いがあってこの地を選んだに違いない。ところが今は不安と戦っている。なんといっても新婚なのだ。将来、子供を持つ可能性はある。年間3・33ミリシーベルトもある地で子供を育てて問題はないのか。チーちゃんは今だけではなく、これからのことを見据えて悩んでいるのだ。

那須　住宅地　0・38マイクロシーベルト

チーちゃんや近隣に住むカメハメハさんと連れ立って、芭蕉が次のように記した場所へ出かけた。

〈殺生石《せっしょうせき》は温泉《いでゆ》の出《いづ》る山陰にあり。石の毒気《どくき》いまだほろびず、蜂・蝶のたぐひ真砂《まさご》の色の見えぬほどかさなり死す〉

那須の御用邸のそば、那須温泉を上ったところに「殺生石」はある。崖っぷちから火山性の有毒ガスが吹き出しているのだ。あたりは硫黄の臭いがきつい。

現実には昆虫の亡骸《なきがら》ひとつ見つからなかったが、カメハメハさんが言うには、時折うさぎが転がっているとのこと。有毒ガスは低いところに溜《た》まるので、地面を這《は》う哺乳類

がまずやられてしまうらしい。

殺生石に向けて歩いていく木道の横には、おびただしい数の地蔵があった。ここで命を落としたあらゆる生き物を思い、置かれたものだろうか。むきだしの岩肌に大小さまざまな地蔵。賽《さい》の河原《かわら》を歩くかのようで、この世ならぬその風景にしばし足が止まる。

さぞかし放射線量は高かろうと緊張しつつ、計測。すると、0・19マイクロシーベルト毎時。「すべては風向きですから。山の上の方はそうでもなかったようですね」とカメハメハさん。ここは0・19で、チーちゃんやカメハメハさんの家がある那須高原は0・38マイクロシーベルト毎時。事故を起こした原発から半径何キロで輪切りにして、ここは安心だとかそうじゃないとか、おそらくそのやり方はあまり意味がないのだ。計測をしながらの

旅はそれがよくわかる。チェルノブイリ（ウクライナ）もそうだ。距離が近いとはいえ、隣国となるベラルーシが最大汚染された理由。それは、風の流れだ。

殺生石　0・19マイクロシーベルト

午後を過ぎてから、ムッちゃんも加わり、芭蕉が『奥の細道』のなかでたっぷりと文字数を充てた〈雲巌寺《うんがんじ》〉まで連れていってもらった。この名刹の裏山には、芭蕉が尊敬する仏頂《ぶっちょう》和尚の山ごもりの跡が当時あったとされる。芭蕉はそれを観《み》に出かけたのだ。

〈竪横《たてよこ》の五尺にたらぬ草の庵《いお》　むすぶもくやし雨なかりせばと松の炭して岩に書付け侍り〉

芭蕉は、仏頂和尚が岩に書きつけたというその文字が残っているだろうかと、那須の街道筋からも遠い雲巌寺まではるばるやってきた。

そしてその跡らしきものを発見した。

私たちは和尚の山居《さんきょ》の跡こそは見つけられなかったが、雲巌寺のバス停留所で妙な看板と遭遇した。赤字で大きく「俺が危い」とだけある。自分もまた交通事故を起こしてしまう可能性がある人間だと知れ、ということなのだろう。線量を測ることに葛藤を覚え始めた私には、別の意味で警句を発されているようにも思えた。

ちなみにこの雲巌寺山門周辺の放射線量は0・19マイクロシーベルトだった。

そこでまた考える。数値を記せば、拝観料も取らずに頑張っている雲巌寺に迷惑をかけることになるのではないか。しかし、芭蕉が、〈谷道遥《はる》かに松杉黒く苔《こけ》したたりて〉と書いた参道に放射性物質が降ったことも確かなのだ。原発事故の惨状は目には見えない。長い時間のなかでようやく見えてくる。それについては、だれが記していくのか。

雲巌寺山門近く　0・19マイクロシーベルト

世間ではよく知られているものの、現地で実際に見てみると、想像していた佇まいとの違いに首をかしげてしまう名所旧跡があるものだ。よく引き合いに出されるのは、シンガポールのマーライオンや札幌《さっぽろ》の時計台だ。芭蕉も歌枕を巡るこの奥州《おうしゅう》の旅に於《お》いて、そうした気持ちになったことが何度かあったらしい。しかし、それはしかたがないことだ。歌そのものが人の心の産物なのだから、インスピレーションを与えたその場が名所である必要はない。それに、ものごとはすべて時間とともに流転していく。歌枕とて、長い歳月を経たあとでは、それがどこにあったのかすらわからなくなる。それはとても自然なことだ。

芦野温泉郷から田園地帯を進んだところにある「遊行柳《ゆぎようやなぎ》」は、西行に詠まれた歌枕だ。芭蕉はこの一句を添えている。

田一枚植ゑて立ち去る柳かな

西行や芭蕉が詠んでも、柳は柳だ。私はなにも期待していなかった。たぶん、実際に

見ても、あまり感じ入るということはないだろう。そんなふうに思いながら、チーちゃんご夫婦にこの遊行柳まで連れていってもらったのだ。

　ところが、そのシルエットが見え始めたときに、私は「おお！」と感嘆符付きの声を発してしまった。これは訪れる価値あり。遠くから見てもわかる巨大なしだれ柳だ。稲田を黄緑の海にたとえるなら、遊行柳は島のように浮き上がっている。芭蕉の頃から数えれば何代目かにあたる柳だそうだが、とにかく立派だ。独立した生き物としてこのあたりの山河と強く引き合っている。結ばれている。そんなふうに見えた。柳の大きな影までが命を宿していそうで、ここは来て本当に良かった。

　後方には高さ三十五メートルというとてつもなく大きなイチョウがあり、これも見事。天然記念物に指定されている。稲田から突き出たこの二本の巨木は、たしかに時間を忘れて見入ってしまう存在だ。

しかし計測してみると、やはりこの二本の巨木も放射性物質をかぶっていた。

遊行柳　0・19マイクロシーベルト

八月十八日（土曜日）

旅に出て五日目。この日の朝は、かまど炊きのおにぎりと味噌汁《みそしる》をいただいた。おいしいとひとことですませては申し訳ないような、ふだんとは奥行きを違える味わいに頭や体が喜んでいる。米粒といっしょにふくよかさがにぎられているようであり、味噌汁の野菜には香りも含め、どれもこれも個々の素材の主張があった。

ごちそうして下さったのは、国道4号沿いで農園レストランを営まれているゲーテさんとシャルロッテさんご夫婦。この那須の地で、稲作や無農薬野菜の栽培、黒毛和牛の繁殖も手がけられてきたお二人だ。チーちゃんご夫婦が紹介して下さった。

原発事故のあと、得られる情報は私たちと同じくマスコミ発表のものしかなかったそうだ。テレビでは、原発から八十キロ圏内は注意が必要だと報じていた。この農園はその区域内には入っていない。しかしやはり胸騒ぎはする。お二人は、福島から車を連ねて避難してくる人たちを横目に見ながら、大丈夫かな、これからどうなるのだろうと不安な日々を過ごされたらしい。そんなとき、通いの獣医さんがこのあたりも相当に汚染されていると教えてくれた。「線量計の針が振り切れたよ」と言われ、茫然《ぼうぜん》となった。直後の計測では、農園内の線量が、0・3から0・9マイクロシーベルト毎時まで。また牧草やわらも汚染され、牛の継続的な飼育が困難になった。一般に、放射性物質によって人体が影響を受けるダメージ量はシーベルトで表し、食品や地面などに付着した放射能の量をベクレルで表すのだが、人が口にしても問題ないと政府が定めているのは100ベクレルまでだ。ところがこの農園のわらや堆肥は10万ベクレル以上に汚染されていた。こうした汚染堆肥などはその後、放射線防護服を着た人たちによって除去された。しかし、敷地外に出すことは許されず、農園内の仮置場に今も置かれたままだ。

野菜は土を入れ替えればまた育てることができる。脱穀した米も放射線は検知しなかったそうだ。でも牧草は、広大な自然の土地に生える植物を利用しているので、土をすべて取り替えて栽培することは難しい。結局、ゲーテさんご夫婦は和牛の繁殖業をやめることにした。収入は半減。それでも補償に対する県の動きはとても鈍いそうだ。

原発のことなんて、事故が起きるまではいっさい考えたことがなかったというゲーテさん。今は脱原発デモにもご夫婦で参加されている。しかし、それが那須の農家一般の動きかというと、そうでもないらしい。抗議しても仕方がない、農家である以上ここから出て行くことはできないのだから、なかったことにしようという雰囲気がどこかに感じられるそうだ。むしろ、汚染被害や補償のための運動の話をすると場の空気がおかしくなる。補償への道のりがないわけではないけど、とてつもなく面倒な手続きが待ち構えていて、実質は拒んでいるに等しいとシャルロッテさんは語る。だったら、自分たちでやっていくしかない。なにがなんでも生き抜いていくしかないと。

　廃業を決めた和牛繁殖業。その牛小屋で昨夜、子牛が生まれた。生まれてしまったのだから育てるしかない。乗馬ならぬ、乗牛で人を呼べないだろうかとゲーテさんは考える。私が農園を去るとき、ゲーテさんが何度も同じ言葉を繰り返した。

「ああ、三月十一日以前に戻ってくれないかなあ」

　農園を出てから自転車にまたがった私は、国道をすこし走ったところで気がついた。これまではこまめにやってきたのに、農園での線量測定をしていなかった。ゲーテさんご夫婦の窮状を知るにつれ、また初めてカバーをかけられた汚染堆肥と対峙《たいじ》したこともあり、感情的になっていたことは事実だ。しかしそれにしても肝心の計測を忘れるとは。私は即座に自転車を降り、農園近辺の国道4号の路肩に線量計を差し出してみた。

　近くには乳牛の牛舎もある。それなのに、とても高い線量が出た。これまでの最高値だ。まさかこれだけ汚染された草を乳牛が食べているとは思えないが、外国や他地域か

ら飼料を運び入れているのだとしたら経費は膨大になるはずだ。酪農家にとって紙一重の状況であることは間違いない。

那須　国道4号沿い　0・52マイクロシーベルト

午前十時半、とうとう福島県に入った。西郷《にしごう》村だ。

今日も太陽は本気だ。草地の緑がまぶしい。だが、国道4号の歩道はひび割れており、茂みのように雑草が生えている。とても自転車では走れない。横を行くトラックに恐怖を覚えながら本線を進むことになる。原発事故のせいで農園を休んでいる、といった抗議の看板などが目につき始める。

この日の昼は、夏野菜のサラダとトマトソースのパスタ、かぼちゃのスープをごちそうになった。どのお皿も花が咲いたようにあでやかだ。田園地帯の光と水がぎゅっと凝縮された料理ばかり。

招待して下さったのは山下勝弘《やましたかつひろ》さん、聖子《せいこ》さんご夫婦。他県で大学の准教授をされているお嬢さんが私のホームページをチェック。このむさい男が国道4号を北上中であることを進言して下さった。したがって、山下さんご夫婦と私はまったくの初対面だ。汗だらけ埃《ほこり》だらけの五十男をよく迎え入れて下さったなと思う。それもそのはず、山下さんはキリスト教の牧師であり、知的障碍《しょうがい》があるお子さんたちを受け入れる福祉施設の園長をしていらっしゃる。

幼い頃に戦争を経験されたという山下勝弘さんは、原発事故後の「ただちに人体に影響はない」という官房長官の言葉を聞いて、これは大本営発表と変わらないと感じられたそうだ。国民に大事なことを隠しているという意味でだ。案の定、山下さんの国外の知人友人からは、SPEEDI（スピーディ＝緊急時迅速放射能影響予測ネットワークシステム）の数値を見て、早く避難した方がいいという助言があった。

SPEEDIによる汚染数値の発表。これは私が調べたことだが、原発事故から一ヶ月を経てもこのシステムによる数値は国内でただ一度しか発表されなかった。一方でIAEA（国際原子力機関）には毎時報告されていた。ドイツ政府やフランス政府が日本の居住者への一時退去を勧告したのもSPEEDIによる測定値を知っていたからだ。それなのに当事国の日本では、確定された数値ではない、いたずらに国民の不安を煽《あお》るのはどうかと伏せられたままだった。これは本当におかしい。抗議しなければいけないことだ。

山下勝弘さんが今もっとも訴えたいのは、放射能汚染による人体への影響以前の問題として、まず基本的人権の蹂躙《じゅうりん》があることなのだという。山下さんの学園には夏休みになっても家に戻れない子供たちがいる。知的障碍があったり、育児放棄や虐待により、家庭を失ってしまった子供たちだ。どんな状況であれ、人間として真っ当な生活に近づけてやりたいという思い。山下さんがノーマライゼーションと呼ぶこの活動方針から、ご夫婦は毎月自宅に子供たちを招いて誕生会などを開いている。しかし、家では可愛《かわい》がられた経験がないため誕生会の意味すらわからない子供もいる……。その子供たちと山下さんの奮闘の日々に起きたのが今回の原発事故だった。

この西郷村一帯も高濃度に汚染された。それによってなにが変わったのか？　夏場でも長袖を着て、窓を閉めきった部屋で暮らさなければならない。外では遊べない。行きたいところに行けない。食べたいものも食べられない。ノーマライゼーションは完全に崩れたと山下さんは言う。そして、それはごく普通の学校でも起きていることなのだ。

山下聖子さんは薬剤師であり、学校で保健指導にもあたられている。聖子さんが語るには、子供たちは外で遊べなくなったため、家に閉じこもってゲームをやるばかり。そしてそれが当たり前の暮らしになってしまった。その結果、目を悪くする子供たちが続出しているのだそうだ。

では、原発事故から一年半たった今、この場所の汚染度はどんなものなのか。私は山下さんに学園まで案内してもらった。

川沿いの緑豊かな地に、瀟洒《しょうしゃ》な園舎（宿舎）と園庭からなる「白河《しらかわ》めぐみ学園」があった。その中庭には放射線量を測るモニタリングポストが設置されている。なんと、児童福祉施設でありながら示している数値は0・596マイクロシーベルト。窓をあけ、仮に一日中外気に触れる生活をしたとすると、年間では0・596×24×365＝5・22ミリシーベルトの被曝になる。もはや精神的安全基準だとさせてもらった年間1・0ミリシーベルトはなんの意味も持たない数値となってきた。

さっそく自分の線量計でも測ってみたが、モニタリングポストとほぼ同じ数値が出た。一年半たってもこの数値なのだ。だからこそ学校を中心に除染を急いでいると国や県は主張するだろうが、ここでさらに驚くべきことを知った。

一般に校庭や園庭の除染は、上から五センチほど土を削り、新たな土と入れ替える作業だ。それが為《な》されたために、除染済みの園庭の線量は0・14マイクロシーベルト毎時まで下がった。ところがここも那須の農園と同じで、汚染された土を園外に出すことは許されていない。処分場がないのだからもとの場所に仮置場をつくるしかない。つまり、除染したと言いながら、汚染土は園内にまだあるのだ。ブルーシートをかけられた状態

で、園庭の端に積まれていた。すぐそばには飛行機をかたどった子供たちの遊具もある。ここで線量測定をしたところ、恐ろしい数値が出た。なんと、1・62マイクロシーベルト！　原発から二十キロの強制避難区域なみの数値だ。もちろん先生方は、ここに子供たちを近づけないようにされているのだろうが、子供は「行くな」と言われるほどそこに行ってみたくなるものだ。「触るな」と言われるほど触ってみたくなるものだ。こうした汚染土が園庭の隅に置かれているのは、もちろんこの学園だけではないだろう。しかし、公にはこれでも除染済みとなる。根は深い、どころではなく、なにも解決していないのだということが現地を歩いてみると本当によくわかる。

山下さんは語気を強めておっしゃる。

「ひどい数値だ。ならば出ていけばいいというが、子供たちを抱えてどこに出ていけるというのか。私たちはここで暮らすしかないのです」

もっともだ。黙って頷《うなず》くしかない。汚染地域だとはいえ、大半の人は移住することなどできない。そして毎日、それがのちにどういう影響を与えるかわからないまま被曝していく。吸いこんでいく。しかも汚染土を捨てる場所はないのだ。問題はむしろ、長期にわたることがはっきりとしてきた今だからこそ、事故が起きた昨年よりもさらに重くのしかかってきているような気がする。

鉛とコンクリートで固めたチェルノブイリの石棺ですら、補修工事が始まろうとしている。強固だったはずの石棺が、たった二十五年でひび割れ、崩壊しだしたからだ。放射性物質はすでに漏洩《ろうえい》しているという。では、農園のなかや園庭の隅に放置した汚染土はどうなのか。ビニールのカバーをかけただけで、いったいどれほどの防護能力を持つというのだろう。この状況を打破できる妙案がすぐに生まれるとも思えない。いったいこれからどうすべきなのだろう。そんなことを考えながら、山下聖子さんの車に自転車を積んでもらい、〈白川の関〉（白河の関）まで送っていただいた。

白河めぐみ学園　汚染土仮置場　1．62マイクロシーベルト

白河の関は、坂《さかのうえの》上田《たむ》村麻呂《らまろ》の時代に蝦夷《えみし》攻撃のポイントとなった要塞的関所だ。軍

事的重要拠点であり、みちのく越境への象徴的場所だった。しかし歳月はすべての突出にやすりをかけていく。歌枕としては名所中の名所だが、元禄二（一六八九）年にもなると白河の関がどこにあったのかもはやわからず、芭蕉と曾良は迷ったそうだ。関の跡はそれぐらい荒れ果てていたのだろう。

能因法師はこんな歌を詠んだ。

都をば霞《かすみ》とともに立ちしかど秋風ぞ吹く白川の関

（京を出たときには霞が立つような気候だったのに、白河の関についたらもう秋風が吹いてるものねえ）

源《みなもとの》頼政《よりまさ》はこうきた。

都にはまだ青葉にて見しかども紅葉《もみじ》散りしく白川の関

（京ではまだ木々は青葉だった。でもこの白河の関では紅葉が散っていくよ）

歌人たちと歌枕に敬意を表し、芭蕉と曾良は儀礼として古人の冠にならい、野に咲く卯《う》の花を髪に刺したらしい。

卯の花をかざしに関の晴着かな　　曾良

そして芭蕉と曾良は、この地より夢にまで見たみちのくへと歩を進める。私は線量計を出し、計測をする。

白河の関跡　石段下　植込み　0・19マイクロシーベルト

第一回の旅はこれでお開きとする。JR白河駅から鈍行を乗り継ぎ、東京に戻ろうと思う。

駅前の小峰《こみね》城は地震で石垣が崩れたままだった。あの日から一年半、ようやく重機が入って直しにかかっているようだが、いたるところ立入禁止になっている。

自転車を折り畳み、輪行袋に詰めこむ。かつぐだけで汗が噴き出してくる。

東北本線は驚くほど本数がすくない。ほとんど一時間に一本の割合だ。しかも、午後四時過ぎの鈍行列車で帰ろうとしていたら、「信号機のトラブルにより、この列車の運行はありません。五時〜分の列車までお待ち下さい」とアナウンス。この瞬間、人もまばらなホームで列車を待っていた数人のうち、明らかにそのスジの方と見えるお人がぶち切れた。彼はどういうわけか、私に向かって歩いてきた。そして力説が始まった。

「こんなことをやってるから、中国や韓国にバカにされんだあ。田中角栄《たなかかくえい》がもう一回復活しねえといけねえんだ！」

まいったな、と思った。あまり関わりたくないタイプの人だ。

「見よ！　駅前に交番あるやろう。あれな、去年つくり直した。古い交番を壊して、たった十メートルしか離れとらんところに新しい交番つくりよった。笑わせるな。予算ってのはそうやって使うものなのか」

彼が指さすところを見れば、たしかにそうだよね、なんでわざわざ？　という距離。

「あっちのあれ見りゃ！　あれな、ふるさとなんとかで、太鼓とか叩くステージ作ってるんだ。でも、その先を見りゃ！　あれ、図書館なんだよ。図書館に向かってでっかい音出すステージ作ってんだよ。頭おかしいだろう、ここの行政はよう」

スキンヘッドにサングラス。アロハのボタンも中途半端で胸毛が覗いている。ゆるいズボンに足下は雪駄《せった》だ。そのお姿の方が、けっこう正しいと思えることをおっしゃる。

すると続けて彼はこんなことを言いだした。

「福島はよう、今、放射能で可哀想《かわいそう》だって言われてるだろう。そりゃ、可哀想よ。でもな、じゃあ、福島の人間がこれまで、広島や長崎の原爆後遺症の人のことを、これっぽっちでも考えたことがあるかっていうと、おそらくねえんだ！　人間って、そういうところがあるんだよ。自分の身に起きねえと、考えやしねえんだ。だからな、原発なんてもんをつくって、その捨てようがない、なんだ……わかんねえけど、廃棄物をよ、地面の下に埋めようなんてバカが出てくるのよ。地面の底だって生きてるんだぜ。マグマだって動いてるんだ。そんなものはまたいつか表に出てくるだろうが！　未来の人間のことを考えてやってねえんだ！　アホばっかだ！」

スキンヘッドさんはこう叫んで、ベンチに戻っていった。旅はハプニング続きだ。自分が今考えていることを、そのスジの（ように見える）方が代弁してくれるとは思ってもいなかった。

それからまた一時間以上も待って、やっと来た列車にスキンヘッドさんと目配せしながら乗った。彼はなぜか隣の新白河の駅で「じゃあな」と降りて行った。二時間以上待って、隣の駅。不思議な人だった。

その後、空が暗くなり、宇都宮あたりまで大雨となった。女子高生たちが手にスニーカーを持ち、ずぶ濡れのセーラー服で列車に入ってくる。いっしょに濡れていることがうれしくてといった表情でみんな笑っている。こういう光景、ずいぶん見ていなかったなあ。

東京には午後九時過ぎに着いた。二回目の旅は、九月上旬のスタートになる。今度はどんな人たちと出会うのだろう。

二　かげ沼〜平泉

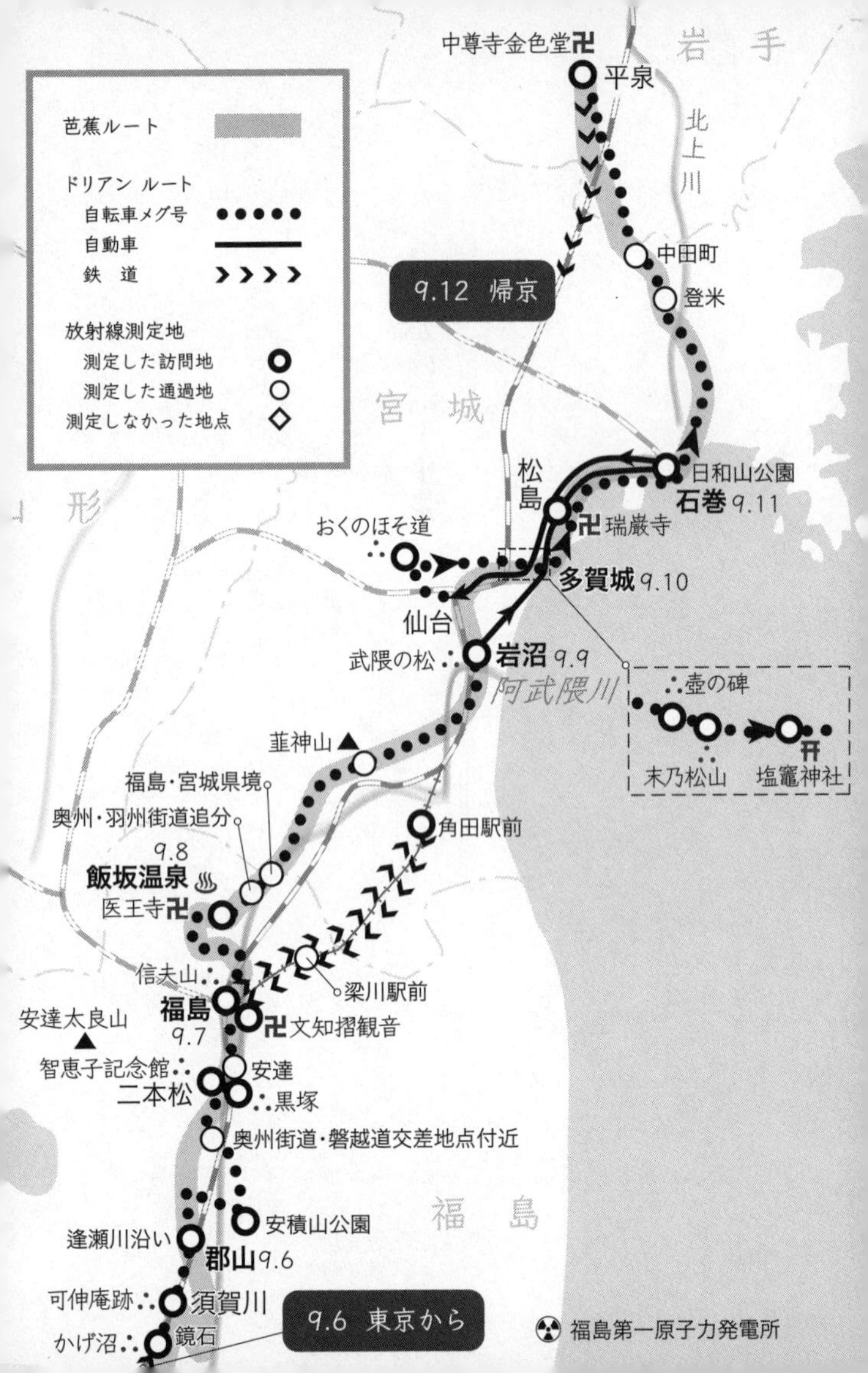

芭蕉ルート
ドリアン ルート
自転車メグ号
自動車
鉄　道
放射線測定地
測定した訪問地
測定した通過地
測定しなかった地点
岩　手
宮　城
形
福　島
北上川
阿武隈川
中尊寺金色堂
平泉
中田町
登米
9.12 帰京
日和山公園
石巻 9.11
松島
瑞巌寺
おくのほそ道
多賀城 9.10
仙台
武隈の松
岩沼 9.9
壺の碑
末乃松山
塩竈神社
韮神山
福島・宮城県境
奥州・羽州街道追分
9.8
飯坂温泉
医王寺
角田駅前
梁川駅前
信夫山
福島
9.7
文知摺観音
安達太良山
智恵子記念館
安達
二本松
黒塚
奥州街道・磐越道交差地点付近
安積山公園
逢瀬川沿い
郡山 9.6
可伸庵跡
須賀川
9.6 東京から
かげ沼
鏡石
福島第一原子力発電所

九月六日（木曜日）

再び旅が始まった。前回は白河の関でお開きとなった自転車行脚の旅。ときどきは電車やトラックや車に乗せてもらったが、なかなかの健闘であった。今回も芭蕉と曾良の足跡を辿《たど》り、みちのく岩手は平泉《ひらいずみ》・中尊寺《ちゅうそんじ》を目指してひた走ろうと思う。深川を発《た》って以来、今日で六日目の旅となる。

折り畳み自転車をかついで、仕事場のある京王《けいおう》線つつじヶ丘駅から各駅停車の人になったのが午前六時二十分。以降すべて鈍行で、新宿〜大宮〜宇都宮〜黒磯《くろいそ》とJRを乗り継いだ。その後、本来なら白河で降りて自転車にまたがるべきだったのだが、この日は分厚い雲からパチンコ玉みたいな雨が落ちてくるあいにくの空模様。芭蕉も白河から先はしばらく記録を残していないので、電車ですこし距離をかせぐことにした。白河を越え、最初の目的地である「かげ沼」に最も近い鏡石《かがみいし》という駅で降りることにした。

ところで私は電車に乗る際、私鉄もJRも両方使えるPASMO《パスモ》というプリペイドカードを使っている。しかし、二両編成の列車のなかを行ったり来たりしている若い車掌さんに言われて初めて知ったのだが、黒磯から先はカードの管轄が違い、ＰＡＳＭＯは使えないのだそうだ。しかも無人駅が続く。車掌さんに「鏡石も無人ですか？」と聞くと、そうですという返事。では、どうやって運賃を払えばいいのか。

「うーん。本来なら私が精算しなければいけないんですよ。でも、その道具がないんです」

「すると？」

「いつか正直に、どこかの駅で申告して下さい」

いきなり人間性が問われる課題を背負わされて無人の鏡石駅に降り立ったのだった。駅前にはヤンキー座りで煙草《たばこ》を吹かしている兄ちゃんが二人。あと飲料水の自販機が二台。雨のなか、彼らに横目で見られながら自転車を組み立て、正午過ぎに福島の大田園地帯へと漕《こ》ぎだした。さあ、再び旅が始まった！　といっても……人がいない。どこをどう走っても人にぶつからない。空は暗いし、なんだかすべてが荒涼としている。

前回の旅で知り合った西郷村の山下さんご夫婦もおっしゃっていたように、福島では原発事故以来、強い線量を警戒して子供を外で遊ばせなくなっているらしい。たしかに、子供たちが集団で遊んでいるような光景は見かけない。ましてや田園地帯。本当にいない。子供もいないし、大人もいない。暇そうにしていたヤンキーの兄ちゃん以外、だれもいない。

困ったことに、奥の細道のルートを示したガイドブックもけっこう大ざっぱなもので、街を示す地図ならもうすこし責任感をもってつくるのだろうが、〈かげ沼〉に関しては、この田園地帯を示す空白のど真ん中に点が打ってあるだけ。これは迷うなあ。いや、迷った。今回の旅はのっけから難航している。どれだけ進んでも、どっちを見ても、果てしない田んぼとお椀《わん》型の森と黒い雲があるだけ。尋ねようにも人がいない。

それでも目的地に辿り着けたのは、あちらこちら迷っているうちに、「鏡沼《かがみぬま》跡」という案内板を見つけたからだ。なんとなくピンと来るではないか。表示どおりに進めば、やはりこれが『奥の細道』に出てくる〈かげ沼〉。かつては蜃気楼《しんきろう》が見られたという謂《いわ》れある沼、その跡地だった。実はこの蜃気楼、そう頻繁に見られるものではなかったらしく、芭蕉が訪れた際もなにも起こらなかった。『奥の細道』には〈今日は空曇りて物影うつらず〉と、ちょっとクレームっぽい文言が記されている。

公園になっているその跡地の案内板には蜃気楼の由来が書かれていた。もともとは謀反を企てた鎌倉武士が流され、斬首されたのがこの地だとか。鎌倉から追ってきた妻が絶望のあまり、この沼に鏡を抱いて入水《じゅすい》。それ以来蜃気楼が見えるようになったという悲しみ満点の地なのだ。

ただ、現在見られるのは、葦《あし》が生えた湿地と、公園を縦に貫く極端に長い滑り台、そしてたったひとつ吊《つ》るされたブランコのみ。園の端には芭蕉と曾良の像もあるが、一人

で立っていると、足下から寂寞《せきばく》の念に包まれる。公園につきものの子供の姿がどこにもないからだろうか。いや、公園だけではない。周囲を見回しても、風景のすべてに人っ子一人いないのだ。たまたまそういうときに来てしまったのかもしれないが、この種の寂しさもまた、原発事故の影響のひとつなのかもしれないと思う。

大粒の雨が落ちてくるので感慨に浸っているわけにもいかず、濡《ぬ》れながらも放射線を計測した。示された数値を確認して、口が半開きになる。たしかにこの線量では子供たちを遊ばせることは難しい。放射性物質による被害は肉体的な影響のみで語られることが大半だと思うが、こいつはそれ以前に、精神にくる。そう確信した。

鏡石　かげ沼　0・43マイクロシーベルト

降ったりやんだりの雨のなか、国道4号を走る。午後二時、須賀川《すかがわ》に到着。

芭蕉はこの須賀川で、等窮《とうきゅう》という人に世話になった。四、五日泊まらせてもらい、連句三巻《みまき》を為《な》したと書いている。芭蕉のやり方は百吟ではなく三十六歌仙形式なので、三十六かけ三となる。この人たちは会っていきなり百八も句を作ったわけだ。出会うのにも覚悟がいりそうだ。あるいは連句の百や二百など、ほんのお遊びでこなせたのか。

等窮がまず問うたのは、白河の関を越える際にどう感じたかということ。それに対して芭蕉は、「長旅で疲れたから」「風景に魂を奪われていたから」「出会う人それぞれとの別離に断腸の思いがあったから」などと句を作らなかった言い訳を並べつつ、しかしそこは宗匠、さりげなく一句披露する。

風流の初めや奥の田植うた

これがきっかけになって連句バトルへと転じていくのだから、芭蕉もその闘いの予感のなか、初球を投じるピッチャーのような気分で詠んだ句に違いない。等窮はどんな表情でこの初球を打ち返したのだろう。

等窮の屋敷のすぐそばには大きな栗の木があり、芭蕉はその陰で隠遁《いんとん》している僧侶を見かけた。

世の人の見つけぬ花や軒の栗

風情のある屋敷と、そこに集う味わい深き人々。須賀川の街に入り、私は地図を見ながら等窮の屋敷跡を探した。だが、これがまたわからなかった。材木店のおじさんに尋ねると「芭蕉記念館で聞いてよ」とのこと。そう、須賀川には市立芭蕉記念館（現・風流のはじめ館）がある。いや、そればかりではなく、店の名から町の俳句大会の冠までいたるところ芭蕉だらけ。岩手に於《お》ける宮澤賢治《みやざわけんじ》のようなもので、奥の細道に沿う地域での芭蕉の影響力は絶大だ。記念館の前には大きな芭蕉マップがあり、それを見てようやく等窮の屋敷跡を突き止めることができた。わからないはずだ。そこにあったのは屋敷ではなく、NTTのビルだったのだ。全国どこでもだいたい同じ形のNTTのビル。電話が止められる度に電話代を払いに行ったNTTのビル。

ただ、さすが須賀川である。このＮＴＴのビルの裏には芭蕉の句碑に寄り添うように、ほんものの栗の木が植えられていた。なるほど、野宿者のお坊さんがいらしたのはここだったのかと、それなりにしみじみとした気分になった。そしてベンチに座り、線量計を出す。やはり須賀川市内の線量もけっこう高い。

須賀川　可伸庵《かしんあん》跡　栗の木があるところ　０・33マイクロシーベルト

街を眺めながらＪＲ須賀川駅まで行き、「ＰＡＳＭＯで東京から来てヤンキー二人が煙草を吸っていた無人駅で降りました」と正直に申告した。無事に鏡石までの運賃を精算することができた。

須賀川から郡山《こおりやま》へ向かいつつ、午後三時頃、佐《さ》藤《とう》公俊《きみとし》さんのお宅にお邪魔した。公俊さんは私の友人の弟さんだ。あの地震が起きるまで、公俊さんは御家族（奥さん、中学生の息子さん一人、小学生の娘さん三人、奥さんのお母さん）とともに、福島第一原発と第二原発の間に位置する富岡町《とみおかまち》で暮らしていた。しかし、昨年三月十一日の被災以降は戻ることができず、今はこの須賀川の、県の借り上げ住宅で暮らしている。

郡山市内の大学で教員をされている公俊さんはあの日、必死の思いで富岡町の自宅に車で戻った。家族とようやく会えたのは暗くなる頃。この段階では原発事故が起きているという情報はまったく入ってきていなかったらしい。公俊さんは津波に対する警戒がまだ続いているのだろうと考え、近所の公民館へ避難した。避難所となった公民館は人で埋まっていた。横になることもできない状態で一晩を耐えた。すると今度は、原発から半径二十キロ以内は強制退避との命令。近所の人も加え、車二台に分乗して、行けと指示の出た川内村《かわうち》に向かったそうだ。翌日には帰れるものだと思い、愛犬のショパンは庭につないだままだった。

公式発表はないものの、この頃には原発で働く人々の家族から「危ないらしい」との情報も入りだした。防護服を着た人たちが交通整理する大渋滞のなか、指示されたのはなぜか原発に近づく経路。公俊さん一家は不安に苛《さいな》まれながらそこを通り、六時間かけて川内村へ移動した。だが、ようやく着いてみれば、ここではもう収容できないので三《み》春町《はるまち》へ移動しろと新たな指示が。三春町に着いたのはさらに二時間が過ぎたあとだったという。

情報のすくなさに関して、公俊さんはおかしいと思い続けたそうだ。結婚を機に奥さんの実家がある富岡町で暮らし始めたとき、原発事故への不安から公俊さんも線量計を持参した。町にもたくさんのモニタリングポストがあるので、なにか起きたときには線量をチェックすることができる。ところがいざ事故となれば、その数値は住民には伝わらない。いったいなんのためのモニタリングポストだったのか。

こうして公俊さん一家の避難所暮らしが始まった。持ち物は毛布と寝袋ぐらい。戻れないのだから、ショパンのことは諦めた。子供四人を抱え、生活物資のために奔走する日々が続く。そこへきてさらに一大事が発生。避難所となった体育館で、奥さんのお母さんがくも膜下出血で倒れてしまった。お母さんはそれから半年間の入院。

子供たちに強制的にヨウ素剤を飲ませなければいけないことも公俊さんを悩ませた。いったいだれがこれを指示したのかと聞いても、責任者の名前は出てこない。なにかが起こったときの責任系統がまったく見えなかったと公俊さんは振り返る。

そんななか、思いがけないことが起きた。三ヶ月後の一時帰宅の際、死んだものと思っていたショパンが、つながれたまま生きていたのだ。だれが生かしてくれたのか、はっきりとはわからないと公俊さんは言う。東電の下請けの作業員たちか、あるいは命懸けのボランティアが食べ物や水をあげてくれたのだろうと。あたり一帯では、けっこうな数の犬が生き残っていたそうだ。

体が不自由になってしまった義理のお母さんが暮らせ、生還した犬も飼える場所。その条件に合う場所を探し、公俊さんたちは避難所から別の借り上げ住宅へ。そしてこの須賀川へと越してきた。そこで私は、尋ねにくいことを尋ねてみた。

チェルノブイリの事故で汚染されたベラルーシでは、何年もたってから出産異常や子供たちの疾病というかたちで被害が出はじめた。福島と栃木北部でも決して低くはない放射線量が検知されている。それをどう思いますか？　今後もここで子供たちと暮らしますか？

公俊さんは、「教員の間でも意見が分かれるところです」と前置きをしたあとで、「あまり気にしないようにしています。仕事でここを離れることができないので。家族が離れて暮らすことのストレスよりは、まとまって暮らす方がいいかな」と答えてくれた。でも、続けて、「わからないな」とぽつり。本気で答えて下さったからこそ、「わからないな」という言葉になったのだと私には受け取れた。

私だって公俊さんの立場だったら、仕事をやめるわけにはいかないだろう。四人の子供たちを育て上げなければいけないのだから。しかもそれは、放射線の不安が残るこの地に留《とど》まることを意味する。この一年半、公俊さんと御家族一人一人が直面し、乗り越えてきた日々は、シンプルに語れるような理屈のみで成り立っているわけではないだろう。そしてなお難題は目の前にある。これまでと同じく、乗り越えていくしかない坂道が続いている。


佐藤公俊さんに手を振ったあと、再び国道4号の人となり、郡山を目指した。雨はあがった。空にようやく光が射しはじめた。

郡山で一泊することになったのは、小笠原隼人《おがさわらはやと》さんから声をかけてもらったからだ。数年前、一橋大学の学生だった小笠原さんは私の仕事場を直接訪ねてきた。「志を立て

る」ことをテーマにした若い人たちのグループのリーダーとして、また傷ついた一人の人間として。小笠原さんはその頃お母さんを亡くされたばかりで、生きていくことへの真摯な問いかけを胸に抱いた学生だった。

その小笠原さんが国道4号を私と同じように自転車で北上したのは一ヶ月ほど前。郡山の「チャイルドライン」（電話相談）を拡充させるNPOの一員として東京から移住したのだ。「歩道は草だらけで走れませんよ」といったアドバイスもくれ、この夜に泊まる部屋も用意してくれた。そしてもうひとつ、彼が普段出入りしている集いの場も紹介してくれたのだ。「ソーシャルネットワーキングカフェ　ぴーなっつ」というグループ。さまざまな立場の福島の若者たちが集まり、意見の交換をする場だ。

県道沿いの丸亀製麺《まるがめせいめん》でぶっかけを食べ、小笠原さんが仕事から帰ってくるのを待つ間に、朱色が爆《は》ぜたような夕景となった。郡山市内を貫く逢瀬川《おうせがわ》の土手に自転車を停《と》め、西の空に見とれる。ただし、ここも放射線量は高かった。なんと0・52マイクロシーベルト。郡山出身の編集者から、一日外にいるのは避けた方がいいと言われたのだが、住宅密集地でこの数値はたしかにひどい。

郡山　逢瀬川沿いの土手　0・52マイクロシーベルト

夜、仕事から帰ってきた小笠原さんと合流し、シャワーも浴びずにビールで乾杯。そうして続々と、秘密基地のような風格を持つ建物に、福島の若者たちが集まり始めた。ここが「ぴーなっつ」。

もともとこの集いの場は、代表の岩崎大樹《いわさきたいき》さん（ガラス屋さん）が、郡山の町づくりを同年代の若い人たちとやっていこうと立ち上げたもの。岩崎さん御自身もNPOを目指す人たちの中間支援に携わってきたということで、そこで縛りを付けず、目的も活動も異なる人たちに門戸を開いたところ、現在のようにたくさんの若者たちが出入りする場となったそうだ。特に震災以降は、福島の復興を目標にあらゆる立場の若者が境界なく集ってくる。

ただ、私は早朝からの移動に加え、酒が入ってしまったため、皆さんからいろいろと伺った割には細かいところを失念してしまった。皆さんそれぞれの福島復興策を聞いたり、ギターリレーの歌合戦になったり、郡山のコミュニティFMの逆取材を受けたりとメニュー豊富な一夜だった。はっきり記憶しているのは以下の三つだ。

第三位「チャイルドラインに電話をかけてくる福島の少年少女たちが激増していること」

小笠原さん曰《いわ》く、今年は昨年の三倍ペースで利用者が増えているらしい。ここ一ヶ月を集計しても、かかってきた電話は五千件を越えたとか。かつて自分も深夜放送のパーソナリティだったせいか、これは気になった。ふくれ上がりつつある子供たちの苦悩。その根源はやはり原発事故以降の生活の不自由さにあるのか。それともただ、チャイルドラインが郡山で認知されたということなのか。どうなんだろう、小笠原さん。

第二位「中学生の別離をテーマにした歌が、説明を聞いているだけでじーんとくること」

ミュージシャンのアラタヒロシさん。彼はニート支援のNPOのサポーターでもある。震災以降もさまざまな場で活躍され、避難所や仮設住宅での学習支援もしている。そんななか、アラタさんが知り合ったのは川内村から郡山市に避難していた二人の女子中学生だ。今年の春、川内村の強制避難は解除され、一人は地元に帰り、一人は郡山市に残ることになった。またいつか会おうねと言い合いたいのに、その言葉が出てこない二人。川内村と郡山市は、中学生にとっては再会の約束ができないほど遠く離れている。別れの日に向けてアラタさんたちのグループは、二人に曲をプレゼントしようということになった。言い出せなかった二人の約束。曲のタイトルは「Say again hello」。涙をこらえながら、みんなで歌ったそうだ。

第一位「農家の青年の決心が小気味いいこと」

廃業する農家もある一方で、このまま福島で頑張ろうという人たちももちろんいる。むしろ大半の農家は、この地を離れずに農業を続けていこうと覚悟を決めている。しかし田畑の除染を進め、基準値以内の「安全な」作物を育てても、福島という生産地名が出てしまえば、消費者は背を向けてしまうのが現状だ。東北から北関東一帯の作物を輸入禁止にしている国もずいぶんとある。農家の人にとっては本当に厳しい日々が続いているのだ。

ただ、これを風評被害という言葉で片づけてしまうのは、私は違うと思っている。基準値以下であろうと、どれだけかすかな数値であろうと、セシウムが検出される農作物を進んで食べる人はいない。福島産と岡山産の桃が並んでいれば、岡山産を選ぶのが普通の心理ではないか。風評ではなく、これは原発事故による実害。そこをはっきりさせないと、福島の農家は消費者を恨むという妙な方向に行ってしまう。

では、いったい農家はどこに活路を見出《みいだ》せばいいのか。酒が進むうち、当然これがテーマになった。

一人、ブロッコリーを作る農園で働いている青年がいた。彼を囲むかたちで話が盛り上がってきたとき、こんなことを言いだす人がいた。

「学校でもらしちゃった子は、もらしたもらしたって、ずっと言われるんだよね。それが今の福島。じゃあ、どうしたらいいかっていうと、走るのが思い切り速いとか、ものすごく勉強ができるとか、もらしたこと以外で知ってもらうしかない。そっちで人気者になるしかない」

なるほど、と思った。福島の農家が直面している問題に限らず、これはあらゆる場面で有効なたとえだ。みんなも顔を見合わせた。

補償がどうしたとか、検出値を下げるとか、そうしたことばかりに気をとられていると、どうしても受け身の姿勢になってしまう。そうではなく、これを人生の試練と受け止め、理想の農作物を作るための契機にできるなら、未来はひらけるはずだ。

「だったら、世界一のブロッコリーを作りましょう」

農家の青年はそう言って、何度もうなずいていた。私もまた、福島に入ってから初めて光を見たような気がした。そんなわけで、酒席は続いた。

九月七日（金曜日）

旅は七日目。「ぴーなっつ」の面々と昨夜は飲み過ぎた。それでも、鈍くなった頭をオモシにして、午前七時過ぎには国道4号を北上し始めた。飲んでいるとき、酒は雲よりも軽いと思えるのに、なぜそれからしばらくすると体をこんなにも重くさせるのか。アルコールと精神の関係などを考えながら走り続け、あるところでふと気がついた。一時間以上も走っているのに、ちっとも景色が変わらない。『奥の細道』に登場する安積《あさか》山《やま》も安積沼も、いや、それ以前に出くわすはずの〈檜皮《ひわだ》〉（日和田）の町も見えてこない。それもそのはず。私は奥州街道と国道4号を同じものだと思いこんで走っていたのだ。

地図をきちんと見れば、方向は同じでも、まったく違う道だ。

失敗に気づいたのは、高倉《たかくら》のビール工場の横だった。これはまずい。やり直しだ。奥州街道に向かわなければいけない。田畑を突っ切り、東北本線を横断し、また田畑を突っ切った。そして細い市道のようにしか見えない、でも本当は歴史がいっぱい詰まった奥州街道に合流した。悔しいのは、郡山方面に向けて戻らなければいけないことだ。しかも国道4号と違い、こちらは旧街道とあってアップダウンが激しい。歩道もない。その割にはダンプカーが頻繁に走り抜けていく。残暑ゆえの汗と冷や汗の両方で水をかぶったようになりながら、ようやく安積山公園に到着。門をくぐると白バイのお兄さんが忍者のように隠れていた。なぜか互いにお辞儀をしあった。

芭蕉が〈花かつみ〉という菖蒲《しょうぶ》に代わる花を探し求めたのがこの安積山周辺だ。松の木と芝草のみの丘のような盛り上がり。顔面を蜘蛛《くも》の巣だらけにして登ってみると、除染済みという表示があった。ただきっと、除染されているのは公園のごく一部、土の部分だけなのだろう。大半は芝草に覆われた公園なので、掘り返すわけにはいかない。

そこで芝生の上で計測してみる。やはり高い数値が出た。そのせいなのかどうか、公園には白バイのお兄さん以外、だれもいなかった。日光の裏見の滝で驚いていたのが遠い昔のことのように思える。福島に入ってから放射線量はどんどん高くなっていく。

郡山　安積山公園の芝生　0・62マイクロシーベルト

奥州街道をひた走り、周囲の景色に目を奪われる。日本の美しい部分だけを切り取ってガラス絵のなかにはめこんだような風景が続く。私は本当に、安達太良山《あだたらやま》が見えるこのあたり、福島の中通り地方が好きなのだと思う。

あまり知られていないことだが、二〇〇一年の「うつくしま未来博」（福島未来博覧会）のテーマソングを作詞したのは私なのだ。『永遠の心』というタイトルで、作曲は久石譲《ひさいしじょう》さん、歌手は岩崎宏美《いわさきひろみ》さんだった。福島が好きだったからこそ実現した仕事だ。

だから、旅をしながら放射線量を測るというこの行為は、だれに対する嫌がらせでもない。義憤に駆られてやっているのだ。大きな声を上げることができないまま、農作物を出荷できずに苦しんでいる農民や、海に網を入れることができない漁民や、外で思いきり遊ぶことのできない子供たちのことを考え、だれか一人悪者にならなければいけないと思いやっているのだ。そして同時に、葛藤も激しく抱えている。復興を急ぐみなさんは、ここが汚染されたなどと微塵《みじん》も公表して欲しくないだろう。その気持ちはわかる。わかるが、でも、それは本当に福島を愛していることなのだろうか。

　輝く稲田の向こうに、安達太良山の青いスカイライン。美しい里だと思う。稲の上には赤とんぼがとまっている。

だけど、やはり数値は出てしまう。この米は出荷できるのだろうか。

郡山　奥州街道沿い　磐越《ばんえつ》自動車道を越えたあたりの稲田　0・58マイクロシーベルト

福島を愛《いと》おしく思う気持ちは依然として我が胸にある。正午過ぎに本宮《もとみや》の駅前あたりを通り過ぎたとき、こんなにも放射線量の数値が出ているのに、一度はここに住んでみたいとはっきり思ったからだ。

なんだろう、この感覚。空があんまり広かったからだろうか。安達太良山と阿武隈川《あぶくまがわ》と稲田。それが一幅《いっぷく》の絵だとしたら、そこに入りこむことで、私がある種理想的に描いてきた生きることの具体的な肌感覚を得られるような気がしたのだ。ただ駅前を通り過ぎただけなのに、惚《ほ》れた、と思った。

だが、今は旅の途中。立ち止まってはいられない。

二本松市《にほんまつ》に入り、もう一度阿武隈川を越え、鬼婆《おにばば》を閉じこめたという伝説の黒塚《くろづか》へ。

阿武隈川のほとりに鬼婆の墓である黒塚はあった。それにしても、鬼婆が人を食べるようになってしまったのはどうしてなのか。歌舞伎にもなっている『安達ケ原《あだちがはら》』。手塚治虫《てづかおさむ》さんの漫画でこれを読んだときは、そこが喫茶店だったにもかかわらず涙腺が決壊した。一線を越えてしまった者には、必ずやなんらかの理由があったのでは……。その源が人を思う気持ちだったのだと知ると、罪という文字の奥行きに目眩《めまい》を覚える。

二本松　黒塚　0・58マイクロシーベルト

智恵子《ちえこ》記念館に向かう。ミヤマクワガタの亡骸《なきがら》が路面に転がっていた。

高村光太郎《たかむらこうたろう》『智恵子抄』の智恵子さんの生家が、智恵子記念館になっている。奥の細道とは関係のない場所だが、光太郎と智恵子の物語をステージで演じることもある自分としては、絶対に寄っておきたいところだ。造り酒屋だった智恵子さんの生家。なかに入ると大きなお屋敷だということがわかる。ジブリ映画のマックロクロスケが湧いて出てきそうな静寂と闇が今でも部屋を仕切っている。かつてここで暮らしてきた人々のすべての声と念が壁に塗りこめられているような感じ。その裏手には、智恵子さんの切り絵を所蔵した記念館があった。ここで大きくアップされた智恵子さんの写真、その瞳を見たときになぜかじっとしていられなくなり、足早に去った。心のなかでお礼を言うことしかできなかった。

ただ、感傷にひたっている場合でもない。ここでも計測をしてみた。智恵子記念館のそば、ごく普通の路肩に線量計をかざすと、驚く数値が出た。落ち葉溜《だ》まりがそばにあったせいかもしれないが、場所によって思いもかけないところがホットスポットになっている。

二本松　智恵子記念館のそば　0・81マイクロシーベルト

それからしばらく進んでいくと、安達の花農家の横を通った。一面のコスモスが揺れている。放射線のことは忘れ、しばらくうっとりと佇《たたず》む。やはり福島はいい。この風景に囲まれてぼんやりしていたい。そう思いながらも線量計を出す。

安達　コスモス畑　0・43マイクロシーベルト

福島市に向かう県道沿いの食堂で遅い昼をとった。客はほかにいない。おばちゃんにカツ丼を頼むと、どこかへ行ってしまった。ずいぶんたってからまた戻ってきた。おばちゃんの動作はかなりゆっくりとしている。福島の人は、他県の人よりすこしゆっくり派が多いのかもしれない。須賀川駅で自己申告して切符代を払うときにもそれを感じた。おばちゃん、またどこかへ行ってしまった。玉葱《たまねぎ》を畑まで採りにいったのかもしれない。食うのは得意だが、待つのは苦手だ。

午後四時半、福島市に到着した。今日はよく走った。県道が国道4号に合流し、福島大学を越えたあたりの高台から見える景色は素晴らしい。どこまでも澄んでいるのに、絢爛《けんらん》豪華だ。私はよほど安達太良山の佇まいが好きであるらしい。

そこから先は、かなりの高台からの下りとなる。山を下りていくような体感で、ようやく福島の街に出る。またもや阿武隈川を越えていく。安達太良山には雲がかかって、光の柱が何本も立ち上がっている。広大で、神秘的な光景だ。空はこんなにも雄弁になれる。だれがなんと言おうと、歓迎の意を表してくれているように思える。

午後六時過ぎ、まだ力が余っていたので福島市内の信夫山《しのぶやま》に登った。東北新幹線で仙《せん》台《だい》方面へ向かうとき、福島駅を越えてすぐトンネルをくぐることになるあの山だ。

高校生たちがテニスやサッカーに興じているグラウンドが登り口にあり、そのすぐ横を通って坂を上がっていく。あまりに急勾配なので、途中から自転車を押すことになる。大して高くない山だから大丈夫だろうとたかをくくっていたのだが、展望台が三ヶ所あるようで、どれが山頂なのか、あるいはどこに立てば夕景に向かえるのかがわからない。結局、端から順に展望台を攻めていくことになり、滂沱《ぼうだ》の汗、汗、汗となった。そして蚊、蚊、蚊の大群。加えて、墓、墓、墓。

墓地が点在する山だったのだと、登ってみて初めて知った次第だ。真下を新幹線で通り抜けているときは想像だにしなかった風景だ。どうりでカップルを見かけない。いや、人を見かけない。それでもなんとか、暗くなる前に一番西側の展望台に辿り着き、夕景を撮影できた。黄昏《たそがれ》の福島市街と向かい合った。

さて、この山は除染をしているのだろうか。線量計をかざしてみると。高い！　ここは高い！

信夫山の西側展望台、1・34マイクロシーベルト。年間だと、およそ11・7ミリシーベルト。

慣れというものは恐い。線量の数値にあまり驚かなくなってきている。だが、さすがに「え？」と声が漏れ出た。

墓の多い山だとはいえ、この信夫山は県庁所在地である福島市のど真ん中なのだ。つまりは福島市がそれだけ被曝《ひばく》しているということだ。郡山市や二本松市よりさらに高い線量だとは思ってもいなかった。除染していないと軒並みこのレベルなのだろうか。でも、人はここで暮らしている。大半の人が移住を考えずに、あるいはその選択肢を持たずにここで生活を営んでいる。すぐそばでは高校生たちが運動に励んでいる。

では、数値をむしろ忘れるべきなのか。堂々巡りのその問いかけがやってくる。そしてやはり思う。それは違うだろう。人の世に矛盾は付きものだが、どの方向からか背負うものは背負わなければいけないのだ。

福島　信夫山　山頂　1・34マイクロシーベルト

九月八日（土曜日）

昨夜は福島駅近くのビジネスホテルに泊まった。狭い部屋の窮屈なベッドに腰かけ、スーパーで買った弁当と缶ビールで夕飯をすませた。窓は駅からの目抜き通りに面していて、帰宅する人々の姿が見えた。風景としては他の街となんら変わらない。若いサラリーマンもいれば、定年間近といった雰囲気の人もいる。だが、市内中央の信夫山の高い線量を知ったことが尾を引いていた。なにも起きていないかのように見えるごく普通の街の向こうに、透明ではあるものの、長い歳月の果てに牙《きば》を剝《む》く魔物が潜んでいるような気配が感じられた。あるいはそれは杞憂《きゆう》に過ぎないのか。

浅い眠りのなかで目が覚め、旅の八日目が始まる。駅前の喫茶店で朝食をとり、自転車を福島駅の駐輪場に停める。友人のクラウン（道化）に会いにいくため、ここからは電車に乗る。第三セクター、阿武隈急行という名の鈍行だ。

クラウンは宮城県の角田《かくだ》市に住んでいるので、今日はちょっと先走って県境を越えることになる。通勤通学時を除けば、一時間に一、二本しかないこの列車は、停車してもその大半が無人駅だ。福島学院前という駅を過ぎたら、乗客もほとんどいなくなった。だがその分、車窓からの風景は桃源郷のそれと化した。黄金色の稲田、梨や桃を実らせた果樹園が交互にやってくる。風の香りのなかに果物からのメッセージがきちんと入っていて、ぶどうの粒を吸いこんだような気分になる。この列車、いい。凄《すご》くいい。ずっと乗っていたい。

福島駅を午前十時過ぎに発った阿武隈急行は、半時間ほど走って梁川《やながわ》という駅に着いた。ここは全線二十四の駅のうち、五つしかない有人駅の一つだ。角田までは次の列車

を待たなければならない。小さなホームには日よけがなく、草の匂いと太陽光の大盤振舞いだ。しばらく待つことになるので、まぶし過ぎるホームは避け、駅前の広場まで出てみる。すると、のどかな風景のまんなかに空間線量のモニタリングポストがあった。空は広い。牧歌的で有機的な構図でもある。そのなかで、単調で無機的な乾いた数字を点滅させているモニタリングポスト。二十一世紀とは、ひょっとするとこの一点に象徴されるアンバランスさの時代なのかもしれないと思ってもみる。

ちなみにポストの真下でリュックを下ろし、自分の放射線量計で測ってみると、まったく同じ数値が出た。市販の線量計はあてにならないとよく言われるが、各地のモニタリングポストと大きな差異が出たことは一度もない。

阿武隈急行　梁川駅前　0・38マイクロシーベルト

正午過ぎ、友人のクラウンが待っている角田駅に到着。

名前を森文子《もりあやこ》さんという。

震災からまもない頃、私は新聞のコラム欄に「うちの事務所でも三名までなら泊まれます。避難場所がなくて困っている方どうぞ」と記した。するとしばらくして、宮城県の女性から「ありがとう」とメッセージが送られてきた。それが彼女だった。

「まあ、こういう時はお互い様ですから」と私は森さんに返信した。それに……問い合わせは数件あったものの、「用意できるものは簡易ベッドと寝袋です、隣町に銭湯はありますが、シャワーはないのです」と答えると、電話口の向こうでみなさんはちょっと押し黙ってしまった。実際には被災者でもなんでもない昔の友達が訪ねてくるというオチがついただけで、結果的に私のオンボロ事務所は役に立たなかったのだ。ただ、このコラムがきっかけになり、幾人かの新しい知り合いができた。森さんともメールではあったが、表現者としてのあれこれを語り合う仲になった。そしてこの夏、森さんは東京まで鈍行を乗り継ぎ、私たちアルルカンのライブを観《み》に来てくれた。アルルカンもクラウンの一種だ。私もまた道化として舞台に立っている。

森さんの言葉はいつもどこかが詩的であり、その根っこは細やかさとおおらかさが等しく入り交じった豊かな土壌にあると感じられた。一度じっくり話してみたいと私はいつのまにか思うようになっていた。

さて、生まれて初めて訪れた角田市。阿武隈急行の無人駅地帯を抜けてくると、突然街が現れたような気分になる。そしてその突拍子さの極みとして、家々の向こうに巨大なアスパラガスのごとく、白亜のロケットが見えてくる。初めてこの地を訪れる者ならば、だれもが足を止めてしまう光景だろう。

角田市にはＪＡＸＡ《ジャクサ》（宇宙航空研究開発機構）の施設がある。それゆえ、市のシンボルとしてＨ２ロケットの実物大模型（高さ四十九メートル）を設置したのだそうだ。つまりは町おこしの一環。ならばと、角田駅の土産物売場を覗《のぞ》いてみたが、「ドッキング饅頭《まんじゆう》」とか、純米吟醸「大気圏」とか、そういう類のものはいっさい見当たらなかった。

森さんと、駅からすこし離れたところにある山小屋風のレストランに入り、ハンバーグ定食をいただきながらの会話となる。

彼女は震災の日、自宅にいたそうだ。数日前に起きた地震によって崩れた本を整理中だった。そこへあの激震。長いと感じながら、森さんはなぜか電燈の笠《かさ》とつづらをずっと押さえていた。家そのものの崩壊は免れたが、震源に近い土地とあって、電気や水道、電話などすべてのライフラインが止まってしまった。情報がまったく入ってこず、どこでどの程度の地震があったのかもわからない有り様。宮城県内でありながら、津波の被害や原発事故のことを知ったのは一週間後だとか。それまでは給水場所で交わされる会話や、友人からの連絡など、断片的に入ってくる情報をつなぎ合わせていくしかなかったという。食べ物や水の確保がまず問題で、放射性物質が降り注いでいることなどまったく知らずに外を歩き続けていたという森さん。

その後も宮城は津波被害一色で、原発事故の問題は福島止まりだったと森さんは振り返る。でも、ヨウ素やセシウムを撒《ま》き散らす風の流れに県境は関係ない。当然だれもがそれを考える。不安がつのるなか、森さんや知人のみなさんは、市長にメールを送るという方法をとった。

「表立ってなにかをすると浮いてしまうのよね、ここでは……」と、森さんはおっしゃるのだが、「いえいえ、この地に限らず、なにかを企てればどこでも多少は浮きますよ。目の端で睨まれたりもするし、それはいっしょですよ」と私は答えた。

とまれ、ここの市長は市民がダイレクトに送れるメールコーナーを設けていたというのだから太っ腹だ。それであまり表立つこともなく、「現状はどうなっているのか？」「市はどんな対策を考えているのか？」「子供たちは給食を食べて大丈夫なのか？」といった具体的な質問を連発することができたそうだ。

では、現状はどうなっているのか。角田駅前の公園で計測したところ、0・33マイクロシーベルトという数値が出た。福島市内ほどではないが、やはり県境を越えたこの角田市にも放射性物質を含んだ風は吹きつけたのだ。だが、森文子さんはこの街から出て行くつもりはないという。いったいその覚悟はどこから来ているのか？

「意地でも今後を見届けてやるってことですヨ」

森さんは言う。将来、健康に影響が出るようなことになるのか。あるいはなにもなく過ごせるのか。農業はどうなるのか。この土地はどうなるのか。それを見届けたい。だって、生まれ育った場所なんだもの。

笑顔でそう言われたとき、私はそのぶれのなさにすくなからずの新鮮さを感じ、加えて積み木の面がぴたりと合うような理解の仕方もした。郷土愛という言葉だけでは説明できない論理性が彼女にはある。見続けることがひとつの表現なのだ。そのような意味で目撃者たらんとしている人ではないか。

ただ……と、森さんは言葉を続けた。

震災三ヶ月後から半年後あたりまでは、パフォーマーや大道芸人にも仕事はあったらしい。復興をテーマにしたイベントが東北各地で催されたから。でもそこから先は一気になくなってしまった。この地で今、道化や芸人が生きていくのはなかなか大変なことなのだそうだ。私は相づちを打ちつつ、感じたことを正直に言った。

「まあ、どこにいてもクラウンなんて大変ですけどね」

森さんも塩《しょ》っぱい顔でうなずいた。

「はあ、まあ……基本、投げ銭ですしね」
森さんの活動範囲はなかなかに広く、かえる友の会にも入ってらっしゃるという。芭蕉と共通の趣味をお持ちだ。去り際、車に積んであるカエルのぬいぐるみをいくつか見せてくれたので、一体を頭にのせてもらい写真撮影を行った。森さん、「このでかいカエル、お客さんひくんですよねえ」と目をむきつつ、ポーズ。

角田駅前　0・33マイクロシーベルト

阿武隈急行で福島市に戻ったのは午後四時過ぎ。帰りもまた貸し切り列車と錯覚するほど乗客の数はすくなかった。その名のとおり、列車は阿武隈川沿いを走っていく。桃やぶどうの果樹園もいいが、水際の景色も素晴らしかった。福島〜角田間は、どちら側の席に座っても車窓の風景に目を奪われる。今度乗るときはワンカップでも持ってこようと思った。

福島駅からは、再び奥の細道を辿る旅に戻った。するとここで、福島在住の編集者、ボーヴォワールさんが参加した。「ちょっと体験してみたかったのよ」とささやく彼女もまた自転車に乗ってきたので、この旅始まって以来の並走となる。大きく蛇行する阿武隈川を二人で越え、芭蕉が見物に訪れた文知摺石《もぢずりいし》を観に行った。

芭蕉の時代以前から、歌枕として、また伝説を秘めた巨石として大事にされてきたのがこの文知摺石だ。石というよりは岩なのだが、その表面に草の汁を塗り、布をあてがって擦ると運命の文字が浮かび上がるという言い伝えがある。元禄期からすでに観音堂は横に建てられていたようだが、訪れる人があとを絶たないため、石碑だのお堂だのがどんどん集積していき、今や神秘な石のテーマパークと化している。とはいえ、苔《こけ》むした石の群れはそれなりのオーラを放っていて、見る人が見ればパワースポットと仰ぐこと間違いなし。どのアングルから写真を撮ろうかと文知摺石の周囲を歩けば、鉄柵の上に「なにしてんだよ?」といった顔つきのアオガエルがいた。こんなところにも芭蕉の友達がいると感じ入り、すこしふてくされた表情のカエル君を撮影する。

その後、ボーヴォワールさんとともに観音様の裏手にある草原へと回ってみた。休憩所で腰をおろし線量計を取り出す。

　何度も測り直したので間違いないはずなのだが、ちょっと信じ難い数値が出た。文知摺観音裏手の草原……なんと、1・48マイクロシーベルトと出た。信夫山よりも高い。白河めぐみ学園の汚染土仮置場の1・62を別にすれば、これまでの計測最高数値だ。しかも、近くは住宅街と農地。ネギ畑のネギが捨てられて山のように盛り上がり、異臭を放っていたことの理由がよくわかった。農家のみなさんの気持ちを考えると、ここに置かれているのは文知摺石ではなく、何度崖に押し上げても落ちてくる「シジフォスの岩」ではないかとふと思った。

福島　文知摺観音裏手　1・48マイクロシーベルト

『奥の細道』では〈飯塚《いいづか》〉と記されている福島市の飯坂《いいざか》温泉。巡り合わせが悪かったのか、芭蕉は貧相な宿に泊まったようで、〈灯《ともしび》もなければ、ゐろりの火《ほ》かげに寝所《ねどころ》をまうけて臥《ふ》す〉と愚痴っている。しかもその夜は雷雨。水の漏る部屋で〈蚤《のみ》、蚊にせせられて眠らず、持病さへおこりて消入《きえい》るばかりになん〉とかなり苦しめられた様子。

私はその飯坂温泉で、芭蕉には申し訳ないような、きらきらとした安泰な時間を過ごさせてもらった。泊めて下さったのは、この地に住む渡辺《わたなべ》さん一家。渡辺さんは私のライブにも何度かいらして下さったことがあるナイスガイで、この夜はエプロン姿となり、酒の肴《さかな》を作って下さった。テーブルのまんなかには渡辺さんが頼んで近所の老舗で焼いてもらった円盤餃子《ギョーザ》までである。揚げてあるのになぜか軽く、いくらでもサクサクサクサクサク入っていく福島名物のとまらない餃子だ。これをつまみながら杯を重ね、奥さん娘さんも交え、夜更けまで話が弾んだ。

渡辺さんは千葉の外房《そとぼう》の生まれ育ちで、学生時代は埼玉、その後は東京にいらした。結婚後、娘さんが誕生されたのを契機に、奥さんの実家があるこの飯坂温泉に越してきた。その理由は、大自然のなかで子供を育てたかったから。でも、話を聞いているうち、大自然の揺りかごに抱かれたかったのはまずご本人ではなかったのか、という気がしてきた。以前から好きだった渓流釣りを通じて、「ヤマメやイワナがうようよいて、茶碗を洗うのにイワナを押しのけないといけなかった、なんていう東北に憧れていた」そうなのだ。

以来十余年、渡辺さんは福島の自然と人々にどっぷり浸り、自ら「半塾半縄文」と呼ぶ生活を味わってきた。塾講師のかたわら、放置された畑を借りて開墾し、自給のための野菜を育てる。また、奥羽《おうう》山脈のブナ林に入ってイワナを釣り、キノコを探し、山菜や木の実を採取する。相馬《そうま》や名取《なとり》の浜に行って魚を釣り、貝を拾う。これはみな、自然をバランスよく利用してきた東北の縄文人にならった暮らしなのだそうだ（渡辺さんはTwitterで「福島らすちじん協会」として発表しています）。

そこで起きたのが、今回の地震と原発事故だった。今でも畑は1マイクロシーベルト以上に汚染されているため、昨年も今年もわずかな野菜しか作っていない。山菜やキノコも食べられなくなった。渓流魚は軒並み基準値の100ベクレルを越え、釣り人の姿も消えてしまったそうだ。

自然を賢く利用しながら定住すること。渡辺さんが理想とするその半縄文の暮らしは、自然に対する信頼がなければできるものではない。放射性物質によってそれが揺らいでしまった今、渡辺さんはフィールドを失った。では、この地を去るべきなのか。それに関して、渡辺さんは悩み続けている。

「なぜって、自分はこの自然の一部ですから。安心できなくなったから捨ててよそへ行けばいい、というのは現代人の身勝手であるような気がするんですよね」

愛するものだからこそ、逆境にあるときは見守り続けるのが筋ではないのか。クラウンの森さんにも通じる考え方だ。一方で、高校生の娘さんの将来について話が出たときは明確な言葉があった。娘さんも、放射線量の高い地域で暮らしていることについては不安があるという。特に最近は、福島出身というだけで差別を受けた、縁談が破れたという話も伝わってくる。若い女性なら当然気になるところだ。

娘さんはしかしそこで毅然《きぜん》とした表情になった。

「そういうことを言う男は相手にしない」

「そうだよね。賛成ですよ」と、私もなる。そんな奴《やつ》はこっちからバイバイだ。いっしょになってもロクなことないよ。そうそう。決定。と、あれこれ言い合ったあとで、渡辺さんが付け加えた。

「福島から出ていくときがきたら、無理に戻ってこなくていいから」

娘さんは言葉を返さなかった。福島に住む人たちは今、深いところでさまざまな思いを反芻《はんすう》しているのだと思う。

九月九日（日曜日）

昨夜は、網戸から入ってくる涼しげな風にそっと撫《な》でられながら、渡辺さんの部屋で横にならせてもらった。自転車で遠い距離を行き、初めて訪ねる人の部屋を借りる。普通こういう場合、申し訳なさが先に立つものだろうが、なんとも良い気分だった。どこかがあつかましくできているのだろうか。自分にとっては新しく、指先の感覚までが更新されるような日々が続く。

旅は九日目だ。朝ご飯を御馳走《ごちそう》になったあと、渡辺さんの畑に案内してもらう。近くを流れる摺上川《すりかみがわ》の土手に面した農地で、草が伸び放題になっている。「線量計で測る度にがっかりするから、もう最近は測ってないんだ」と渡辺さんは崩れた畝《うね》を踏みしめる。横の梅林は二年続けて収穫を見送ったとか。熟れても、ただ落ちて腐っていくだけの果実。

収穫時に野菜や魚を持ち寄って祝宴を開いたという隣の椎茸《しいたけ》農家は廃業してしまったそうだ。セシウムを集めてしまう菌類は当分出荷できそうにない。キノコに頼ってきた農家は生活の基盤を失った。かつては自慢の作物を持ち寄ったであろう屋外テーブルが、雑草だらけの畑の隅で朽ちた粗大ゴミのように放置されている。のどかな風景のなかで、談笑を忘れたテーブルが現実を突きつけてくる。

渡辺さんが気にしているのは、「農産物だけではなく、生産者の安全まで行政が考えてくれているかどうか」ということだ。米の全袋検査や農作物のモニタリング調査など、安全性を訴えるPRはあっても、生産者の安全が話題になることはまったくないそうだ。農地の放射線量は高いままなのに……。

「地元で生きる人たちへの理解や共感がなければ、解決策も見えてこないよね」

周囲は美しい。朝の光が川岸のあらゆるものに宿り、燦爛《さんらん》たる帯をつくって揺れている。セキレイがそこで遊んでいる。でも、乗り越えなければいけない壁が、目に見えない存在として立ちはだかっているのはたしかなことだ。この土地の形あるものすべてに美が宿り、また等しく難題を抱えこんでいる。

うがったものの見方ではあるが、美しさはある意味で目くらましにもなり得る。恣意的にきらめきだけを提示するのはひとつの罠《わな》なのだ。「美しい国」などといった表現を乱発し、陰で耐える無数の痛みを忘れさせようとするなら、美そのものも生命を失うだろう。あとは、強引な厚化粧と有無を言わせぬ政治が横暴を繰り返すことになる。

午前九時過ぎ、飯坂温泉の医王寺《いおうじ》を渡辺さんと訪れる。

源義経《よしつね》の太刀《たち》と弁慶《べんけい》の笈《おい》（背負い箱）が宝物として保管されていると芭蕉が紹介している医王寺。だが、曾良の日記を辿ると、二人は寺のなかには入っていない。寺から拒まれたのか、入る気がしなかったのか、あるいはほかに理由があったのか。いずれにしろ、芭蕉と曾良は医王寺の境内までは入らず、義経に仕え憤死した兄弟、佐藤継信《つぐのぶ》、忠《ただ》信《のぶ》の墓を裏からそっと眺めたようだ。

『奥の細道』は完全なるドキュメントではなく、芭蕉の心象風景を行く旅の記録でもあるので、書かれていることと実際の行動が食い違う部分はどうしても出てきてしまう。医王寺で〈女なれどもかひがひしき名の世に聞《きこ》えつるものかなと袂《たもと》をぬらしぬ〉とつづった部分もおかしい。死んでしまったそれぞれの夫の甲冑《かっちゅう》をまとい、義理の母を悲しませないようにしたという継信、忠信の嫁二人。涙が出たので袂でふいたよと語るそのいかにもな行為を、芭蕉が医王寺のなかの石碑から知ったと記しているところだ。

実はこの石碑があり、嫁二人が祀《まつ》られているのは、宮城県の田村《たむら》神社だ。たしかに継信と忠信の墓は医王寺内にあるのだが、嫁二人の痕跡はここにはない。芭蕉の記憶違いではないかと書いている資料本もあるくらいだ。ここから先は私の妄想だが、事実をねじ曲げてしまったこのあたりの記述に関しては、芭蕉の思いやりのようなものを感じるのだ。そこまで愛し合った夫婦たちだからこそ、同じ寺を菩提《ぼだい》にしたかったのではないだろうか。

笈も太刀も五月《さつき》にかざれ紙幟《かみのぼり》

継信と忠信の墓は、巨大な円盤状の石を縦に重ねた独特の形をしていた。石のドーナッツを縦に並べたような斬新なフォルムだ。「この地方にはヨーロッパのドルメン（支石墓）のような石文化があったのかもしれないね」と渡辺さんは言う。たしかに、二人の墓の近くにある薬師堂には見慣れないものがずらりと並んで提げられていた。木の絵馬ではなく、願いごとが書かれた薄い円盤状の石。吊られているのは石なのだ。薬師堂にかかる重量は相当なものだと思われる。食いこむほどに願いは重いのだ。
さて、医王寺近辺の放射線量。飯坂温泉周辺は高いと聞いていたが、やはり相当の数値が出た。観光客の目に触れないところで、線量計をしばし見入ってしまった。

飯坂温泉　医王寺近辺　０．81マイクロシーベルト

〈飯塚〉での一夜を、〈湯に入《い》りて宿を借《か》るに、土坐《どざ》に筵《むしろ》を敷きて、あやしき貧家《ひんか》なり〉などと、芭蕉はあまり良い書き方をしていない。それもそのはず、先述のとおりここでの悲惨な一夜がきっかけになり、芭蕉は持病である腹痛と痔《じ》を悪化させてしまったらしい。そのせいで馬を借り、這々《ほうほう》の体《てい》で飯坂を脱出することになるのだ。『奥の細道』の読者としてその事情を知っているせいか、飯坂温泉駅前の芭蕉像もなんだか色褪《いろあ》せて見えてしまう。たしかに頭から鳥の糞《ふん》をかぶり放題ではあるが、ここの像は他の地域のものとはちょっと違い、みじめな雰囲気だった。草加の像も鳩《はと》の糞をかぶってはいたが、芭蕉と曾良が通過したというだけであれだけ盛り上がっていた。飯坂温泉の像はどちらかというと、芭蕉が好きな〈羇旅辺土《きりよへんど》の行脚〉（果てを行く旅）の言葉どおり、野ざらしの覚悟が表出している。

飯坂は良いところだと思う。風光明媚《ふうこうめいび》な上に、軽くて止まらない餃子がある。しかしここしばらくの不景気に加え、原発事故の影響が直撃している。廃業する温泉旅館がすくなくないとも聞く。一陽来復、捲土重来《けんどちょうらい》のためには、旅人の勝手な思いではあるが、駅前の芭蕉の像を拭いてあげることもひとつの方策ではないかと思った。

午前十一時前、お世話になった渡辺さんに手を振り、宮城県に向かって走りだす。桑折《こおり》から藤田《ふじた》へ抜ける奥州街道沿いで汗が止まらなくなる。自販機の水を飲んで一息。このあたりは、〈道路に死なん、これ天の命なり〉と芭蕉が覚悟を決めたところだ。よほど心身のバランスを崩していたのだと思われる。いったい芭蕉は、飯坂でなにを食したのか。

　一方で、現代の自転車行もそう楽ではない。残暑というよりは炎暑がまだ続いているのだ。国見《くにみ》の峠に向け、延々と上りが続くこの街道筋がまさに試練の道。しかし、江戸や明治の風情を残している家々や建物がこのあたりにはいくらでもある。いっさい予備知識がなかった私は目を見張ることになった。自転車による奥の細道の旅を企てなければ、こんな場所には来られなかっただろう。とっておきの旅先が増えていくようで、それがひそかにうれしい。この土地もいつか必ず再訪しようと思う。

　ペダルを漕ぐのはしんどいけれど、巡り合う風景すべてが語りかけてくる。その混濁した状態のなかで、いやがおうにも旅情を盛り上げる奥州街道と羽州《うしゅう》街道の追分（分岐点）に差しかかった。古くは大名行列もここを通ったに違いない場所だ。いたっておもむきのある風景だが、線量計をかざせばやはり高い数値となった。歴史に身をゆだねてきた穏やかな町。原発事故はここにも分け隔てなくセシウムを降らせた。

桑折　奥州街道と羽州街道の追分　0・57マイクロシーベルト

旧街道から国道4号に入り、旧伊達《だて》藩を目指してペダルを漕ぎ続ける。きつい。ここはきつかった。桑折から藤田、そして国道と、とにかく上りが続く。漕いでも漕いでもその向こうから坂が現れる。炎暑のなか、足腰の疲労がボディ・ブローのように効いてくる。そしてある光景が、私の胸を締めつけた。

この炎天下で、農家の奥さんたちが桃や梨を売っている。奥さんたちの頭上にはパラソルがあるが、アスファルトの路上なのだからうだる熱気はそう変わらないはずだ。だが、車を停めて果物を買おうとする人は見当たらない。奥さんたちはどんな気持ちで路肩に座っているのか。

昨年今年とこのあたりの農家はみな除染に追われた。土を入れ替え、果樹の幹の皮を剝ぎ、枝を落とし、なんとか食べてもらえる桃や梨をつくろうとした。一応は安全だといわれるベクレル数の基準値。そこを越えない果実を収穫できるようになったのはようやく今年になってからだと聞く。だが、それでも売上は伸びない。厳しい。福島産と聞けば、首都圏の消費者は手を出さない空気になっている。

繰り返しになるが、ここで考えてしまうのが、今の自分の行為だ。復興に向け、必死になって立ち上がろうとしている人たちにとっては、線量についての話題が出るだけでもいやなものだろう。福島の大半が汚染されてしまった事実をなかったことにするのはもちろん無理な話だが、ここで農業を営み、あるいは観光客を招こうとする人々にとっては、その件については話さないでもらいたい、忘れてもらいたいというのが本音だろう。

このあたりの土地が放射性物質に汚染されてしまったことは疑いようのない事実だ。農地の除染は進んでも、それを敷地外に出すことはできない。また、山林の除染は基本的に不可能なので、降り積もったセシウムは水の流れに乗り、方々に新たなホットスポットをつくるだろう。それが原発事故の現実だ。

そして今、売れない桃や梨を前にして、奥さんたちは炎天下に座り続ける。

苦だ、と思った。

まったくこの坂は苦しかった。肉体的な疲労はともかく、迷いがもたらす苦があった。人生は坂ばかりだ。気の遠くなる彼方《かなた》まで、勾配のある道が続いている。

ペダルを漕ぐ。漕いで、漕いで、漕ぎ続ける。

やがて、頼朝《よりとも》軍に対抗して奥州藤原《ふじわら》氏が築いた阿津賀志山《あつかしやま》防塁を越えた。大昔に造られた人工の土盛が国道4号と垂直に交差している。そして伊達の大木戸に続き、国見の峠を越えた。道はそこでようやく上りから下りへと転じ始める。汗をふきつつ、貝田《かいだ》の番所跡を越え、さらに進んで宮城県に入る。県境の森林地帯ゆえ人家もまばらだが、線量計を出してみる。数値は高いままだ。放射能汚染に県境はない。

福島・宮城県境　0・67マイクロシーベルト

昼は過ぎていたが、あたりに食堂などは見当たらず、そのまま進んでいく。旧伊達藩の越河《こすごう》の番所跡を過ぎたあたりで歩道はなくなり、路肩の幅も狭くなった。宮城県に入った瞬間から道が悪くなった印象を受ける。横を通り抜けていくトラックとの距離が近い。これは怖いなあと構えだしたところで、国道4号から右に折れる旧街道が見えてきた。鐙摺《あぶみずり》という急坂だ。なんと、芭蕉が歩いたのはこの道だ。安全のためにすこし回り道をと下り始めた坂だったが、その選択は正しかった。

右手に田村神社がある。坂上田村麻呂を祀った神社で、佐藤継信、忠信の嫁二人の像が祀られている甲冑堂もここにある。飯塚の医王寺にあるものとして芭蕉が記し、〈堕《だ》涙《るい》の石碑〉と呼んだところ。その甲冑堂のなかを見ることはできなかったが、仕方なく入った分け道が芭蕉の辿ったルートと重なっていたことに、私はすくなからずの縁を感じていた。大袈裟《おおげさ》かもしれないが、導かれているような気持ちになった。

旧街道は再び国道4号へと合流した。ゆるやかな下りと平坦《へいたん》な道の連続となる。山を越えて平野部へ出たのだ。のどかな田園地帯が広がる。コンビニも姿を現したので、飲み物とサンドイッチを買ってひと休み。力が再び湧いてくる。

城下町の白石《しろいし》市内を進めば、側溝の水が澄んでいて、魚が泳いでいた。暑くてへたりそうではあったが、そのまま勢いに乗って蔵王町《ざおうまち》を過ぎ、放射線計測のNPOがあるというJR大河原《おおがわら》の駅前まで進んだ。だが、アポを取らずの訪問が失敗だった。この日は休みで扉を閉ざしている。ちょっとがっかり。吉野家《よしのや》の牛丼生卵付きで気を取り直し、もう一度国道4号へと戻った。途中、妙な気配が漂う山があった。韮神山《にらがみやま》と表示されている。なぜだろう。なぜかこの韮神山からは語りかけられているような気がして線量測定をしてみた。線量が落ちてきている。

韮神山　0・24マイクロシーベルト

そのまま自転車を漕ぎ続け、阿武隈川沿いを仙台方面に向かって進んでいく。槻木《つきのき》を越え、川向こうに亘理町《わたりちょう》を確認したあたりから風景は変わってくる。野原の向こうに大きな工場群が見えはじめる。栃木北部から福島を経てここまで、金属ぎらりのこうした建造物は久しく目にしなかった。東京からの距離はどんどん延びているのに、「なんだ

か、帰ってきちゃったな」という気分になる。

陽《ひ》が傾いてから、ようやく岩沼《いわぬま》に入った。今夜はここで宿を探そうと思う。

芭蕉がこの地に泊まって見物したのは、幹から二本に分かれている〈武隈《たけくま》の松〉だ。西行も能因も詠んだ歌枕界のスター。ただ、能因法師はうっとりして詠んだわけではなく、芭蕉の記述によれば〈松はこのたび跡もなし〉〈松は今回なかったよ〉と怒りの歌を残している。無粋な人にとってはただの邪魔な松だったようで、赴任してきた殿様によって名取川《なとりがわ》の橋の杭《くい》にされてしまったそうだ。そうした例もあるように、何度も伐《き》られてはまた育てられた松なのだと芭蕉は説明している。それでも元禄時代に芭蕉が巡り合った武隈の松は、〈今はた千歳の形とゝのほひて、めでたき松のけしきになん侍《はべ》りし〉と、独特のオーラを放っていたようだ。

私はこの松が見つけられず、岩沼の通りを自転車で何度も往復した。結局、停車している観光バスのバスガイドさんに尋ねてようやく場所を教えていただいた。

なるほど、武隈の松は、二本の幹がねじれるように重なり合い、それでいて堂々たる佇まいだった。立派な姿だ。芭蕉の頃から〈あるは伐り、あるひは植継ぎなどせしと聞くに〉とある松だから、これはいったい何代目なのだろうと見上げてしまう。ごつごつとした樹皮にも触れてみる。木も生き物である以上、常になにかを感じているだろう。小声で話しかけ、盛り上がった根の上方一メートルに線量計をかざす。韮神山で数値はすこし下がったのだが、ここでまた上がった。この木が何代目であろうと、初めて放射性物質に汚染された武隈の松であることは間違いない。

岩沼　武隈の松　0・38マイクロシーベルト

さて、ここで私は考えた。この地ではもう一ヶ所、我がままの限りを尽くして死んでしまった藤中将実方《とうのちゅうじょうさねかた》の墓がある場所として、「笠島《かさしま》」と呼ばれる単独のくだりが『奥の細道』に登場する。記されている以上はそこを訪ねるべきなのだろうが、あまり前向きな気持ちになれなかった。芭蕉自身、梅雨時で疲れも溜まっていたらしく、「まあ、いいか」とそこは訪れずに終わっている。そういうわけなので、私も行かないことにした。田舎の人を差別したり、弱い者いじめをしたりする人は、いかにすぐれた歌人であ

ろうとまったく興味が湧かないのだ。
もう午後六時近くになっていた。宿を早く探すべきだが、どういうわけか今日は自転車から降りる気がしない。朝からざっと七十キロを走っているのに太腿《ふともも》はまだ元気だ。
結局、海岸線に向けて走ることにした。まだこの旅に於いては、津波の直接の被災地には足を踏み入れていない。これからそれが始まるのだ。
仙台空港を横目に見ながら、海岸線までの六キロを走る。体育館や病院、新興住宅地などを抜けて……ああ、ここまで波は来たのだと一目でわかった。がれきはもうこの場所にはほとんど残っておらず、ただ茫々《ぼうぼう》とした荒れ地が広がるばかりだ。ほぼすべて片づけられてしまったのだろうが、石仏や墓石などは散乱した状態で積み重なっていた。初めて目にする光景だ。

折れ曲がったまま立っている「通学路」の標識。これも目をとらえて離さなかった。あの日までここには家が立ち並び、道を歩くランドセルの子供たちがいたのだ。

海岸まで走ると、防潮林の松林の跡があった。半分はなぎ倒され、またかろうじて生きている松の上に枯れた松が絡まり、重なった状態が帯となって続いている。ここを襲った水の力を想像すると思考が止まり、いっさいの形容詞が出てこなくなる。だが、それでも振り返ると、空は精一杯に輝く夕焼けだった。傷が癒えることのない人にも、忘れようとしている人にも、原発なき未来を望む人にも、あるいはその反対の人にも、まったくどうでもいいと思っている人にも、夕暮れの朱色の光は等しく降り注ぐ。そして私はその地を自転車で巡っていく。

九月十日（月曜日）

旅は十日目。今朝は、宮城県角田市のクラウン、森文子さんと国道4号で再会した。カエルの人形や風船などを満載した車に私も自転車ごと乗せてもらい、仙台市の南に位置する岩沼市から石巻《いしのまき》市郊外の「道の駅　上品《じょうぼん》の郷《さと》」まで一気に運んでもらった。森さんの大道芸人仲間に被災された方がおり、この一年半の奮闘を伺うことになっていたからだ。

お名前を石川明《いしかわあきら》さんという。私よりすこし年上、五十代半ばだ。石川さんにはパニック障碍《しょうがい》の症状があり、たまに発作に見舞われるらしい。初めて会う状況を考え、私が単独で行くよりは、よく知っている森さんも含めての席がいいだろうということになった。

石川さんは、オルガンを弾く大道芸人だ。ヨーロッパの街角の大道芸などで時折見かける手回しオルガンと、従来の足踏みオルガンの双方を演奏する。

お母さんと二人暮らしだったという石川さん。その最愛の母を失ったのは昨年、二〇一一年の一月二十二日だった。お母さんの頭を撫でながら歌を歌い、そのまま見送ったと石川さんは言う。その大きな悲しみから抜け出せないまま三月十一日に被災、住む場所を失った。今は仮設住宅で暮らしながら、道の駅でオルガンを弾き、投げ銭を糧《かて》に暮らしている。食事は道の駅から毎日一食だけ提供され、あとはなんとか凌《しの》いでいるということだ。

震災のその時、石川さんは車を運転していた。長く続いた揺れのあとで石巻の家に戻ってみれば、ブロック塀が崩れて散乱していた。近所の迷惑にならないようにとブロックを片づけているうちに津波が襲ってきた。気づけば胸までの水のなかに取り残されていた。石川さんはオルガンと手回しオルガンだけを車に積み、北上川《きたかみがわ》の土手に避難した。

それから水が引くまでの四日間、石川さんは土手の上に居続け、なにも食べずに耐えたという。そしてついに日赤《にっせき》病院へ。しかしそこはまさに野戦病院さながらで、保険証を失った精神疾患の患者など相手にしてもらえる状態ではなかったそうだ。仕方なく石川さんは市内の中学校に避難した。だが、パニック障碍を持つ石川さんにとって、人がひしめき合っている環境は厳しいものがあった。

水が引いたあと、石川さんは家に戻り、濡れた布団や畳などを処分した。そして物置で暮らすようになった。家が、お兄さんの所有ということになったからだ。お兄さんもまた家族を抱え、津波で家を失ってしまった。石川さんが音楽大学へ進学する際、たくさんの費用を家族が我慢して出してくれたことなどを考えると、家をお兄さんに譲る、自分は物置へ、そして仮設住宅へ向かうということに関して、なんの迷いも不平もなかったと石川さんは言う。

ただ、震災から一年ぐらいたった頃から緊張が緩んだのか、石川さんは続けて発作を起こすようになった。しかしそれでも石川さんは点滴を打ちながら、ほぼ毎日この「道の駅　上品の郷」で演奏をしている。

音大を卒業したあと、仙台の高校で音楽の教師になった石川さん。その頃は声楽家も志していたらしいが、強迫性障碍や過食症などを病み、退職することになった。その後いろいろとあり、石川さんは心の遍歴を重ねる。そしてその旅路の果てに、木の柔らかさが醸し出すオルガンの音色に目覚め、路上での演奏を自らの癒《いや》しとするようになった。石川さんの演奏を横でずっと聴いていて、私もそれを体感した。たしかにこの音色には、聴く者の心を包みこむ柔らかな力がある。それは同時に、演奏者の心にも穏やかな波動を伝える響きなのだろう。

こんなことがあったと石川さんは教えてくれた。目の前に立った中年の女性が、童謡の「ふるさと」をリクエストした。言われるままに石川さんは演奏を始めた。すると途中で泣き始めた女性は涙が止まらなくなり、人はこれほどまでに泣けるのかというくらいの号泣に変わった。おそらくはこの土地からどこかよそに越していく人だったのでしょうと石川さんは言う。震災によって、深い哀《かな》しみを背負った人なのかもしれないと。

道の駅の利用者のなかには、戸口の近くにオルガンなんか置かれちゃ邪魔だと怒鳴りつけてくる人もいるらしい。それでもやはり、多くの人は石川さんの演奏に耳を傾ける。その音色から温度や手触りを得る。

もちろん、オルガン演奏の大道芸ひとつで食べていくのは不可能に近いことだ。石川さんはだから、女川《おながわ》原発の作業員のアルバイトもしてみたという。点検作業の手伝いで、下請けの下請けの下請けといった位置でしかない仕事。とても人間がやる作業だとは思えなかったと石川さんは言う。

経済的には本当に厳しい。この道の駅は、児童の七割が亡くなった大川《おおかわ》小学校や、防災無線の若い女性が亡くなった南三陸町《みなみさんりくちょう》へ通じる道の途中にある。日本中からその二ヶ所に向けて献花に訪れる人があとを絶たないそうだ。演奏している石川さんの目の前に道路地図が立っているせいか、そこへ行くための道順を聞いてくる人も多数いるという。

だが、石川さんの演奏には投げ銭がない。

「追悼の気持ちは本当にありがたいですが……生きている人間には冷たいですね」

石川さんは苦笑する。

ぎりぎりの生活。底を割ったらどうするのですか？　私がそう尋ねると、石川さんは笑顔を絶やさないまま手回しオルガンをそっと撫でた。

「そうなったら……最後は、日和大橋《ひよりおおはし》からオルガンと身投げをしようと思います」

そうは言いつつも、日々あらたな心で鍵盤に触れようとしている石川明さん。どうにかしてこの人は生きていく。根拠はなくとも、私は彼の笑顔と演奏からそれを感じ取った。

石川さんと別れたあと、クラウンの森さんの車で仙台まで戻った。できれば自転車で継いでいきたい旅だ。できるだけ振り出しに戻らなければ踏破感がないということもあるのだが、これが奥の細道を辿る旅である以上、私はどうしても仙台市北東部の、七北《なな き》

田川《たがわ》を越えた岩切《いわきり》という場所に行かなければならない。

ところが、仙台市内の榴岡《つつじがおか》公園まで森さんに送ってもらったあと、私は不注意から手先を油まみれにして格闘するはめになった。コイル式のワイヤー鍵をタイヤにかけてトイレに行き、それを忘れてペダルを漕いでしまったのだ。ワイヤーは延びきり、そのすべてがギヤ部に絡んでしまった。これを素手で取るのが大変だった。しかもそのあと、今夜の宿が決まっていないことを思い出し、多賀城《たがじょう》や塩竈《しおがま》周辺の安宿を探したのだけれど、なかなか見つからない。電話口でOKが取れても、自転車で旅をしていると言った瞬間に、「うちはそういう人は困る」といきなり断られてしまう。福島から宮城に入ると自転車の背後からやたらクラクションを鳴らされるし、なんだか雰囲気変わっちゃったなあ。

芭蕉も伊達藩では苦労があったようだ。その最たるものは句会をすべて拒まれたこと。句の指導を通じて路銀を得ていた可能性のある芭蕉にとって、壁をつくるように接してくる伊達藩の姿勢は、経済的にも精神的にも痛手を与えたようだ。

ただ、多くの『奥の細道』ファンがもしやと思うように、そのあたりの本当の事情はよくわからない。伊達藩に対する芭蕉隠密《おんみつ》説がそれだ。

そもそも、芭蕉の伊達領での動きがどうも怪しい。曾良の記録を見ても、解釈しにくい日が十日間ほどある。『奥の細道』では加右衛門《かえもん》という画工の先導により、仙台周辺の歌枕を念入りに見て歩いたとなっているが、これがいささか執拗《しつよう》なのだ。しかも重要だと思われる場所を加右衛門がいちいち絵にして芭蕉に手渡している。

〈日影ももらぬ松の林に入《い》りて、ここを木の下といふとぞ〉

いくら歌枕を観るための旅だとはいえ、通常ならそんなところまでは行かないだろう。一方で、松島《まつしま》の月に憧れて始めたはずのこの長旅に於いて、当のその場所には一日しか滞在しておらず、句も残していない。これをどう説明するか？

芭蕉を徳川方の隠密とする説には、いくつかの理由がある。まず芭蕉が伊賀の出身であること。俳諧師にしてはずいぶんと健脚であること。路銀がどこから出ていたのか不明であることなどだ。なかでも一番憶測を呼ぶのが、いつ徳川に刃を向けるかわからない伊達藩に入ってからのこの不可思議な動きなのだ。

芭蕉は本当に純粋な俳人だったのか。あるいは徳川からなんらかの命《めい》を受けた密偵だったのか。今となってはすべてが遠い過去であり、推量プラス浪漫《ロマン》でしか語ることができない謎だ。その不可解な部分は、当時の伊達藩にとっても同じだったに違いない。句会をやるまでに打ち解け合うのはどうか、と思われたのだろう。

それはともかく、私は岩切に行かなければならないのだった。

というのも、元禄時代、実際にこのあたりの道が「おくのほそ道」と呼ばれたからだ。

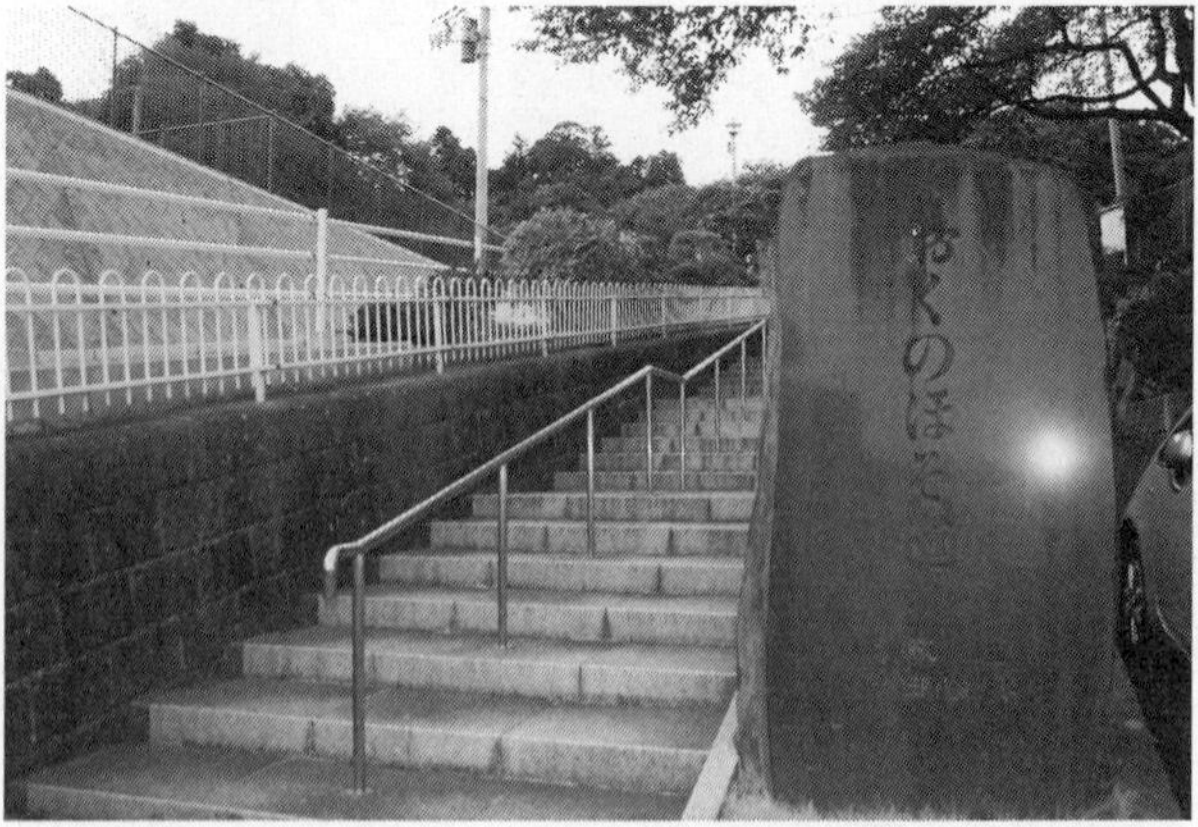

芭蕉は生涯最後の紀行文のタイトルをここからとった。ならば、足腰が疲れようが道に迷おうが、絶対に行かねばならない。陽がどんどん傾いていくなか、私と小さな折り畳み自転車は七北田川を目指す。今市橋《いまいちばし》を越える。

このあたりだろうか、とあたりを見回す。特に変わった場所ではない。東北のどこにでもある風景だ。「すいません。『おくのほそ道』はどこですか？」と、行き交うみなさんにも聞いてみたが、「はあ？　知らん」とそっけない。それでも探索を続けているうち、ようやくその石碑を見つけた。「おくのほそ道」とある。

東光寺《とうこうじ》というお寺の参道だ。周囲に目立つものはなかったが、きっとこの地が本家本元の奥の細道なのだ。

芭蕉はここで、〈おくの細道の山際に十符《とふ》

の菅《すげ》あり》と記している。この地の名産品だった、十の節がある長い菅のことだ。これで菅菰《すがごも》を編むと独特の模様になったらしい。当時は〈国守〉への献上品になっていたそうだ。

しかし見渡したところ、かつてここが菅の名産地だったとわかるような史碑などはどこにもなく、もちろんいまだに生えているわけもなく、日本を代表する紀行文学のタイトルとなった場所にしては、ちょっと寂しい雰囲気なのだった。

元禄の頃から「おくのほそ道」であったこの場所でも線量計を出してみた。ここにもセシウムは飛んできたようだ。

仙台　本家本元「おくのほそ道」　0・14マイクロシーベルト

陽は暮れていく。どんどん暗くなっていく。さあ、もうひと踏ん張り。

芭蕉が感動して〈泪《なみだ》も落つるばかり〉になったという多賀城の〈壺《つぼ》の碑《いしぶみ》〉を探しに、広大な田園地帯へと自転車を進めていく。しかしこれがまたわからない。街灯の下でガイドブックを開いてみたり、スマートフォンのMAP機能を頼りにそれらしき雑木林のまわりを走ってみたが、どんな形でどこにあるものなのかが本当にわからない。一度などは薄暗がりで石碑らしきものを見つけ、これかなと試しに写真を撮ってみたのだが、よく見たらだれかの墓だった。

そうこうしているうち、灯《あか》りもまばらになり、真っ暗になった。もうこうなるとお手上げだ。下校中だと思われる女子高生二人に近づき、「すいません。壺の碑はどちらですか？」と聞いたら、一人が「あの山の向こうです」と教えてくれた。しかしもう一人は明らかに警戒心を浮かべて一歩あとずさりをした。この瞬間、自分が少々異常者になっているような気がして、今日の活動をここまでとした。

あとは少々アルコールを入れて寝るだけだ。気持ちを切り換えて今夜の宿へと向かう。方々に断られながらもようやく予約が取れたのは、陸上自衛隊多賀城駐屯地正門前の宿泊所。自転車でそこまでさらに一時間漕ぎ続けた。チェックインしてシャワーを浴び、隣の「鳥清」という焼き鳥屋さんで飲み始めた。

カウンター席で生ビールをいただきながら焼き鳥をかじっていると、厨房《ちゅうぼう》のマスターと目が合った。「ここらへんの人？」と聞かれたので、どういう旅をしているのかを正直に答えた。すると、温厚そうなお顔立ちのマスターは、訥々《とつとつ》としながらも、津波に襲われたときの様子を話してくれた。

地震の大きな揺れで店のなかがぐちゃぐちゃになり、どこから手をつけたものかとマスターは立ち尽くしていたらしい。すると、海の方からいきなり浸水してきた。あっという間に水位は増し、遠くに逃げることはできそうになかった。目の前の陸橋まで、マスターはとにかく走った。そして陸橋の上から波に飲まれていく自分の店をじっと見ていたのだという。

その先を語ろうとしないマスター。どんな気持ちで見ていたのですか……と聞くのも失礼だと思い、私も黙りこんでしまった。すると、テーブル席で飲んでいたお客さんたちが話しかけてきた。

六十前後に見える男性ばかり。奥の細道のルートを自転車で辿っているということが相当奇異な行為に感じられたようで、「なんでそんなことを？」と口々に尋ねてくる。なぜかそれに対して私はうまく答えることができず、「なんでなんでしょうね」といっしょに首をひねった。彼らは笑いながら、「頑張ってね」とジョッキを差し出してくる。陽が暮れるまでは知り合うはずもなかった多賀城のみなさんとこうして乾杯していることの奇蹟《きせき》。煮込みの汁の脂のきらめきにも、おじさんたち（私も含めて）の笑顔が映っているようで、すくなからず張り詰めていた気持ちを解いてくれるいい時間となった。宿泊を連続拒否されてから抱いていた寂しさのようなものも、この店で嘘《うそ》のように消えた。

九月十一日（火曜日）

旅の十一日目。朝六時にはもうペダルを漕いでいた。宿泊所から多賀城の駅の方に近

づいていくと、ひしゃげた車が山のように積まれた一画に出くわした。サッカーのピッチほどもある広い場所に、色とりどりのブロックを重ねるように集積されている。あたりに人がいなかったので事情を聞くことはできなかったが、単なるスクラップの山には見えなかった。おそらくは津波に飲まれた車の残骸だろう。ねじまがった青いのもあれば、ひしゃげた赤いの、原形を留めていない白いのもある。無機物の山ではあるが、かすかな声がそこから始終発せられているような光景だった。

車の山の写真を一枚だけ撮り、JR多賀城の駅を越え、昨夜途方に暮れた地点に戻る。憑《つ》かれたように壺の碑を探そうとし、女子高生に怪しまれた場所だ。「あの山の向こう」と女子高生が指をさしてくれた方までとりあえず進んでみる。やはりわからない。

どうしようかなと周囲を見回していると、自転車に乗った高校生が近づいてきた。今度は女子ではなく、男子。しかも頰ににきびのできた柔道部風の角刈りだ。朝練のために早起きしたのだろうか。彼で良かった。遠慮なく尋ねられる。「壺の碑はどこですか？」と聞くと、自転車を停めた柔道部風は説明しようと一度口を開けたが、そのまますべての動きを止めてしまった。そして、「ついてきてください」とひと言。なんと道案内をしてくれるというのだ。

やはり、頼るべきは無口な柔道部風だ。角刈りの彼の後ろでペダルを漕ぎながらそんなことも思う。彼は私に気をつかい、自転車の速度をすこし緩めて走っていく。そして雑木林の角を何度か曲がり、「あそこです」と指をさした。公園となった小さな丘の上に、格子造りのお堂が見える。

おお、ありがとう。君のおかげでようやく辿り着けたよ、といったようなことを告げると、彼は無表情のままなにかつぶやき、そのまま自転車を漕いで林の陰の道に消えてしまった。どんぐりみたいにシャイな高校生だった。

さて、格子造りのお堂だ。芭蕉がタイムトラベル感を味わい、感極まった壺の碑はどうやらこのなかにあるようだ。どんなものなのか私にはまったく予想がつかない。丘の階段を上り、期待いっぱいでお堂に近づく。しかし、なんだかよくわからない。格子に顔をくっつけてみて、石碑がようやく見えた。表面にうっすらとではあるが、文字らしきものが並んでいる。これが壺の碑。

この地は聖武《しょうむ》天皇の時代、大野朝臣《おおののあそん》東人《あずまひと》らの朝廷軍が防塁を築き、蝦夷を攻撃した場所だとされる。兵士たちは方々から集められ、この地に連れてこられた。彼らの心を慰めるためだったのだろうか、あるいは戦略上必要だったのか、石碑にはここを中心として四方の国境への距離が示されているらしい。だが、〈文字幽《かす》かなり〉と芭蕉も記している。しかも格子越しなのですこし距離があり、確認することがほとんどできない。私の目からはっきりと見てとれたのは、「西」という一字だけだった。

歌枕はたくさんあるが、歳月のなかでそのほとんどは消え去ってしまったと芭蕉はこぼしている。それが、この壺の碑との対比なのだ。天平宝字《てんぴょうほうじ》六（七六二）年からの刻銘が現実に読み取れると感動した芭蕉は、〈今眼前《がんぜん》に古人の心を閲《けみ》す〉と記している。そして、苦労して歩いてきた甲斐《かい》があった、生きてここまで辿り着けたことの悦《よろこ》びよ、と続け、涙があふれそうだとまとめている。

その芭蕉感涙の地でも線量計をかざしてみる。やはり数値は出た。遠い奈良時代からの文字を囲むお堂にもセシウムは降ったのだ。そして、「あの山の向こう」と指さしてくれた女子高生たちも、朴訥《ぼくとつ》などんぐり男子高校生も、その空気のなかにいる。

多賀城　壺の碑　0・19マイクロシーベルト

再び多賀城の駅の方に戻り、芭蕉の足跡を辿る。かつての松の名所、〈末乃松山《すえのまつやま》〉という歌枕だ。ただ、ここも歳月による淘汰《とうた》を受けた。芭蕉が行脚した元禄期にはすでに「末松山《まつしょうざん》」という寺になり、松と松の間には墓が点在する寒々しい風景になっていた。無常観につきまとう虚《むな》しさを表現するために、芭蕉は中国古典、白楽天《はくらくてん》の歌を参考にしたと思われる『源氏物語』の一行を借り、〈翼《はね》をかはし枝をつらぬる契《ちぎり》の末も、終《つい》にはかくのごとき〉〈翼が重なり合うほど、枝が触れ合うほどにいちゃいちゃしていても、終わってしまえばこんなものか〉と記している。

　ただ、今でも「末乃松山」とする盛り土と二本の松はある。現在の「末松山宝国寺《ほうこくじ》」の山門近くに、この二本は立っている。私の目からは、実におおらかで優雅なフォルムの松に見えた。武隈の松よりこっちの方がかっこいいかも、と

思った。

この末乃松山のすぐそばには、やはり芭蕉が訪れた〈沖の石〉があった。その昔は、潮の満ち欠けによって水位が上下すると言われた池。中島として、盆栽風に植栽された緑の小島がある。それが歌枕の沖の石だ。決して大きな池ではない。私が卒業した小学校の中庭にあったアメンボ池とさほど変わらない。そこそこ美しい場所ではあったが、池を囲むコンクリートの壁とフェンスが無粋だ。安全上しかたないのだろうが、この風景をどう感じればいいのだろうと迷いつつ、坂を下っていったところで息が止まった。

別の坂をノーブレーキのまま自転車で下ってきた女子高生と激しく接触してしまったのだ。彼女をなんとか腕で抱えたことで転倒を免れたが、一歩間違えば大きな事故になっていた可能性がある。互いに怪我《けが》がなくて本当に良かった。胸を撫でおろしている私に、明るい声を発して去っていく女子高生。こちらは冷や汗で脇が濡れた。

ここでも線量計を出す。

多賀城　末乃松山　0・09マイクロシーベルト

コンビニでサンドイッチとおにぎりを買い、この日の朝食とする。駐車場で立ったまま食べる。時刻は午前八時半。

そのまま塩竈まで走り、芭蕉が〈塵土《じんど》の境まで、神霊あらたにましますこそ吾国《わが》の風俗なれ〉（この世の果てにも古来の神霊の力が鎮座ましましている。これこそ我が国の尊いところではないか）と記した塩竈神社へ参詣する。〈石の階《きざはし》九仞《きゆうじん》に重なり〉と芭蕉も驚いたように、圧倒的な石段が目の前に現れた。

角がすり減って丸くなった階段を一段ずつ上がっていく。ずいぶんと角度も急だ。足腰が疲れるというよりは、後ろを振り向くとやばいな、という感じ。かつて、カンボジアのアンコールワットやメキシコのティオティワカン遺跡の階段を上るときも恐怖を覚えたものだが、各国共通で神殿は高いところに造られる。

神々しさは常に頭上にあり、というのが民族を超えた人間の感じ方なのだろうか。神は天に宿る。だが、同時に私は津波のことも考える。古くからの神社仏閣は想像を超えた天災でさえ免れ得る場所に造られていると聞いたことがある。多賀城も塩竈も市街地は津波の被害を受けたが、もちろんこの階段の上までは波が来なかった。

東京電力は福島第一原発の事故に際し、想定外の波という言い方を繰り返した。しかしそれは本当に想定外だったのだろうか？　想定していなかっただけではないのか。そんなことを考えながら階段を上りきった。

芭蕉も感じ入った和泉三郎《いずみのさぶろう》寄進の宝燈《ほうとう》を眺め、木陰で線量計を出す。

塩竈神社　0・14マイクロシーベルト

塩釜《しおがま》港には午前九時半についた。これから松島を巡る船に乗る。

芭蕉の旅の大半は徒歩だが、曾良の日記と照らし合わせるまでもなく、馬と舟も適宜利用している。念願だった松島へ渡るのも舟だった。私もそれにならう。船着き場で自転車を折り畳み、輪行袋に入れて肩にかつぐ。

塩釜の港は一年半前の惨禍がわからないほど綺麗《きれい》に整理されていたが、乗船券を売る建物（マリンゲート塩釜）の窓辺にぶら下がっていた千羽鶴や「負けないぞ、塩釜」といった横断幕の標語にはどうしても目が行ってしまう。

それにしても、奥の細道のルートは本当に芭蕉だらけだ。目の前に碇泊《ていはく》している遊覧船も「芭蕉丸」となっている。今の時代のアイドルやスターを束ねてみたところで五十年後に影響を及ぼすことはまずないのではないか。芭蕉がここを通り過ぎてから三百年以上の長い時間が流れている。その間、列島は議会制国家となり、幾度かの戦争があり、行燈《あんどん》は電灯となり、津波が原発を破壊した。それでいて、いたるところ芭蕉だらけなのだ。旅好きの日本人にとって、芭蕉は本当の意味での国民的ヒーローなのではないか。

松島巡りの遊覧船は午前十一時の出航となった。自転車については無料だった。今回の旅で初めて知ったことなのだが、折り畳み自転車なら、およそありとあらゆる交通機関、鉄道もバスも船も余分な運賃は必要がない。なかには折り畳まなくていい鉄道の路線もあり、これは便利。ヨーロッパではすでに自転車と列車旅を組み合わせた輪行が市民権を得ていて、体力に応じて気楽な旅をしている人が多い。足腰がなまり始めた年齢の人にも、折り畳み自転車での旅はおすすめだ。

遊覧船のお客は、私を入れて老若男女五人だった。いつのまにか顔を見合わせ、写真を撮り合うようになってしまった。内湾とあって船は揺れない。ほとんど貸し切りといった船室で静かに生ビールを飲んだ。ピーナッツ付きで五百円だった。

窓の外は夏の光を残す青白い海だ。いくつもの小島が重なっている。〈その気色《けしき》よう然として美人の顔《かんばせ》を粧《よそお》ふ〉と芭蕉が形容した松島の眺めだ。今ひとつ芭蕉らしくない表現だが、これは蘇東坡《そとうば》の詩の一行をそのまま使ったため。松島と比較するために、洞庭湖《どうていこ》、西湖《さいこ》といった大陸の名勝を引っ張り出しているのも、かの地の表現を適度にとり混ぜるのが当時のインテリ作法とされたからだ。

それにしても松島である。とにかくこれが見たくて旅に出たのだと芭蕉が記した眺め。島々の印象を表すのに、さすがに見事な形容を並べている。だが、俳人がここで一句もひねらなかったのは、研究者のみならず疑問に思うところだ。

なぜ、芭蕉は松島で自らの表現を抑えたのか？

風景に勝る言葉の組み合わせをつくれなかったからだろうか。あるいは、ここで句をひねり、印象を固定化させることを拒んだのか。

私には常々、画家はいつ絵を完成させるのだろうという疑問がある。アーティストはどこまでやり切れば作品の完成を認めるのかという問いだ。宮澤賢治が『銀河鉄道の夜』を四度も書き直したように、創造者にはこれでよしという美的な限界がない。そうならば、旅の途上での俳句には満足できず、芭蕉はそのあとの道中で、あるいは旅を終えてから句を作ろうと努力したとも考えられる。事実、『奥の細道』に盛りこまれた句のなかには、あとでそのようにして作られたものもある。松島だからと気負ったのはいいものの、納得のいく句にはならず、ここはまあいいかとあきらめたのだろうか。ただ、いずれにしろ、松島に句がないというのは、それはそれで余韻を残す。書かないことでまた読者を惹《ひ》きつける。

曾良の日記では、『奥の細道』の記載順とは逆で、芭蕉はまず松島の瑞巌寺《ずいがんじ》を訪れてから観光に出たと記されている。〈仏土成就の大伽藍《だいがらん》〉とまで芭蕉が持ち上げた瑞巌寺。平安時代からの名刹で、現在は本堂が国宝にも指定されている。

津波の被害から一年半。門前には、いまだ扉を閉ざしたままの土産物屋もある。だからあまり身勝手なことは言いたくないのだが、参拝客をガイドする係の人だろうか、自転車を停める場所で文句を言われたのが始まりだった。まるで修学旅行の中学生を威丈高にあしらう体育の先生のようにあれこれ指図をしてくる。しかも十人客が揃《そろ》うまで待つようにと言われ、拝観料とは別にそれぞれからガイド料を取ろうとしているのがわかったので、もうこの寺は見ないことにした。

芭蕉が感嘆した寺院なのだ。なかを観なければ損をするぞと内なる声が言う。観光客を案内する人たちも江戸期以前からいらしたようだ。だが、指図されたとおりに突っ立って待っているのも抵抗があった。私は歴史的名刹を、なかを覗かずにあとにした。

瑞巌寺の境内の代わりに、無料で入れる五大堂《ごだいどう》まで足をのばす。海に突き出した小島の上のお堂とあって、悠々ときらめく松島のすべてが見える。空から降り注ぐ光と、水面にあふれる光。そこには門前のガイドとの間でつまらない空気をつくってしまった小ささがない。そういうものを超えているのだから、たしかに、月夜にここにやって来れば神秘的な景色が見られるだろう。旅立つ前の芭蕉が想像した〈松島の月〉にも思いを馳《は》せる。線量計を取り出す。

日光からここまでで、初めて0・05という数値が出た。

松島　検知せず

芭蕉と曾良は松島から先は海を離れ、陸路を伝って鳴瀬川《なるせがわ》まで進んだ。そして現在の陸前《りくぜん》小野《おの》から矢本《やもと》を経て石巻に向かっている。当時はこの道がよほど頼りなかったらしく、芭蕉は〈人跡稀《じんせきまれ》に雉兎蒭蕘《ちとすうじよう》の往《ゆ》きかふ道〉〈旅人の姿はまれで、雉子《きじ》やうさぎ、木こりや猟師が通う道だ〉と記している。本来なら私もこの道を辿るべきなのだが、鳴瀬川まではJR仙石《せんせき》線に沿い、海岸線を意識しながら進むことにした。昨日、クラウンの森さんに車で送ってもらった際に目撃した東松島一帯の光景が、胸にあり続けたからだ。松島と東松島の狭間《はざま》にあった小さな食堂で焼きそばを食べた。そのあとは気を引き締めた。いや、自然とそうなった。すなわちここからは、大津波でほぼ壊滅したエリアをひとりで辿ることになる。犠牲者も多く出た土地だ。

ペダルを漕ぎ、海沿いの集落を行く。そして丘を越え、無音のなかに私は入った。音はたぶん、なかったわけではない。小鳥たちもさえずっていたし、草地を揺らして風も舞っていた。数台の車も行き交ったと記憶している。でも、どういうわけか私にはなにも聞こえなかった。自分が真空状態のなかに入ってしまったようで、目と肌だけが光景を捉えようとしていた。

全壊した家屋はすでに瓦礫《がれき》として撤去されているのだろう。住宅地だったと思われる場所は更地になり、夏草に覆われている。それでもそこに家があったとわかるのは、水道管や柱の跡などが草地に見え隠れするからだ。そして、半壊した家々はそのままの状態で点在していた。二階部分の損傷はすくなくとも、一階の窓はすべて突き破られ、柱と壁のみになっている。泥をかぶったカーテンが風を受けて揺れている。

片づけられた家と、こうして残っている家。その違いはなんなのだろう。復興に向け、すべてを一度に整理することなどもちろん不可能だ。優先順位は当然生じる。その結果、

無惨な姿のまま残されてしまった家々なのだろうか。あるいはこうも聞く。持ち主を失った家は、今のところ手のつけようがないのだと。

　JR東名《とうな》駅は、プラットホームだけが残っていた。駅舎はなかった。仙石線の線路は大きくねじ曲がり、架線の電柱も倒れている。続く野蒜《のびる》駅は鉄柱が横倒しになり、線路の敷石があたりに散乱していた。駅前のコンビニが半壊のまま陽の光を受けている。踏切の信号もすべて横倒しだ。その上を草の蔓《つる》が覆っている。

　だれにも会わない。だれ一人歩いていない。本当にたった一人も見かけない。

　真空はずっと続く。耳はなにも捉えない。

　すると突然、音楽が流れた。風に乗って聞こえてくるのだ。この荒涼とした地で初

めて聞く音だった。防災無線のようだ。若い女性の声だった。

「今日は九月十一日です。あれから一年半が過ぎました。お亡くなりになった方のご冥福を祈り、今から黙禱《もくとう》を捧《ささ》げたいと思います……」

そう。今日はあれから一年半なのだ。

壊れた踏切の横で、自転車にまたがったまま目を閉じた。すぐそばにも半壊の家があった。そこで暮らしていた人たちのことを思う。そして、九月十一日という日付から、私はまた別の記憶の渦にも引きこまれていた。

二〇〇〇年から三年近くニューヨークで暮らしていた自分にとって、今日九月十一日はまさに大惨事を目撃した日でもある。ハイジャックされた二機の旅客機が突っこんだワールドトレードセンタービルは、世界が荒れ果てていくその口火を切るかのように目の前で崩落していった。

私はあの日、同じマンハッタン地区のアパートにいたのだ。ブルックリン地区に引っ越す日とあって、テレビのケーブルも電話の回線もすべて切り、家財道具の入った段ボール箱を並べた部屋で目を覚ました。あたりが大騒ぎをしているのでアパートの五十階まで上がってみると、ちょうど二機目の旅客機が突っこむところだった。アパートの住人たちとともにそれからしばらく、救援のヘリコプターが飛んでこない二つのビルの大火災を見ていた。すると、片方のビルが上から下に向けて消滅するかのように崩れ落ちたのだった。あの時の住人たちの悲鳴、怒号、泣き叫ぶ声。やがてもう一つのビルも消滅した。黒煙はニューヨークの南半分を覆い、逃げてくる人々でアベニューは埋め尽くされた。

日本の家族や友人が心配しているに違いない。だが、連絡を取る方法がなかった。回線を切っている以上、部屋の電話は使えない。公衆電話はすべてパンクしていた。ブルックリンの新たな部屋まで行けば回線が通じている可能性があった。私はノートパソコンをリュックに入れ、逃げてくる人々に逆行してマンハッタン南東部のブルックリンブリッジを目指した。交通機関はすべてストップしているのだから歩いていくしかない。怪我をしている人。ビル崩壊の粉をかぶって真っ白な人。怒りで震えている人。戦争が始まると乾杯をしている男たち。泣き叫び地面に転がっている女性。実に多くの人たちを私は見た。

そして思ったのだ。国と国が戦争をし、終戦が来れば仲直りをするような時代はもう来ない。これからは、人間であるがゆえにテロと紛争が永々と続く時代が来る。パンドラの箱が開いたのだと。


あの日からも、十一年。

時の過ぎ行く速さと、理不尽が必然のように組みこまれたこの世の仕組について圧倒的な無力感を覚えながら、私は再びペダルを漕ぎだした。

鳴瀬川の右岸を北上し、鳴瀬大橋を越えて陸前小野に入る。ここからはまた、芭蕉が歩んだ道を辿ることになる。海側には航空自衛隊の松島基地があり、その周囲は広大な草地になっているが、津波で潮をかぶったために、見渡す限りすべてが荒れている印象だ。松島基地もまだ復活していないと聞く。その反面、空は大きい。流れていく雲がまぶしく輝く。生きているような雲に見とれながら、あることに気づいた。

松島からここまで、ただの一度も線量計を取り出さなかった。松島で空間線量を検知しなかったことで、もういいだろうと思ったのではない。忘れていたのだ。気がそこに回らなかった。

だが、これも旅だ。人の旅なのだ。基本を忘れるほど、目にした光景とテロの記憶に飲まれていたということだ。線量の数値の代わりに、私のその心の動きが残る。

私はそのまま走り続けた。仙石線の南側をまっすぐに進み、午後三時過ぎ、石巻市に入った。この震災で最大の犠牲者を出した街だ。

国民的漫画家、石ノ森章太郎《いしのもりしょうたろう》さんゆかりの地ということで、市役所前には仮面ライダー、駅舎の上にはサイボーグ009の像が建てられている。この周辺から駅の西側にかけては街として充分機能しているように見受けられる。しかし、駅の東側、旧北上川に沿って海岸線の方へ進んでいくと、目に見えるものは一変した。市の大半が水をかぶったのだ。波は襲いかかってきて、根こそぎ破壊していった。通りによっては、ゴーストタウンのように半壊した店舗だけが残っている商店街もある。唖然《あぜん》としながらも思った。インターネットでの映像やメディアがもたらす情報など、私たちはそれらに触れて半ばわかったようなつもりでいる。だが、情報と想像には限界がある。被災した街はどうなっているのか。やはりそれは、現実に足を運んでみないとわからないことだ。

芭蕉と曾良の石像が立つ日和山《ひよりやま》公園に上ってみる。長い階段の取りつきには、「津波襲来の地」と彫られた新しい石碑が建てられていた。いつかは過去になってしまうかもしれない二〇一一年三月十一日を、それでも、どれだけ時が過ぎても永遠に忘れないで欲しいという思いからの建立であろう。

震災の日、たくさんの人が避難した頂上からは、海まで続く広大な更地を眺めることになった。かつてそこに町があったとは信じられないほどの荒涼とした風景だ。壊れた家屋があちらこちらに残っている。東松島で思ったことが再びよみがえる。

これらの家々は、なぜいまだにこの状態で残されているのだろう。更地になった場所と半壊のまま風にさらされている家屋。住んでいた人々はどうなったのだろう。そのことをやはり思う。

石巻　日和山公園　0・09マイクロシーベルト

午後三時を回ったところで、クラウン森文子さんの大道芸人仲間である熊谷祥徳《くまがやしようとく》さんに会うことができた。私たちは石巻の小さな公園のベンチに座って話した。

似顔絵師の熊谷さんはあの日、住居を兼ねて営業している飲食店で家族（両親、奥さん、息子さん二人）とともに過ごしていたそうだ。石巻市の渡波《わたのは》という地区、海はすぐ目の前にある。「波が渡ると書くんだから、もともと危ないところだったのかもしれませんね」と熊谷さんは振り返る。

地震のあと、津波はすぐにやってきた。防潮堤を越えた波は町を直撃。熊谷さん一家は二階のさらにその上のスペースにまで避難したが、水位はどんどん上がってくる。ぎりぎりあと数十センチで流される状態だったそうだ。

「それから水が引くまでの二日間は、海のまんなかに取り残されている感じでしたよ」

家族の命だけは助かった熊谷さんだったが、家はもう住める状態ではなく、似顔絵を描く道具もすべて流されてしまった。町は壊滅状態で、悲惨を極める光景となった。

生きていくために、熊谷さんの家族それぞれの奮闘が始まった。住む場所を変え、総力戦で挑む毎日。ただ、流されてしまった絵の道具は戻ってこない。新たに買いそろえる余裕もない。

それでも半年後に熊谷さんは、似顔絵師の仕事を再開できるようになった。熊谷さんの窮地を知った大道芸人の知人のみなさんが、すこしずつ道具を送ってくれたからだそうだ。石巻市内の大型スーパーの一隅を借りて、あるいは、避難先に写真を送ってもらうかたちで絵を描き始めたのだ。慣れ親しんだ本来の仕事。ところが、ここで大きな変化があった。

一見、以前と変わらず、熊谷さんの前に列をつくる人たち。

ただ、そのなかに家族を亡くした人たちがいた。

小学校に入学する予定だったお子さんの写真を持って、お母さんがやって来る。せめて絵の上だけでも成長させてあげて欲しい。お母さんは泣きながら絵の仕上がりを待つ。熊谷さんも泣きながら描く。

また別の日には、お母さんと子供四人を収めた写真を持つ女性が現れた。写っている全員が津波に飲まれてしまったのだ。写真を持ってきたのは亡くなられたそのお母さんの妹さんだった。

仕事を再開するとき、泣きながら似顔絵を描くことになろうとは、熊谷さんは思っていなかった。いったい自分はどう対処すればいいのか。亡くした家族の写真を持参する人はすくなくない。熊谷さんは精神的に不安定になり、一人になったときに声をあげて泣いたりするようになった。

そんなとき、奥さんが支えとなる言葉をつぶやいてくれた。「それは供養なのよ」というひと言。

熊谷さんに覚悟のようなものができたのはそれからだという。

二人の子供……姉妹を亡くされたお母さんがある日、似顔絵描きの会場の近くまで来てくれたそうだ。子供の思い出となるものの大半が流されたなか、かつて熊谷さんが二人をいっしょに描いた似顔絵だけが残った。お母さんは「似顔絵をずっと描き続けて下さいね」と涙ながらに告げて帰られた。

旦那さんとお孫さんを亡くされたお婆《ばあ》ちゃんは、自殺をしようと思っていたそうだ。でも、熊谷さんが描いた孫の似顔絵が出てきた。その絵を見ているうちに、生きていこうとすこしずつ心が変わってきたという。お婆ちゃんはそれを話しに来てくれたのだ。

熊谷さんは以前、楽しんでもらえる絵を、楽しみながら描くことを仕事の本分と心得ていたそうだ。でも、今はまったく気持ちが違うとおっしゃる。石巻に、こうして懸命に生きている似顔絵師がいる。同時に熊谷さんは、なんとか生活を立て直そうとしている被災者の一人でもある。

熊谷さんと別れたあと、日和山公園から見えた石巻市の海側の地域に自転車であらためて入った。津波がほぼすべてを奪い、今は更地にされてしまった場所だ。半壊した家屋や境内ごと流されてしまった寺院などが、それでもまだ点々と残っている。

記録用にと、私はここでもカメラを取り出した。しかし、撮影をためらう光景に何度も出くわした。犠牲者を悼んで植えられた花々。壊れた家屋のなかに覗くテーブルや簞《たん》笥《す》。あれから一年半が過ぎていてもそのままの状態ということは、ここに住んでいた人はもういないのかもしれない。

私はどんどん苦しくなってきた。ここにいてはいけないのではないかという気すらしてきた。職業写真家ならともかく、悲嘆の痕跡にカメラを向ける資格が自分にあるのかどうか。

答えは出てこない。判断に迷いながら、夕暮れを迎えつつある被災の地をさまよった。すると、子供たちの声が聞こえてきた。

目の前に、小学校の校舎があった。焼け焦げた学《まな》び舎《や》だ。津波で押しこまれた多数の車から発火したと新聞で読んだ記憶がある小学校だった。火災の跡もなまなましい黒ずんだ校舎の前で、子供たちが一生懸命に野球をやっていた。

撮影することの善悪は今横に置いておき、この光景だけはどうしても写真に収めたいと思った。そして、ファインダーを覗いているうちに目の前が滲《にじ》みだした。

なんという構図だろうと思ったのだ。

日本中から、いや世界中から届いた多額の寄付金。復興のためのその財源の大半は、まだ使われずにプールされているという。それはもちろん、ものごとには優先順位があるだろう。混乱した状況では仕方がないことだ。

しかし、その財源のなかから、なぜいち早

く「もんじゅ」の維持費への割り当てが決定されたのか？　現在のところ、福島第一原子力発電所が起こした事故の被害は計り知れない。基本的には山野の除染など不可能なのだ。最終処理施設をつくるにも迷走の日々は続くことだろう。その現実を前に、問題だらけで停止したまま（二〇一六年十二月廃炉決定）の高速増殖炉「もんじゅ」になぜ財源が使われるのか？　そしてなぜ、この子たちは焦げた校舎の前で野球をしなければならないのか。正真正銘の被災地にいるこの子たちを一年半も放っておいて、震災から遠く離れた福井県の核施設に財源を回す理由を教えてもらいたい。困窮している人々ではなく、政治家はなぜ財界の顔色ばかりを窺《うかが》うのか。日本の大人たちは、今この子たちになにを残そうとしているのか。風景が滲んだまま戻らない。悔しくて、奥歯を噛《か》んだ。

九月十二日（水曜日）

午前五時には宿を出た。朝早くからペダルを漕ぎだす。旅は通算十二日目。芭蕉は〈思ひがけずかかる所に〉と、偶然の成り行きで石巻に辿り着いたと記している。一方の私は確信的にやって来て、一年半もの時間が過ぎた被災地の姿に、この国の不条理や混乱を見たような気になっている。

これはこれでひどい話だ。政治家の姿勢を問う前に、自分を諌《いさ》める言葉がいくらでも浮かんでくる。石巻の現状について驚きがあるなら、それは単純に、意識が足りなかったということではないか。被災した人々はいまだ生々しい逆境のなかにある。それなのに私は物見遊山で方々を回り、「こんなことが……」などと今更の葛藤に身悶《みもだ》えしている。

これはなんなのか？

いったいなんの資格があって、自分は被災地をさまよっているのだろう。なぜ、放射線量計などを持ち出したのだろう。日光あたりから引っかかっていたことが、胸のなかでどんどん大きくなってきている。

焼け焦げた校舎の前で野球をする子供たち。彼らが置かれた状況を伝えるのは大切なことだと私は思う。しかし、私が記したものを読み、そのような現場には自分はとても行けない、まだ東北を旅することはできないと結論づけてしまう人もいるだろう。ひとつひとつが迷いの材料になる。

石巻の市街地を抜け、国道45号に入った。堂々巡りのなかでペダルを漕いだ。道端に生えているひょうたんの実が揺れている。私も揺れている。

この旅は果たして許されるものなのだろうか。これまでになくその問いかけが重くのしかかってくる。だが、道は続く。ペダルを漕ぐ足が止まるわけではない。

国道45号（一関《いちのせき》街道）は、芭蕉が〈遥《はる》かなる堤を行く、心細き長沼《ながぬま》にそうて〉と記した北上川左岸を貫いている。当時も難所だったのだろうが、今もここはきつい道だった。アップダウンが連続する山間部で、歩道は消滅している。路肩も極端に狭く、脇から草や灌木《かんぼく》が飛び出している。なるべく道の端を走ろうと思うのだが、それができない。土砂を満載したダンプカーがすぐ横を次々と通り過ぎていく。

いつのまにか、私の懊悩《おうのう》は消えていた。内的な問題が解決したのではない。本当に身の危険を感じる道が延々と続いたからだ。北上大堰《おおぜき》から柳津《やないづ》までの十キロを、私は一度も止まらずに全速力で駆け抜けた。生きた心地がしない道路だった。

だが、ひとつここで得た感慨がある。

ペダルを漕ぎ続ける音。路面と接するタイヤの音。自転車が発するそれらの音に包まれながら、どういうわけか私は少年時代をともに過ごした犬の姿を思い出していた。私が小学二年生のとき、殺処分寸前だった子犬を母が保健所から引き取ってきたのだ。雑種の雌で、生まれつき尻尾のない犬だった。メグと名づけられたこの犬は、せいぜいが「おすわり」と「おて」を覚えたくらいで、ほかの犬に比べて秀でた点があったわけではない。だが、我が家の精神衛生を保つ上で、彼女は充分な働きをしてくれた。どこの家庭もそうかもしれないが、さまざまなことが起き、暗雲垂れこめる日々はある。そんなときに、尻尾のないお尻を左右に振りながら飛びこんできたこの犬が、子供であった私の、また大人になってしまった父母のなんらかの苦しみを知らず知らずのうちに軽減してくれていたのだ。

メグは私ともよく走った。真横を懸命に走った。そのメグの「ハア、ハア」という吐息が、自転車の走行音に混じって聞こえてくるのだ。淡い褐色の毛並だった彼女の背中の感触がハンドルを握る手にもよみがえった。

ああ、助けにきてくれているのかもしれない。

なぜかそう思ってしまった私は、この折り畳み自転車に「メグ号」と名をつけることにした。「メグ」とつぶやいてみる。するとやはり、口を盛大にあけながら横を走る尻尾のない犬が透明な風のなかに現れるのだ。

メグが召されたのは、私が高校一年のときだった。私は中学を卒業すると親元を離れて一人暮らしを始めたので、病死した彼女の亡骸を見ていない。いわゆるペットロスで、母は半年ほど頭がおかしくなった。もちろん私とて、悲しくなかったわけではない。切なくなかったわけではない。ただ、これはもう仕方がないこと、生あるものとは必ずサヨナラのときがくるのだと、どこかで割り切っていた。母のようにはならなかった。

それなのに、これはどうしたことか。メグが去ってからもう三十有余年の歳月が過ぎたというのに、まるで昨夜彼女を失ったかのように胸が痛む。もっと優しくしてやればよかった、もっと撫でてやればよかった、散歩のときは好きなだけ歩かせてやればよかったと、後悔の念ばかりが込み上げてくる。

午前八時半、心細かった道を越え、ようやく登米《とめ》に入った。きつい勾配はなくなり、北上川に沿った道も安全になった。だが、川べりの土手を進むと、「津波到来」の標識があった。石巻の河口からここまでは三十二キロも離れている。それでも今回の津波で、水位が四十三センチ上がったと記されている。さらにこの上流では、川幅が狭くなっているところで一メートル以上の高さの増水が記録されたらしい。本当に、想像を超えた力で海が押し寄せてきたのだ。

漕ぎ続けた疲労はあったが、線量計を取り出してみる。

松島では一度消えた線量が、再び数値として現れるようになった。

登米　0・14マイクロシーベルト

土手から延びる平凡な道を走っているうち、一関街道から大きくずれ、登米の先の中《なか》田町《だちょう》に入っていた。しかも、目的地の平泉とは逆の方向に進んでいた。道なりに進んでいると微妙なカーブの連続に気づかず、たまにこういうことが起きてしまう。登米までのアップダウンの道も応えたのだろう。今日は一日八十キロほど進む予定だが、暑さもあり、はっきりと疲れを感じる。すこし休憩をとるべきだと思い、田園地帯のまん中に現れたコンビニの前で冷たいものを補給した。

するとと白人のご夫婦が二台の自転車で現れ、旦那さんが声をかけてきた。ニュージーランドからやって来たのだという。北海道で二台のママチャリを買い、東北〜中越《ちゅうえつ》〜北陸〜関西〜山陽〜四国と、脚力での日本縦断を目指すらしい。

旦那さんは六十五歳くらいで、オークランドの工科大学の教授らしい。奥さんは彼よりもすこし若く見えたが、またあなた、そんな怪しい人に声かけて……といった怪訝《けげん》な表情をされ、話の輪に入ってこようとしなかった。旦那さんは私のTシャツに「逆境は人を育てる」と英文でプリントされていたのが気に入ったのだそうだ。

やがて奥さんも警戒を解き、三人でしばし歓談となった。奥さんは日本の暑さにすっかり参っている様子で、「これから涼しくなってくれるわよね」と、念を押すように言ってくる。いやー、残暑というのがあるんですよ、我が国は。と口から出そうになったが、思いやり半分、残暑という英語が頭に浮かばなかったのが半分、それに関しては曖昧な返事をするに留めた。

ご夫婦は、日本人は親切だと口をそろえる。冷たい飲み物をくれる人がいたり、「がんばって」と声をかけてくれるのがうれしいと。そうかなあ。白人には親切かもしれないけれど、他のアジア系にはけっこう冷たかったりしますよ。と、これも口から出そうになったが、今ここで反論するのも無粋だと思い、これまた曖昧な返事に留めた。

旦那さんからは、「ニュージーランドは自転車旅行には向いていないから、その気になってはいけないよ」と言われた。「アップダウンがきついから？」と聞くと、「トラックの運転手が荒っぽい。外国人がサイクリングしようものなら、Get out of here! の連発で嫌がらせしてくるよ」ということだった。

私がこれまで辿ってきた道の話をすると、ご夫婦は興味津々といった表情で聞いていたが、「ボクらはフクシマには行かないから」と言われてしまった。

（だが実際のところ、私はこの数日後にご夫婦からメールをもらったのだ。二人は私とは逆のルートを辿り、石巻に入った。初めて津波の被災地を見た。そこで考え方を変えたのだという。当初避ける予定だったフクシマにも入る予定で、津波と原発事故についてニュージーランドの人たちにも考えてもらい、なおかつ義援金を募るファンドを立ち上げたいということだった）

ご夫婦に手を振ってお別れしたあと、田んぼのそばで計測してみる。

中田町近辺　0・14マイクロシーベルト

北上川の流域を目指し、再び一関街道に戻る。大型トラックがすぐ横を通り過ぎる度にやはりいやな汗をかく。歩道が欲しいなと思う。

いや、私は間違ったことを言っているのだ。自転車は本来歩道ではなく、車道を走るのがルール。メグ号も小なりとはいえ自転車なのだから、私が歩道うんぬんを口にする

のはおかしいのだ。ましてや今は復興のために海岸線では集中的な工事が続いている。山間部の歩道など、気にかけている場合ではない。

ただ、道幅いっぱいの大型トラックが続けざまに通ると、やはり心もとない。せめて人が一人歩けるくらいの路肩の確保が欲しいと思ってしまう。

今日はこの十二日間のなかで一番しんどい。懊悩と暑さ、危険と距離。そしてアップダウン。なかなか息をつくことができない。

でも、妙な看板を見つけてすこし緩むこともあった。山間部に現れた「ホテル芭蕉」の文字。大人気の芭蕉は、みちのくに於いてありとあらゆる使われ方をしている。一夜の愛の部屋の片隅には、他の芭蕉の名所と同じく、投句箱とかあるのだろうか。

そんなことを考えながら走っていると、遠くに県境を示す標識が見えてきた。「岩手県」とある。とうとうメグ号でここまでやってきた。そしてこの「岩手県」という表示の真下から、たっぷりと幅のある整備された歩道が始まっていた。いきなり道が優しくなった。

花泉《はないずみ》を越え、昼過ぎには一関に入った。山間部と田園地帯を越えてきた私には都会に見える。ここで本日の走行は七十キロ突破。しかし休まず、芭蕉が訪れた太平洋側の北限、平泉の中尊寺に向かって走り続ける。すると、空にはいつのまにか黒く分厚い雲がのしかかり、鈍い雷鳴が聞こえ始めた。湿気も急に感じられるようになり、雨の前触れのような匂いがしてきた。どことなく不安。

そういえば、朝サンドイッチを食べただけで……。とお腹のあたりをさする。飲み物は大量に摂っているのだが、食欲がない。そこで見つけたのが、農園が経営しているジェラート専門店だった。

一息入れようと思い、扉をくぐると、このあたりの農園で採れた野菜と果物だけでつくったというアイスクリームが並んでいる。私はトマトのアイスクリームを中心に、桃のアイスとラズベリーのアイスの盛り合わせを頼んだ。アイスコーヒーがついて六百円。トマトのアイスは好き嫌いがあると思われる味わいだったが、桃のアイスはとにかく絶

品。甘さも香りも上品で、どんなへそ曲がりでも頬を緩めるであろう逸品だった。これでずいぶんと疲れがとれた。

ただ、店内のラジオのニュースがとんでもないことを伝えはじめた。なんと、岩手のこのあたりに大雨洪水警報が発令されたらしい。どうりで真っ暗な空だ。雨粒たちも雷の出動命令を待ち構えているというわけだ。桃のアイスの感動もそこそこに、店を飛び出す。

中尊寺を訪れるのはこれが初めて。なんとか雨の降る前に辿り着きたいと思った。

だが、平泉の駅を過ぎ、弁慶のお墓を越えたところで、大粒の雨が落ち始めた。通常の雨音と違い、ゴーッと地がざわめいている。路面が飛沫《しぶき》で覆われていく。私は雨合羽《あまがっぱ》をまとい、屋根のない駐輪場にメグ号を停めた。そしてそのまま中尊寺の参道を金色堂《こんじきどう》方面に向かって歩きだした。

傘の用意などしていた人はほとんどいなかったようで、参道の客はみな悲鳴をあげながら小走りに駆けていく。木立に囲まれているので驟雨《しゅうう》に直接叩《たた》かれることはないが、それでもみなずぶ濡れだ。そこを歩きながら、私の胸のうちでは再びの堂々巡りが始まる。

放射線量を自分なりに測るというこの旅を、今後も続けるべきなのか。

続けるとするなら、記録はすべて自分の心に留めるべきなのか。

福島で私は思った。桃を売ろうとするおばちゃんたちを見ながら強く思った。ゼロベクレルとは言えずとも、基準値以下の農作物をようやく出荷できるようになった農家のみなさん。あの人たちを前にしたとき、それでもここは汚染されていると記すことにどんな意味があるのか。

いや、だけど……とも思う。補償を受けられなかったり、汚染土を敷地内から出せなかったり、そうして苦しんでいる人たちもたくさんいる。「福島はもう元気です」という言葉の裏側で我慢を強いられている人たちがいる。

福島はもう元気です。

宮城はもう元気です。

本当はとても深い傷を受けているのに、周囲を心配させまいとして、「大丈夫」と無理して笑っている人たちの顔が浮かぶのだ。

午後二時半、金色堂に入った。何十もの光り輝く菩薩《ぼさつ》たちが迎えてくれた。私にはなぜか、焼け焦げた校舎の前で野球をやっていた子供たちの姿と菩薩たちが重なった。

なんだろう。雨もひどいし、雷もひどい。疲れた。ちょっとどこかの神経を緩めると目からも雫《しずく》が落ちてきそうになる。

いったい自分はなにをやっているのか。いっそ、旅はここまでとした方がいいのではないか。五十年生きてきたのだ。その区切りの旅だと思えば、ここで終えても納得できる。だが、また同時に、ここでやめてどうするのだと別の声も聞こえてくる。

雨のなかでも数値は出た。岩手にもセシウムは降ったのだ。

平泉　中尊寺　金色堂前　0・14マイクロシーベルト

雨合羽を着たままメグ号にまたがり、深川を旅立ったときとは正反対の気分で平泉の駅の方へと進んでいく。

疲れた。漕ぐのも、考えるのも疲れた。

雨は大粒のまま降り続く。もう百メートルだって進めない。

もうやめよう。こんなことはやめよう。胸が弱音でいっぱいになる。高い線量のなかで暮らしている栃木北部や福島の人たちのことを思った。

そうだ。もうやめよう。

半ば心に決めかけたとき、源義経終焉《しゅうえん》の地と言われる高館《たかだち》「義経堂《ぎけいどう》」のある丘が見えてきた。私はずいぶんと迷った。雨のなか、この丘を上るべきか、もう旅は終えたと考えるべきか。

芭蕉は、歌枕を訪ねるという目的のほかに、憧れだった源義経の生前の痕跡、その残り香も旅のなかで求めていたようだ。だから当然のことながら、義経が住み、自刃したこの高館を訪れている。むしろ芭蕉が中尊寺まで足を延ばしたのは、高館訪問が主目的ではなかったかと思われる。

自分の旅の意義が明瞭ではなくなってしまった私は、高館への入口で足を止めた。芭蕉の足跡をそのまま辿ることにも、さして意味を感じられなくなってしまったのだ。

だが、そこで雨がふいにやんだ。水滴の煙幕が通り過ぎたかのように、突然やんだ。そして急に明るくなりはじめた。私は雨合羽のまま拝観料を払い、なにも考えられない状態で義経堂へと続く石段を上りはじめた。

どんどん明るくなってくる。空の機嫌が急変したかのように光があふれだした。そして上り切ったとき、思いもよらない光景が広がっていた。

だれもいない義経堂。

たった一人、対峙《たいじ》した世界。

そこにあったのは、北上川に貫かれる広大な田園地帯と、これまで観たことがないほ

どの完璧な太い虹だった。雨のことなど忘れてしまったかのような陽射《ひざ》しに、地平の緑がきらめきで応えている。そこに巨大な輪をかけ、虹が堂々と輝いている。

矛盾を背負ったままの私に、「それでも旅を続けろ」とだれかがささやいている。そう……たしかに私はその声を聞いたような気がしたのだ。

夏草や兵《つわもの》どもが夢の跡

私はしばらくそこに佇んでいた。虹が消えても、北上川の輝きを眺め続けた。

今回の旅はここまでにしよう。東京に戻ろうと思った。

そして、また旅を続けようと思った。

三　尿前の関〜村上

秋田
東海林太郎
モニュメント
10.11 象潟
蚶満寺
鳥海山
秋田
岩手
酒田
不玉屋敷跡
山形
最上川
山重行宅跡
出羽三山神社
10.8
新庄
封人の家
尿前の関
鶴岡
10.12
羽黒山
手向
10.10
堺田
鳴子
温泉
月山
山頂
湯殿山
尾花沢
芭蕉清風歴史資料館
鼠の関
月山山麓 10.9
立石寺五大堂
羽前千歳
山形
新潟
村上
10.8 東京から
坂町
10.13 帰京
宮城
福島
芭蕉ルート
ドリアン ルート
自転車メグ号
自動車
鉄道
放射線測定地
測定した訪問地
測定した通過地
測定しなかった地点

十月八日（月曜日）

月が変わり、三度目の東北。これまでの日々をあわせると、今日は十三日目の旅になる。

今回は太平洋側から日本海側へ、宮城〜山形〜秋田と、山岳部を含む険しい地域を横断する予定だ。芭蕉があえぎまくった出羽《でわ》三山（月山《がっさん》、羽黒山《はぐろさん》、湯殿山《ゆどのさん》）の本格的な登山も控えているため、メグ号は持っていけない。主にJR在来線を継ぐ旅になる。列車が走っていない場所は車を借りようと思う。

まだ暗いうちに目を覚まし、私は東京駅へ向かった。前回は各駅停車を乗り継いで福島に入ったのだが、宮城が起点となる今回は、そのやり方だと移動に時間がかかり過ぎてしまう。なるべく早く奥の細道の旅を始めたいので、東北新幹線を使うことにした。ただ、不思議なもので、これまでの大半の距離を鈍行と自転車のみでかせいできた身としては、新幹線を利用することがずいぶんと贅沢《ぜいたく》に感じられる。お前ひよったのかと、自分を叱りつけたい気すらしてくる。

それでも現地入りを急いでいるのは、今日最初の目的地である「尿前《しとまえ》の関」から徒歩で山々を抜け、明るいうちに堺田《さかいだ》の〈封人《ほうじん》の家〉を訪ねるという計画があったからだ。尿前。芭蕉と曾良は通行手形がないまま仙台藩のこの関に着き、厳しい取り調べを受けたらしい。〈旅人稀《まれ》なる所なれば、関守にあやしめられて、漸《ようよう》として関を越す〉とあるから、旅の目的そのものを疑われ、微に入り細に入りこってりとやられたのだろう。また、それから二泊三日の宿を、新庄《しんじょう》藩の辺境の番人である「封人」の家に求めるのだが、その間の旅程を〈大山《たいざん》をのぼつて日既に暮れければ〉と記している。芭蕉と曾良が歩いた山中の道は今もあり、「おくのほそ道出羽仙台街道」という名のトレッキングコースになっている。慣れた人が歩いてもここを踏破するには三時間強かかるという。芭蕉の頃から三百余年たっているとはいえ、山の深さはそう変わらないはずだ。熊が出はじめたこの季節、一人で歩くのはやはり不安だ。実際、この近辺には熊ノ返《くまのかえし》という名の山さえあるのだ。

やはり余裕をもって、陽《ひ》があまり傾かないうちに堺田に到着したい。そのためにはすくなくとも正午頃には尿前に着いていなければならない。最寄りは、JR陸羽東線《りくうとうせん》の鳴子温泉《なるこおんせん》駅だ。すると、東北新幹線の古川《ふるかわ》駅には遅くとも午前十一時頃までには到着する必要がある。そこから陸羽東線に乗り換え、鳴子温泉駅を目指す。逆算すると、東京駅を午前八時台に出発する新幹線に乗らなければならない。

だが、東北新幹線の車両はまったく動こうとしない。やがて午前九時を過ぎ、困ったなあと思っているうちにあろうことか午前十時になってしまった。それでも新幹線は止まったままだ。東京駅のホームは人でごった返し、あちらこちらから幼い子供たちの泣き声が聞こえてくる。高いの、低いの、しつこいの、悲鳴に似たの、癇癪《かんしゃく》そのものなど、それぞれのキャラクターを生かした終止符のない輪唱だ。列車不通の理由として「宇都宮駅で車両点検」というアナウンスが繰り返し流れたが、頭に描いていた旅の構図はこれで大きく狂うことになった。

指定席券を買っていたが、その列車はもう待っていられない。やっと動きだした車両の通路になんとか乗りこみ、立ったまま仙台駅まで我慢。ここですでに正午を過ぎていた。古川で停《と》まる新幹線がなかなか出発せず、ならば在来線はどうかと時刻表を見て自分の甘さを思い知った。東北本線の列車に乗って鳴子温泉を目指せば、陽が暮れてしまう。結局、仙台駅で次の新幹線を一時間待つことになり、人があふれそうになっているホームで立ったまま駅弁を食べることになった。しかも弁当のふたを開けてみれば箸がついていない。なんだかもう頭にきて、手づかみで弁当を食ってやった。リュックを背負ったままだったし、傍目《はため》には「なまはげ」出現というか、とにかく凄《すご》い光景だったと思う。しかも、がつがつと食い終わってからふと下を見れば、足もとに箸が落ちていた。そんなことにも気づかないくらいたぶん私は苛《いら》ついていたのだ。情けない。

古川駅に着き、ようやく陸羽東線に乗りこめたのが午後二時七分。奥の細道のイメージをデザインした「奥の細道湯けむりライン」というプレートが先頭車両の前面に付けられている。のんびりした旅ならばにわかに旅情を掻《か》き立てられ、列車といっしょに写真に収まりもしようが、とにかく一刻も早く走ってくれと気ばかり焦る。だが、もうこうなったら仕方がないのだ。尿前の関と封人の家の間、芭蕉が「大山」と記した山の道を歩くことは断念する。リュックには熊鈴も付けてきたし、ヘッドランプも持ちあわせている。しかし、明日は初めてこの旅に合流する人たちがいるのだ。今日の計画は今日中に終わらせなければならない。日没までにどうしても封人の家を訪ねたい。

午後三時すこし前に鳴子温泉駅に着いた。次にこの駅から出る列車は午後四時過ぎ。尿前の関まで行き、写真を撮り、放射線量を測り、急いで戻ってきて堺田行きの列車に乗りこまなければいけない。それでも、封人の家が扉を開けているうちに辿《たど》り着けるかどうかは微妙だ。

鳴子温泉はこけしの街だ。温泉街のいたるところに民芸品店があり、十個四百二十円の温泉卵などと並んで、大小さまざまなこけしが林立している。硫黄臭《いおうしゅう》のする通りを私は小走りで駆け抜け、およそ二十分ほどかかって尿前の関に着いた。

関は復元されたもので、木製の門と石畳の道がある。あとは草一面の庭があるだけ。なにもないと言えばなにもないのだ。ただ、杉木立からピンスポットのごとき陽光が漏れており、その一直線の光がどういうわけか胸に迫った。じっと見ていると、溶けて消えた歳月のなかに迷いこむような気分になる。光の向こうに、取り調べを受けている芭蕉と曾良の姿が見えてきそうだ。

とはいえ、早くも夕暮れの気配。線量計を取り出し、草地の上で計測。0・05の数値。また駆け足で温泉街の方へと戻った。

鳴子温泉　尿前の関　検知せず

こけしを売る民芸品店の通りを歩きながら、私は考えた。並んでいるこけしの顔にそう違いがあるわけではない。はっきり言ってどれもこれも同じ表情に見える。こけしを製作中の職人さんもいらっしゃった。七十歳くらいの男性で、グラインダーを構える顔がまた見事に無表情だった。だが、眉ひとつ動かさずにこけしと向かい合うその姿が、なぜか私にある思考のきっかけを与えた。

私のように文を書いたり、詩を歌ったりして生きる人間の多くは、個性の違う作品を生み出そうとして努力する。似たようなものの繰り返しを望む人もいるが、私の場合、すくなくとも今この時点で目指すのはその方向ではない。心が常に明滅するように、作品それぞれが異種の輝きを放たなくては努力の甲斐《かい》がないと思っているし、そのためにこそ七転八倒する夜がある。

では、表情ひとつ変えずにこけしをつくり続ける職人さんの心、というものはどうなのか。人間だもの、日々の生活のなかでの喜怒哀楽は当然あるだろう。窓辺から射《さ》しこむ光の具合ひとつで心の具合が変わることがあるかもしれない。ましてや震災と原発事故を経た今、心中に去来するものがないはずはない。観光客も減っただろうし、穏やかではないというのが本音ではないか。しかし、そこでこけしに向かうとき、職人さんの心にはある変化が訪れるような気がする。無表情という表情から類推するに、それはある種の地平に根を張るような、つまり「変わらない、動揺しない、戸惑わない」という不動への変化である。乱れていた心も、こけしに吸い寄せられるようにその波を自ら収めていく。そのような内的作用が、変わらずにあるものをつくる工程からは生まれるのではないだろうか。小走りではあったが、職人さんの姿を一瞬目にしたことでそんなふうに思ったのだ。

私の日課には残念ながら、不安定に揺れ動く心を落ち着かせるお決まりの作業がない。こけしをつくるに匹敵する行為。自分にとってそれはいったいなんなのか。心の明滅も大事だが、発見できるものなら、習慣として勤《いそ》しめるものなら、それがせつに欲しいと願った。

鳴子温泉駅には午後四時過ぎに戻ることができた。駅には足湯の施設があり、若い女性二人が腰かけていた。隣でほんの数分でも足を浸そうかと考えたが、そんなことをすると彼女たちの表情から笑みが消えるような気がしてやめた。お湯ではなく、中年男特有の警告的自虐に浸りながら堺田に向かう列車に乗りこむ。

列車は陸羽東線を西へ進む。森林を抜け、渓谷を渡り、勾配のある単線を上っていく。二両連結のこの列車は架線から電気をもらう電車ではなく、ディーゼルエンジンで走る気動車だ。勾配がきつくなる度に黒い煙を吐き、エンジンの振動も派手になる。その音がうなり声のように聞こえ、列車が生き物として感じられる瞬間が何度もあった。

山はどんどん深くなっていく。傾いていた太陽はほとんど隠され、影が森を覆うようになった。中山平《なかやまだいら》温泉駅を越えて山形県に入り、封人の家がある堺田駅に着く。小山を削ったような斜面の下、短いホームが片側にひとつあるだけの完全な無人駅だ。時計を見れば午後四時三十分過ぎ。封人の家は果たして開いているだろうか。早足になりな

がら、ホームから伸びる階段を上がっていく。

ここで足が止まった。斜面の上はまだ陽が届いていた。輝きの世界だった。いわゆる駅前を感じさせる風景はどこにもなく、ただきらめく黄金色の野原があるだけだ。人家は離ればなれに数軒点在していたが、目前にあるのは花が咲き乱れる野原と、その草むらの間を行く小径《こみち》だけなのだ。まったくうっとりしてしまう。封人の家に向けて走り出さなければいけない状況なのに、あの青い花はなんだろう、この白い可愛《かわい》いのはなんだろうと心が躍る。しかも、とんでもないものを見つけてしまった。小径に沿うように小川が流れていた。その水が一度貯まって小さな池をつくっている。そこからは左右二つの流れとなって下っていく。そこに「分水嶺《ぶんすいれい》」という標識があり、駅から向かって右には「太平洋」、左には「日本海」と記されているのだ。こんなものを見たのは初めてだったので、本当に前に足が進まなくなった。わずかな水量でありながら、太平洋と日本海へ分かれていくここが分岐点。どちらに流れていくかは水の知ったことではない。まさに偶然による振り分けなのだ。それがよくわかるのは木の葉の動きだった。流されてきた木の葉は小さな池でくるくる回りながら、左へ、右へと吸いこまれていく。

人の世もまさにそうなのだと思った。運命の分水嶺はいつもどこかに隠れている。いつ、どんな家庭に生まれるのか。だれと出会うのか。どんな仕事と巡り合うのか。そして私はつい、震災のことも考えてしまう。津波に飲まれた人。逃げ出せた人。原発事故によって家を放棄しなければならなくなった人。その現状をテレビで見ながら、数分後には家族の団らんに戻る人。

いけない。封人の家へ急がなければ。夕暮れの光が躍る小径を抜け、国道47号を右に折れるとそれらしき茅葺《かやぶ》きの古民家が見えてきた。私は首をひねった。封人とは辺境の番人のこと。あばら屋とは言わずも、もうすこし小さな家屋を想像していたのだ。だが、目の前にあるのは庄屋風の大きな屋敷ではないか。いや、でかいでかい。本当にこれなのだろうかと半信半疑で駆けこめば、幸いにも門は開いていた。受付のおねえさんは、時計を見ながら「まだ大丈夫ですよ」と笑っている。良かった。

江戸初期に建てられたという封人の家。外観だけではなく、内部も当時の雰囲気がそ

のまま残っていた。梁《はり》は太く豪壮で、柱は黒光りしている。囲炉裏のあるござ敷きの部屋も広い。やはり番人の家というよりは、豪農を思い浮かべてしまうような屋敷なのだ。

そもそも、芭蕉の書き方がよくない。〈三日風雨あれて、よしなき山中に逗留《とうりゅう》す〉とした上、ここでしたためた俳句がこれだ。

蚤虱《のみしらみ》馬の尿《ばり》する枕もと

深い山のなかで吹き荒れる風雨。番人の小屋にかくまってもらえば、ノミやシラミにたかられ、馬のおしっこの盛大な音が枕元まで聞こえてくる。ああ、そこにはあまり泊まりたくないなあとだれもが思うような伝え方ではないか。

実際は違ったのかもしれない。囲炉裏を挟んで家主とゆっくり話もできただろうし、温かいものも食べさせてもらっただろう。たしかに土間の横には厩《うまや》があるが、人が寝る部屋とは離れている。馬のおしっこの音が聞こえても飛沫《しぶき》がかかるわけではない。

厩には今もつぶらな瞳の仔馬《こうま》がいた。木でつくられた模型の仔馬だ。人と馬が同じ屋根の下で暮らしていたという良い意味でのボーダレス感が伝わってくる。封人は犬や猫でも抱くように、馬を撫《な》でたり、声をかけたりしていたのだろう。

ひとしきり屋敷のなかを歩いたあとで、線量計を取り出す。何度か測ってみたが、尿前の関と同じだった。

堺田　封人の家　検知せず

セシウムはここまでは飛んでこなかったようだ。

封人の家を出たあと、国道沿いのテント張りの食堂でかき揚げうどんをいただいた。「冷えてきたねえ」とおばちゃんがストーブをつけてくれる。お茶も温かいのをいれてくれる。ありがたかった。季節はすっかり変わってしまった。

野の小径を駅に戻れば、空は残光を飲む濃紺となり、星がいくつも輝き始めていた。次の列車まで一時間。無人駅の小さな待合室で過ごす。だれもいない。秋の夜空の底でたった一人だ。草むらからの虫の音が、冷えて澄みはじめた空気を震わせる。

十月九日（火曜日）

旅は十四日目。

昨夜は新庄駅前のビジネスホテルに泊まった。新庄は奥羽本線の主要駅のひとつであり、山形新幹線の終着駅でもある。また、陸羽東線の終点、陸羽西線《りくうさいせん》（奥の細道最上川《もがみがわ》ライン）の起点となる駅なのだからJR東日本も力が入っているのだろう。初めて降り立ったホームは、近未来的なデザインの駅舎につながっていた。真っ暗な堺田駅から煙を吐く気動車でやってきた身には、この駅の人工的な輝きがまぶし過ぎた。

ただ、封人の家の佇《たたず》まいが『奥の細道』から受け取っていたイメージと異なっていたように、私はこの新庄市にもちょっとした思い違いをしていたようだった。なんといっても、新幹線の終着駅がある街なのだ。駅前には新庄銀座とか新庄六本木といった繁華街があり、ネオンや赤提灯《あかちょうちん》が鈴なりだろうと勝手な想像をしていた。

ところが、駅を出るや、どちらを向いても真っ暗ではないか。いや、真っ暗といっても、もちろん街灯も家々の灯《あか》りもあるのだが、居酒屋やバーが見当たらないという意味で、私にとっての真の闇世界が広がっていたのだ。まず、人そのものがいない。まだ午後九時を過ぎたばかりだというのに、風景のなかに人が現れない。こんなはずはない。

せめてコンビニくらいはあるだろうと、目抜き通りをまっすぐ進んだのだが、本当に人っ子一人いない。

私は、安ホテルをスマートフォンで探すことはあっても、バーや居酒屋のたぐいではいっさいネットの力を借りないことにしている。歩くことと嗅覚。これだけが頼りだ。だからこの新庄でも、信じがたい気持ちを抑えながら信号五つ分の距離を歩いたのだ。その結果は、暴走族と二回すれ違っただけだった。バイク一台に二人乗りの少年たちである。なにやら旗のようなものを振りかざしていたので、一応は暴走族なのだろう。エンジンを必要以上にふかしながらやってきて、また十数分後にホーンを鳴らしながら私の横を通り過ぎていった。新庄駅で降りて、人間に出会ったのはこの二回きりだった。素直に駅まで引き返し、キオスクでどこにでもありそうな弁当と缶ビールを買い、予約していたビジネスホテルへと向かった。

さて、朝。

日の出前に目を覚まし、ホテルの窓からの風景にしばし見とれる。新庄周辺の田園地帯には霞《かすみ》がかかっている。薄明かりのなかで大気は紫の光を宿し、黒々とした最上の山々が空を縁取る。

この山越えが芭蕉と曾良には相当にきつかったらしい。封人に紹介された屈強な若者をガイドにやといながらも、這々《ほうほう》の体《てい》となって尾花沢《おばなざわ》までを抜けたようだ。〈今日こそ必ずあやふきめにもあふべき日なれと、辛《から》き思ひをなして後《うしろ》について行く〉と記しているから、山の険しさによほど肝が縮む思いをしたのだろう。本来ならば私も同じ道を辿り、同じ苦労をすべきなのだろうが、出羽三山の登山が控えているので、ここは省略する。芭蕉が尾花沢のあとに訪ねた〈立石寺《りゅうしゃくじ》〉にまずは向かう。

午前七時台の山形新幹線に乗り、山形駅を目指す。立石寺の別名は「山寺《やまでら》」であり、JR仙山《せんざん》線の「山寺駅」が最寄りとなる。地図を見たときは、奥羽本線と仙山線の両方が乗り入れている「羽前千歳駅《うぜんちとせ》」に行き、そこから乗り換えるのがベストではないかと思っていた。しかし、時刻表を見て考えた。新庄から在来線でこの駅を目指せばやたらと時間がかかる上、乗り換えでさらに長く待つことになる。奥羽本線も仙山線も一時間に一本しか列車がない。へたをすれば新庄と立石寺の往復だけで一日の大半を使ってしまうことになる。とにかくまず山形駅までできるだけ早く行き、そこから仙山線に乗るしかない。

この不自由さが、現代の在来線を使った旅にはどうしても付いて回る。新幹線が開通すれば、あとはお払い箱とばかりに在来線の本数はどんどん減らされていく。小さな街を回ろうと思えば、昔よりも今の方が不便なのだ。自転車であれば自由に組むことができた行動計画が、本数のすくないダイヤによって限定されてしまう。ならばやはり自転車の方が良かったのかというと、出羽三山を登る以上、これはやはり難しい。今回の山岳地帯横断コースは不便さを嘆くのではなく、それを進んで味わうのだと自分に言い聞かせる。

　山形駅に着いたあと、仙山線の出発まで山形城を散策する。山寺駅に着いたのは午前九時二十分。観光地としても有名な寺院だ。私は初めての訪問だったので、駅前から見える立石寺の風景に圧倒された。

　切り立った崖といってもいいほどの急峻《きゆうしゆん》な山がそびえている。緑織りなす岩肌の方々にお堂や塔が見える。勢いのある陽射しを受け、視界に入るすべてが輝いている。立谷川《たちやがわ》の清流をまたぐ橋を渡り、宿や茶店が並ぶ参道を抜けると、そこが山寺登山口。ここからいよいよ「天台宗　宝珠山立石寺《ほうじゆさんりつしやくじ》」の院内に入るわけだが、階段の両側に青いトレーニングウェアを着た中学生たちが並び、なにやら話しかけてくる。うん？　と耳を傾ければ英語ではないか。

「We can speak English. May I guide you?」（ぼくたち英語できます。案内してもいいですか？）

　おお、そうなのか。学校でこういうことをやると決めたのだな。ここは外国からの観光客も多いから、実践的な英語の勉強ができるし、外国人のみなさんにも喜んでもらえれば一石二鳥というわけだ。と、納得しながら彼らの横を通り過ぎたのだが、いったいなぜ私に？と振り返れば、すぐ後ろに外国人のカップルがいた。

さて、本堂を左に進み、山門をくぐると、「奥の院」の「如法堂《にょほうどう》」まで千十五段の石段が待ち構えている。参拝者は杉や松に囲まれた石段のみの参道を延々と上っていくことになる。だが、心配には及ばない。少々の疲労を感じて足を止めたくなるあたりに必ずお堂や別院がある。

閑《しずか》さや岩にしみ入蟬《いるせみ》の声

この句も石段の途中で出くわす「せみ塚」に彫りこまれている。苔《こけ》むしたこれら文化遺産を拝観しながら上っていけば、あまり疲れを覚えることもなく奥の院まで辿り着ける。

もっとも、私の場合は上りのしんどさを忘れられるできごとがあった。前を歩む家族連れのお父さんのリュックサックから、猫が顔を出していたのだ。どこにでもいそうなキジトラの日本猫だった。時折ミャーと啼《な》き、その度に家族がなにか話しかける。すると猫は黙るのだが、またしばらくするとミャーと啼く。するとまたお父さんや家族が猫に話しかける。猫としてはどうなのだろう。まんざらでもないようにも見えた。この猫家族のおかげで、大して苦もなく石段を上り切り、奥の院まで達してしまった。

奥の院の標高は四百十七メートルあるという。眺めが素晴らしい。特に、岩肌ぎりぎりに突き出した五大堂からの眺望が圧巻だった。はるか眼下に山寺駅や立谷川の流れが見える。仙山線の列車がジオラマの鉄道模型のようにゆっくりと走っていく。私はついさっき、あの場所からこちら側を見上げていたのだ。そして今、ここからあの場所を、いや、球体の世界を見ている。重なり合う山々。紅葉はきっともうすこし先だ。緑が溢《あふ》れかえり、盛り上がり、吹き上がる風に香りをのせている。球体の正体は大空で、澄んだ青を限りなく張りながら雲を飛ばしている。その風が、私がいる五大堂のなかまで吹きこんでくる。山からの、雲からの、空からの風が透明に編み合いながら五大堂にいる老若男女を包みこむ。〈佳景寂寞《かけいじゃくまく》として心澄みゆくのみ覚ゆ〉（素晴らしい景色のなかで静まり返り、私の心が澄んでいくのがわかる）と芭蕉は記している。ここからの絶景を、曾良とともに心から味わったのだろう。

五大堂から先の崖の道は「天華岩《てんぐいわ》」という修行場につながっているらしい。立入禁止となっていた。私はここで線量計を取り出した。鳴子温泉の「尿前の関」、最上は堺田の「封人の家」、そのどちらも放射性物質は検知しなかった。ここはどうだろう。出た。セシウムが降っている。

立石寺五大堂　０・14マイクロシーベルト

美、という文字を使うのも慮《おもんぱか》られるような澄んだ風景のなかで、数値は出た。光と風を抱こうとして五大堂のなかで手を広げる人々。わずかな量ではあろうが、目には決して見えない放射性物質が彼らに降り注ぐ。歴史ある立石寺の岩肌や木々や仏の数々、そして私にも降り注ぐ。本当に広大な地域に原発事故は影響を与える。

その後石段を下りていると、新庄で合流する予定だったナミオさんとレンゲさんにばったり会ってしまった。もの好きというか、私の作品の読者でいて下さり、ライブにも来て下さるお二人だ。あとでもう一人、ビバリさんが加わる予定だが、彼女たちは私がSNSにアップしているこの旅の記録を見て、出羽三山ルートだけでもいっしょに歩きたいと志願されてきた。

ナミオさんとレンゲさんは奥の院へと上る途中だったので、私は先に下り、芭蕉の像に近い売店で彼女たちを待つことになった。千十五段の上り下りでさすがに汗をかいた。「さくらんぼソフト」を買い、椅子に座って舐《な》め始めた。すると、隣のテーブルからの視線に気がついた。幼稚園児くらいの女の子を連れた夫婦が山形名物の玉こんにゃくを頬張っている。女の子も串に刺した玉こんにゃくを与えられているのだが、この子はそれに口をつけようとせず、私のさくらんぼソフトをじっと見ている。そしてひと言、「ママ、あんなのもあるよ」。ママは目を泳がせながら玉こんにゃくにかじりつき、「ふーん」と気のない返事。「ママ、あっちの方がいいよ。ソフトの方がいいよ」と女の子はとうとう私を指さした。するとパパが、「こんにゃくの方がいいよ」と強気の逆襲。女の子は難しい顔になり、串に刺された玉こんにゃくをじっと見る。そして再び私のさくらんぼソフトに視線を送ってくるのだった。

親の手前、ソフトを買ってあげるわけにはいかない。黙って席を立つべきかなとも思ったが、それでは女の子が傷つくかもしれない。仕方がない。証拠隠滅とばかり、私はかなりのスピードでさくらんぼソフトを平らげた。こめかみのあたりが痛くなった。味はまったく覚えていない。

ナミオさんとレンゲさんが戻ってきたので、山寺駅から仙山線の列車に乗る。残るビバリさんとは新庄駅で待ち合わせている。車を借り、尾花沢の「芭蕉清風《せいふう》歴史資料館」を四人で訪ねるのが午後の計画だ。いずれにしろ、仙山線から奥羽本線に乗り換えて新庄駅に向かわなければならない。そこで考えた。双方の線が乗り入れている羽前千歳駅で降り、奥羽本線の列車を待つ時間を利用して昼食をとろう。旅先の時間は貴重だ。うまく使わなければならない。

だが、計画どおりに羽前千歳駅で降りてから啞然《あぜん》とした。ホームから駅のまわりを見渡しても食堂ひとつない。いや、それどころか人がいない。昨夜の新庄ショックがよみがえる。ここは無人駅だったのだ。奥羽本線と仙山線が分岐する大事な駅が、無人駅。

いったい日本国の在来線はどうなってしまったのか。と、愚痴をこぼしていてもお腹《なか》が減るばかりなので、私たちはとりあえず歩くことにした。芭蕉と曾良が尾花沢から立石寺まで歩いたのは羽州街道だ。これは現在の国道13号と重なる。そちらの方まで歩いていけば食堂のひとつやふたつは見つかるだろう。

だが、またしても私の読みは甘かった。歩けども歩けども食堂がない。緑地や農地や住宅街を二十分ほど歩いて、ようやく一軒のレストランに出くわした。しかしここが超満員。

どれくらい待ちますかと聞くと、ウェイトレスは無言で首をひねるだけだ。仕方がないのでまた三人で歩きだした。十分後、ようやく蕎麦屋《そばや》さんを発見。だが、ここも超満員。店が限られているのでお客さんが集中するのだ。結局、私たちはそこでまた長時間待たされ、乗るはずの列車を諦めることになった。その次の列車はさらに一時間後だ。ビバリさんを待たせてしまうことになるが、これはもう不可抗力。さあ、とりあえず食べてから……と、待つが、やはりなかなか来ない。蕎麦が現れない。ようやくやって来た蕎麦に箸をつける頃には、十分以内に食べないとその次の列車も難しい状態。三人で蕎麦をずるずる搔きこみ、また三十分近くかけて駅まで戻る。食べたばかりの小走り。昼食というより、なにかの罰ゲームのようだった。

新庄駅に着いたのは午後三時半。ビバリさんとの待ち合わせ時間はとうに過ぎていた。

ビバリさんはその間、駅前の本屋さんにいたらしいのだが、私たちに会うなり、「新庄ってすごいねえ」と言ってくる。本屋で雑誌を見ていると、おじさんにナンパされたらしい。東北なまりの英語で声をかけてきたというのだ。

「Where did you come from?」（どこから来たの？）

おじさんがこう聞いてきたので、ビバリさんは「東京です」と答えた。するとおじさんは、

「Which hotel will you stay tonight?」（今夜どこのホテル？）と続けた。

「私、日本人ですけど」

おじさんの顔はそこで強《こわ》ばり、そのまま本屋を出ていったらしい。ビバリさんはたしかに派手な目鼻立ちをしている。しかしなにかあれば啖呵《たんか》を切るタイプの姐御《あねご》だ。おじさんがその逆鱗《げきりん》に触れなくて良かったと思う。

新庄市内でレンタカーを借り、四人で乗りこんだ。今日、明日と私が運転をする。

尾花沢から立石寺にかけての平野部、また大石田《おおいしだ》からの最上川流域は風光明媚《ふうこうめいび》な場所だ。日本の正しい田舎の大パノラマが続く。そのひとつひとつを観るならやはり自転車が最適だと思う。今回は無理だが、いつかここは再訪したい。

芭蕉は尾花沢で、紅花の豪商であり俳人でもあった鈴木清風を頼った。堺田の封人の家から山越えをしてきてまず世話になったのが清風宅なのだ。芭蕉は彼のことを〈富め

る者なれども、志いやしからず〉と記している。この筆記の前提として、富める者はだいたい志がいやしい、という思いが芭蕉のなかにあるのが痛快だ。

芭蕉と曾良は次いで清風に紹介された養泉《ようせん》寺《じ》で十日ほどを過ごす。紅花の収穫期にあって清風が多忙を極めていたため、こちらの寺に移ったというのが定説だ。芭蕉清風歴史資料館は芭蕉や鈴木清風の人物紹介とともに、当時の尾花沢の文化や生活を伝えるミュージアムとなっている。

この資料館の前のバス停で、赤い帽子をかぶった小学生たちが並んでいた。やっとランドセルを背負っているような一年生から、お腹が出てすでにおっさんの風格がある六年生までが、家に帰るためのバスを一団となって待っている。そのすぐそばに芭蕉の像が立っていた。彫像でありながら、芭蕉が微笑《ほほえ》んでいるような気がした。では、この穏やかな風景のなかに放射性物質は混じりこんでいないのか。資料館のそばの植込みに線量計をかざしてみる。ごくわずかではあるが反応があった。紅花の故郷、尾花沢にもセシウムは降ったのかもしれない。

尾花沢　芭蕉清風歴史資料館そばの植込み　０・09マイクロシーベルト

芭蕉と曾良は尾花沢の養泉寺で過ごし、そのあとで立石寺を訪れた。そして大石田から新庄まで戻り、最上川を下って羽黒に出る。出羽三山に登るのはそれからだ。私たちはこの順番をなぞらず、まず明日、月山に登る。湯殿山も山腹までは歩む。下山後は新庄へ車を返しがてら最上川周辺の写真を撮る予定だ。夜は新庄から陸羽西線に乗り、狩川《かりかわ》で降りて宿を探す。そして明後日、羽黒山に登る。こういう計画だ。

この夜は、月山に近いロッジに泊まった。レストランが併設されており、鮎《あゆ》のソテーやナスの料理をいただきながら地元のワインを味わった。冷えてきたためにあまり長くは外にいられなかったが、空の真ん中を天の川が貫いていた。四人とも歓声をあげる。満天の星空は明るい。ここでも一応、線量計を取り出してみる。尾花沢と同じ数値が出た。

月山山麓　０・09マイクロシーベルト

十月十日（水曜日）

旅は十五日目。

いよいよ月山（千九百八十四メートル）に挑む。芭蕉は羽黒山（四百十四メートル）から登り、月山を経て、湯殿山（千五百メートル）へと下った。出羽三山は信仰の場、山伏の修験道の場でもある。決して楽な山ではないことは、『奥の細道』の文中からも見て取れる。〈雲霧山気《うんむさんき》の中に氷雪を踏んで登ること八里、更に日月行道《じつげつぎょうどう》の雲関《うんかん》に入るかとあやしまれ、息絶え身こごえて頂上に至れば、日没して月顕《あら》はる〉と芭蕉は記している。芭蕉と曾良が出羽三山に登ったのは旧暦の六月三日から九日にかけて。つまり現在の暦なら七月後半の夏場の登山だったわけだが、それでも雪を踏む場所があったようだ。「太陽や月が雲間に出入りするところまで登ったのか？」と、芭蕉はそこが高所であることを詩的に表現しているが、心身ともに相当こたえる山登りだったようだ。

一方の私たちは朝七時、ロッジで作ってもらったお弁当をそれぞれがリュックサックに入れて出発。芭蕉が辿ったルートとは逆のアプローチで、湯殿山に近い姥沢《うばさわ》から登ることにした。なんなれば、そこにリフトがあるからだ。日帰りのスケジュールゆえ、登りだけはこれを使うことにした。高低差二百メートルほどを足ぶらぶら状態で運んでもらい、そこからまずは姥ヶ岳《うばがたけ》（千六百七十メートル）を目指す。湯殿山を眼下に見る山だ。リフトを降りる前から気づいていたのだが、ずいぶんと風が強い。草地に生えた灌木《かんぼく》が震えるように揺れている。しかもその風が冷たい。手袋なしでは指がかじかんでしまいそうだ。弱ったことに洟《はな》が出てきた。気温差が激しいと私は水っ洟が出る。仕方がないのでティッシュでかむ。しかしここが問題で、スキー用のグローブを手袋として持ってきたため、ティッシュを取り出すのがひどく面倒だ。ええい、と歩き続けるとやはり洟が垂れてくる。女性陣がそばにいるので、仕方なくグローブを脱ぎ、ティッシュで洟をかむ。この繰り返しとなる。

そうこうしているうち、姥ヶ岳の山頂に出た。右手はるか遠くに月山を仰ぎ、左には湯殿山。そびえ立つ月山の迫力が凄《すさ》まじい。山稜《さんりょう》は紅葉に彩られてはいるが、凍《い》てつく強風のなかをあのてっぺんまで登るのかと思うと、計画は自ずと変更された。予定ではここから湯殿山の山腹まで行って引き返し、それから月山に登るというものだった。だが、この冷たい吹きさらしを歩き続ければ、意外と早く体力を奪われる可能性がある。同行の女性が一人でも座りこんでしまえばそこでアウトだ。月山を断念しなければならなくなる。それだけは避けたい。というわけで、こういうことになった。

「はい。あれが湯殿山ね。見たね？　見ましたね？」

風に煽《あお》られながら、ナミオさんもレンゲさんもビバリさんもうなずく。

「では、それで良しということにしましょう」

もともと出羽三山は女人禁制の山だった。霊場とされる湯殿山はさらに厳しく、古くから何人《なんぴと》であれ「見聞きしたことを他言してはいけない」とされている。芭蕉も『奥の細道』の本文では湯殿山について〈惣《そう》じて、この山中の微細《みさい》、行者の法式として他言することを禁ず。よつて筆をとどめて記さず〉とことわり、この句だけを残した。

語られぬ湯殿にぬらす袂《たもと》かな

したがって私たちも、湯殿山を見たということを心にとどめ、山の形以外は記憶から消すことにした。いや、もちろん、行っていないのだから記憶そのものがないのだが、どのみち紹介できないのだからそれでいいのだ。あとはひたすら月山を目指すのみ。姥ヶ岳山頂で線量計を出してみる。0・05となり検知せず。あまりに風が強いので計測は不可能かもしれない。

姥ヶ岳から金姥《かなうば》まで下り、切り立った尾根を辿りながら月山に近づいていく。絶景とはまさにこのルートの登山者のためにあるような言葉で、左手はるか眼下には庄内《しょうない》平野が広がり、その向こうにはきらめく日本海が見える。右手もまた谷に向かってなだらかな傾斜となる原野で、一面の紅葉だ。ただ、日本海側から吹きつけてくる風があまりに強く、私たちは何度も腰を屈《かが》めた。そうしないと吹き飛ばされてしまいそうになるからだ。

本気で怖かったと、あとでレンゲさんが泣きだしてしまった風は、天候をめまぐるしく変えもした。突き抜ける青空が山肌の紅葉を輝かせたと思いきや、這《は》い上がってくる雲が視界を奪い、どこを歩いているのかまったくわからなくなる。すでに先月半ばには閉山となっているため、登山客もそう多くはなく、びしょびしょと濡《ぬ》れる雲に叩《たた》かれながら歩くのはやはり心細かった。しかしその雲もまた風に吹かれ、ふいに陽が射しこんでくる。この転変の連続のなか、胸をつくような急峻な山道を四人で登り続けた。

これもまた絶え間ない強風のせいなのだろうか。山頂の近く、「鍛冶《かじ》小屋」と名づけられたガレ場（岩と石がごろごろしている場所）では、石の鳥居が崩れ落ちていた。夏場と冬場の寒暖差が鳥居を砕いたのかもしれない。それくらい気候の厳しい山なのだ。『奥の細道』では、山頂近くのこの難所に住む刀鍛冶が霊水を選んで剣を打ち、ついに銘刀「月山」を誕生させたというくだりがあるが、ちょっと信じがたい。いくら根性のすわった人間でも、岩と石しかなく、断続的に強風が吹きつける場所で鍛冶仕事をやろうとは思わないのではないか。

とにかく、這いつくばるようにして岩の間を進み、私たちは山頂に辿り着いた。閉山後とあって、月山神社も山小屋もトイレもみな入口に鍵がかかっている。手洗い場の水は凍り、気温が氷点下であることを示している。それでも山頂周辺には二十人を越える登山客がいただろうか。強風に翻弄されながらも、大半の人たちが震える指先でデジカメを構えていた。やはり月山の頂上に立つことはうれしいのだ。それは私たちも同じで、もうこれ以上は登らなくていいのだという思いと、日本海からの広大な面としてつながる景色の雄大さに打たれ、四人とも一瞬は笑顔になった。しかし、やはり寒い。氷点下で猛烈な風。体感温度はいったいどれだけなのか。みな、ロッジで作ってもらった弁当を持っていたが、いくらなんでもここでそれを広げようという気にはならないだろう。だから私は女性三人に言ったのだ。「お弁当は下山してからにしましょう」と。ナミオさんとレンゲさんはうなずいた。だが、ビバリさんの目が三角になった。暴れる寸前の顔になった。

「なんでよ！　お腹減ってもう歩けねえじゃん！」

おう？　なんか文句あんのかよ！　とビバリさんの眉が左右段違いになった。「はい」と私は小声で答え、ナミオさんとレンゲさんに「そういうことにしましょう」と言った。

風を避けるために山小屋の陰に隠れ、四人で弁当を広げた。おにぎりも卵焼きも唐揚げもみんな冷たかった。凍ってるんじゃないかと思った。それでもビバリさんは「うめー！」と片っぱしから頬張っていた。

放射線量計を取り出す。吹き上がってくる風のなかで構える。

反応はない。

月山山頂　検知せず

というか、

測定できず

下山後、車に乗って大石田方面へと向かい、最上川周辺の風景を撮影する。月山ではあれだけ吹き荒れていたというのに、下界の風は穏やかなものだった。田畑を焼く薄紫の煙も飛ばされることなく立ち上がり、移ろうプリズムとして光を刻んだり、躍らせたりしている。りんご並木が見事で、枝を曲げるほどに生《な》っている果実ひとつずつが、木が受けた陽光や雨や風の結晶なのだと気づかせてくれた。都会の店頭に並べられたりんごを見ているだけでは気づかない「全体像としての果樹の命」が青空の下にある。りんごの木に意志がなければ、どうして陽光をこの紅《あか》い果実に詰めこもうとしよう。私たちが知っているはずの意志ではないとしても、それはひとつの生命の企てなのだ。

大石田から新庄へと戻る途中で、名木沢《なきさわ》の「猿羽根《さばね》大橋」に車を停めた。どの橋にも表情があるが、真っ赤に塗られたこの橋が特に印象的だった。もう夕暮れが近い。最上川の水面は暗さのなかで深紅に揺れ、陽が残っている橋はペイント以上に赤く染まっている。そこを黄色い帽子の小学生三人が仲良く手をつないで歩いていた。今この瞬間にしか味わえない奇跡のような構図。芭蕉は〈このたび（旅）の風流ここに至れり〉と記し、
〈五月雨《さみだれ》をあつめて早し最上川〉
という句を残したが、春夏秋冬いずれの季節にも最上川の情景は胸を打つのではないか。そう感じさせる夕暮れであった。

レンタカーを返したあと、四人で新庄駅に入った。今夜は陸羽西線の狩川で降り、羽黒山に登るための宿坊街、手向《とうげ》に向かう予定だ。

帰宅ラッシュで混み合う時間帯とはいえ、やはり次の列車まで一時間近く待たなければならない。駅舎の大きな待合室は帰宅する高校生たちであふれていた。身を寄せ合ってなにやら楽しげに話している女子高生のグループ。駅を出たり入ったり、追いかけっこをしている男子高生たち。日没後の一刻、日本中のどこの駅でも見られそうな風景だ。ただ、勉強をしている高校生たちもいて、それぞれの場所で広げたノートや参考書をみな一途に覗《のぞ》きこんでいる。私が荷物を下ろしたテーブルにも、数学の問題を解いている女子高生がいた。彼女が背伸びをしつつこちらを向いたので、失礼かなとは思ったが、

言葉をかけてみた。

「よく勉強しているね」

「はあ。大学受けるんです」

「山形の大学？」

「いえ、東京の大学です。私の姉も東京なんです」

「頑張ってるから、きっと合格しますよ」

「はい」

文字にするとたったこれだけだが、私も高校生もひどく照れながら言葉を選び、ぼそぼそと小声で話した。ここでも山形の秋をひとつ見つけたような気持ちになった。

やがて、陸羽西線の発車時間となった。四人で乗りこみ、車窓の景色を見る。外はすでに真っ暗闇で、ほとんど街灯が見えない。ただ、車内はにぎやかだった。一人で勉強に勤しんでいた子たちも、おしゃべりに夢中なグループにとけこんではしゃいでいる。

月山を登り下りした疲れが出たのか、ボックスシートに座った私たちには時折眠気がやってくる。そうこうしているうち、狩川に着いた。数人の高校生たちと暗いプラットホームに降り、駅舎を出ると、旅館のご主人が待っていて下さった。

私とほぼ同世代だと思われるご主人だ。彼の運転する車で、羽黒山詣での宿坊街である手向まで連れていっていただく。最上川を背にし、車は広大な農地を走る。ヘッドライトに浮かび上がる刈り取り後の稲田だけが夜の風景を継いでいく。

どうしてここまで？　とご主人が聞くので、線量を計測していることも含め、どういう旅をしてきたのかを簡単に語った。運転中のご主人は前を向いたまま、「私たちもずいぶん心配したんですよ」と話に乗ってきた。

「ここも第一原発から二百キロ以内ですから、風向き次第じゃ可能性があったでしょ。もし、この庄内までやられていたら、東北の農作物は全滅でしたよ。そうなったら、日本の食糧がなくなっちゃう」

でも、そうなる危険性もあったんですよねえ～、風向きで多くの人の人生が左右されてしまうのだから、これはまったくもってひどい話ですよ～、などとやり取りしているうちに車は手向に入り、一軒の旅館の前に止まった。「おおっ！」と私たち四人はいっせいに声をあげた。旅館の佇まいがあまりに印象的だったのだ。古い、のではなく、時を越えている。窓辺から若き夏目漱石《なつめそうせき》や正岡子規《まさおかしき》が顔を出していてもおかしくない雰囲気。板の一枚ずつが渋く輝き、経てきた時の長さを示している。平成の建物でないことはもちろん、昭和さえもひとっ飛びしていそうな気配だ。

「大正時代の建物なんですよ。うちは代々、三百年以上前からここで宿坊をやっていたんです。それで、三代前からは多くの人に泊まってもらうために、宿坊をやめて旅館に変えたんですが、なかも古いままでして」

ご主人は控えめな声で説明してくれるのだが、私たちは逐一色めきたった。

「三百年以上前というと、まさに芭蕉と曾良がここを歩いた時代じゃないですか！」

にこやかにうなずくご主人。嘆息以外出ない私たち。

ご主人の言葉どおり、旅館のなかも古色蒼然《こしよくそうぜん》としており、なにもかもが琥珀《こはく》を思わせるような飴色《あめいろ》の輝きだった。艶のある廊下から階段の手すりまで、たしかにこれは長い歳月にわたって大事にされてきたものなのだ。空気までが気品を帯びているようで、廊下を歩きながら思わず抜き足差し足になる。

私たちは遅い到着だったので、まず食事となった。お膳に並んだ料理は宿坊風で、この季節の庄内の特色が出ていた。魚や揚げ物などもあったが、個人的にメインと感じたのは大きな胡麻《ごま》豆腐だ。想像以上に奥深く、広がりのある味わいと香りだった。加えて、ずいき芋の茎の味噌和《みそあ》え。初めて口にする代物だったが、これが歯触り良くビールに合った。芭蕉と曾良も庄内のこうした料理に舌鼓を打ったのだろうか。

風呂に入り、部屋に戻ると、布団が四つ並べて敷かれていた。空いている部屋がここしかなく、今夜は女性三人との横並び就寝である。と書くと、なにやら不穏なことでも起こりそうな気配だが、人数比からしてなにも起こるはずはなく、もともとその種のイメージすら喚起されることもなく、私は一番端の布団で丸くなった。階下は女湯。湯船につかる三人の笑い声が聞こえてくる。ビバリさんの声が筒抜けだ。私はなぜか『マクベス』に登場する三人の魔女を思い浮かべていた。そしていつしか眠りに落ちていた。

十月十一日（木曜日）

朝食のあと、手向の宿坊街を通り、『奥の細道』に登場する図司左吉《ずしさきち》（呂丸《ろがん》）の家の跡へ四人で向かう。左吉は芭蕉門下の弟子筋にあたる人で、呂丸はその俳号。当地に着いた芭蕉と曾良は彼の案内によって羽黒山に登り、修験者の長である会覚阿闍梨《えがくあじやり》に謁見となった。阿闍梨は芭蕉と曾良の宿として羽黒山南谷《みなみだに》の別院を指定し、のちに句会も催した。

手向は、修験者たちの歴史がそのまま表出しているような地だ。私たちが泊めていただいた旅館ばかりではなく、通りの両側には経てきた時の長さを感じさせる寺や宿坊が立ち並んでいる。面白いのは、宿坊や民家の軒先に必ずといっていいほど飾られている俵型の物体だ。太く白い綱が折り畳まれ、なにか奇妙な生き物のようなフォルムでぶら下がっている。

通りを散歩していたおばちゃんに聞いてみると、これがなんと「ツツガムシを避けるためのお守りなんだ」とのこと。最上川流域はかつて、ダニが媒介するリケッチアという病気の発症例が多く見られた場所だ。このダニの名がツツガムシ。病名もそのままツツガムシ病という。そこで羽黒山の出羽三山神社では大晦日《おおみそか》から正月元旦にかけ、縄でツツガムシの形をした大松明《たいまつ》をつくり、それを焼くことで厄よけとする祭をやるようになった。その儀式で使われた引き綱の一部をそれぞれ持ち帰り、厄よけのお守りとして軒に飾るのだそうだ。

山形に来てから、見るもの聞くものにすくなからずの驚きを覚える。どこへ行っても似たような景色が増えてしまった今、ここはとても貴重な地だと思う。

四人そろってまた声をあげたのは、羽黒山への参道を歩みはじめたときだ。鬱蒼《うっそう》とした杉木立のなかに突如現れる国宝の五重塔。その脇から伸びている石段の参道。旅情をかき立てられる完璧な風景だ。だがその分、非日常の凄みもたっぷりとある。見える限り、どこまでも、どこまでも、どこまでも石段が続いているのだ。背の高い杉を縫うようにして、

オール石段の参道は出羽三山神社の山上へと誘う。全部で二千四百四十六段あると聞いていたが、途切れることのない面前の迫力を記号で表すなら「∞」（infinity＝無限）がふさわしい。知識としての数字など、この風景では意味を持たなくなってしまう。

「あたし、無理だわ。ごめんなさい」

参道を見上げながら、レンゲさんは中腰になり、膝に手をついてしまった。昨日の月山登山で足を痛めたらしい。でも、ここまで来て断念するのはもったいない。ちょいと説得してみる。

「一段ずつ上れば、足を動かすのはたかだか二千四百四十六回だよ。仮に、ビルの一階が石段二十段に相当するとするなら、えーと、百二十二階建てのビルを階段で上って、また下りてくるだけの話だよね」

言いながら、これは全然慰めになっていないと気づいた。むしろ、「百二十二階建てなのか！」と我が内なる声もひっくり返った。

「やっぱり、無理だなあ」

レンゲさん、まわりの木々も萎《しお》れそうなほど哀《かな》しげな顔になった。これはもう仕方がない。待っていてもらうしかない。ナミオさん、ビバリさんと三人で参道を上り始める。

ちなみにナミオさんはフルマラソンの選手であり、サバンナのトムソンガゼルのような美しい足をされている。どれだけ長い石段でも、きっと笑顔のまま往復できるだろう。

ビバリさんもタフだ。彼女の趣味は登山。おそらくどこの山でも一番大きな声で笑っている。問題があるとすれば私だが、考えてみれば東京から岩手まで自転車で走る脚力があるのだから、休憩を入れながら上ればそれほど辛《つら》くないはずだ。

羽黒山の標高はたった四百十四メートル。二千メートル近い月山に比べれば、どうということはない。案ずるより上るが易しだ。始めは無限に続く石段のイメージにたじろぎもしたが、立石寺の参道と同じで、一段ずつリズミカルに足をかけていけばだんだん体が慣れてくる。しかも、疲れを感じはじめてきた頃に茶屋と遭遇。ここであんころもちと抹茶のセットをいただき、三人とも息を整えることができた。再び歩きだし、杉木立の奥に見え隠れする輝く窪地《くぼち》があまりに素敵だったので、「羽黒山のまほろば」などと命名しているうち、参道は平らになり、頂上に着いてしまった。

羽黒山頂上で出羽三山神社にお参りし、境内で放射線量を測った。

数値は出ない。

月山に続き、ここでも放射性物質の反応はなかった。ほっとして、冷たいもので咽《のど》を潤した。月山の頂上は氷が張っていたが、羽黒山はほぼ季節どおりの温度だ。社《やしろ》にはなぜかたくさんの下駄《げた》が奉《まつ》られていた。並んだ下駄にも手を合わせ、再び長い石段に挑む。足をくじくのはたいてい下るときなので、ここは要注意。一段ずつ確実に下りていく。麓で待っているレンゲさんを想像すると急ぎ足になろうというものだが、それは禁物。

焦ってはいけない。いや、焦るどころか、私たちはまた茶屋に立ち寄ったのだった。今度はあんころもちのためではない。茶屋のおかみさんが名前を書き入れてくれる羽黒山登頂の証明書をいただくためだ。そして三人ともそれをいただいた。だれかが私の脚力を疑ったら、二千四百四十六段を自力でちゃんと往復したと証明してくれるこの紙を見せればいいのだ。

「でも、これをだれかに見せることってあるかな」

ビバリさんが真剣にそう問うので、おかしくなってナミオさんと笑った。そうしてまた参道を下り始めた。すると突然、天狗《てんぐ》百人がいっせいに怒鳴りだしたかのような音が響き渡った。三人で顔を見合わせる。つい数分前まで、燦々《さんさん》とした光のなかで木々は輝いていたのだ。まさに急転直下。空を覆うは怪しげな雲だ。みるみるうちにあたりは暗くなり、やがて杉木立の上を稲妻が駆け始めた。登頂証明書を抱えて笑っていたのんびりムードはどこへやら、私たち三人は転がるようにして参道を下っていった。

入口でレンゲさんと合流。狩川の駅までは旅館の旦那さんが車で送って下さるというので、手向の道を急ぐ。ぽつぽつと雨が落ちてくる。稲光が凄まじい。そして旅館の前で旦那さんの車に乗りこんだ瞬間、空の一部が決壊したかのような雨が降りはじめた。前が見えなくなるほどの激しい降りだ。車はゆっくりと狩川の駅に進む。道も畑も白い水煙に覆われている。そんななか、ビバリさんが「おなかすいた」とうるさい。「駅のあたりに食堂はありますか？」と聞くと、運転席の旦那さんは困ったような笑顔をみせた。

「昔はなんでもあったんですけどね、今はこの町、人がいなくて……」

食堂は本当にないらしい。旦那さんに狩川駅まで送ってもらったあと、雨が小降りになるのを待って、私は食べ物を入手するために駅前から伸びる道を歩きだした。たしかに、かつて食堂だったらしき店舗はすべてシャッターを下ろしている。わずかに見つかったのが肉屋さんと雑貨屋さん。肉屋さんではメンチカツとエビフライを買えた。雑貨屋さんでは味噌パンとりんごが手に入った。両手に袋をさげて駅に戻り、みなで昼食となる。

「人がいないよね。考えてみれば、駅員さんだっていないんだもんね」

カーテンが閉まったままの切符売場を見ながら、レンゲさんがしみじみと言う。

旅の道連れとなった女性三人とはこの駅でお別れなのだ。私はノートを取り出し、彼女たちの言葉を筆記することにした。

まず、なぜこの旅に参加しようと思ったのか？

「出羽三山だったら、開発されちゃった下界と違って、芭蕉が目にしたそのままの風景を観《み》られると思ったのね」とナミオさん。

「私、昨年母を亡くして。公私ともに怒濤《どとう》の一年だったというか、心が疲れていたんですよ。だから、お休みが欲しかったの。東北の山からも遠ざかっていたから、久しぶりに登ったら、なにか見えてくるかなあと思って」とビバリさん。

「東北の山は一夜のうちに紅葉するんだよって、知り合いに言われたことがあるの。それを観たかったのかも」とレンゲさん。

では、実際に歩いてみてどうだったか？

「そうね。鬱蒼とした羽黒山の杉林や、月山の美しい稜線《りょうせん》や、その堂々たる存在感に圧倒されっぱなしで。三百年後、同じ風景を人は目にすることができるんだろうかと、そんなことも考えました。羽黒山や月山では、ドリアンさんの線量計に数値こそは出なかったけれど、原発の事故は貴重な自然はもちろん、その自然とともにあろうとする生き方に影響を与えるんだなって。三百年後のことを想像して、やはり原発はいらないと、あらためて強く思いました」とナミオさん。

「人の温かさとか、土地に根づく文化とか。目には見えない神々しい空気もあったし。そういうの、横浜《よこはま》あたりに住んでいると、あんまり気づかないんですよ。当たり前に思えていた日常が、本当は自然に守られているんだなあって。あとね、月山の暴風にさらされながら、縁がないものがどんどん削ぎ落とされていく気がしたの。山形は素晴らしいです」とビバリさん。

「感じたのは、このあたりに住んでいる人たちの抑制というか、自意識の薄さのようなものかなあ。遠慮深さとか、勤勉さ、穏やかさ、あとは祈りの遍在。旅館のおかみさんが羽黒山に登ろうとしている私たちに、『清められていらっしゃい』と言ってくれましたよね。あの言葉が私にとっては、冷たい空気のなかでチリンと鳴った鈴のようだったのね。山の風景も印象的だった。大空に何度も降りた天使の梯子《はしご》とか、鮮やかな紅葉とか。でも、太平洋側にも美しい風景は広がっていたわけで、それを原発事故でいきなり奪われてしまった地域のことを考えると、普段東京にいるときよりもずっと、胸に迫ってくるものがありました」とレンゲさん。

もちろん、三人がよどみなくこう話してくれたわけではなく、それぞれメンチカツや味噌パンを齧《かじ》りながらの細切れの言葉だったのだが、余分な間を詰めてつないでいくとだいたいこんな内容になる。私たちにとって出羽の山々はやはり圧倒的だったのであり、そこを登り下りすることは、人の営みと自然について考える新たな契機になったのだ。

やがて切符売場のカーテンが開き、普段着のままの若い女性が顔を出した。「駅員さんですか?」と聞くと、「委託駅員なんです」とのこと。笑顔が絶えないアルバイトの駅員さんはサービス精神旺盛で、切符を売る以外に、私たち四人が並んだ写真も撮ってくれた。

列車がやってきた。酒田《さかた》を経由して秋田県の象潟《きさかた》へ向かう私はここからまた一人旅となる。東京や横浜に戻る三人がホームで手を振ってくれた。彼女たちと歩いたのは二泊三日という短い時間だったが、月山の強風、満天の星、無限とも思われた羽黒山の石段など、目が捉えるものはもちろん、心に映るものも含め、忘れがたい風景の連続となった。

羽黒山　検知せず

象潟には、午後四時近くになってようやく着いた。羽越《うえつ》本線沿いに秋田方面へと歩き、蚶満寺《かんまんじ》へと急いだ。

芭蕉は、出羽三山を巡礼したあと、羽黒山から〈鶴が岡《つるおか》〉(鶴岡)へ向かった。長山《ながやま》氏重行《うじじゅうこう》という武士の俳人の家に世話になり、句会を開いた。そののち、川舟で酒田に渡り、淵庵不玉《えんあんふぎょく》という医師を訪ねる。不玉とは俳号。すなわち彼も俳人であり、この不玉の家が芭蕉と曾良の酒田での宿となった。芭蕉はここから象潟に向かい、帰路もまた酒田に泊まり、俳人たちと句会を開く。すなわち、羽黒山、鶴岡、酒田、象潟、酒田と移動してあとはひたすら日本海側の道を南下していくのだ。私はまず象潟まで行き、それから酒田、鶴岡を訪れる予定だ。

さて、象潟。

芭蕉は酒田からこの地に至るまで、〈山を越え磯《いそ》を伝ひ、いさご(浜の砂)を踏みて、その際《きわ》(距離)十里(約三十九キロメートル)、日影やや傾《かたぶ》くころ、汐風真砂《しおかぜまさご》を吹き上げ、雨朦朧《もうろう》として鳥海《ちょうかい》の山かくる〉と記しているので、相当に難儀な道行きだったようだ。

その夜は漁師の粗末な小屋に半身を押し入れ、雨がやむのを待っている。

こんな思いまでして象潟を目指したのは、当時はそこが松島に比肩する景勝地であり、芭蕉が愛してやまない和歌のスーパースター、能因や西行法師が訪れた地でもあったからだ。象潟と書いて、今どれだけの人が「きさかた」と読めるだろう。しかしすくなくとも江戸中期までは「東の松島、西の象潟」だったのだ。風景も似ていた。象の鼻のようだったと伝わる長い砂州が潟をつくり、そこに九十九島《くじゅうくしま》と呼ばれるたくさんの小島があった。西行が〈象潟の桜は波に埋《うず》もれて花の上漕ぐ海士《あま》の釣り舟〉と詠んだように、潟の水面には桜の花が映り、季節が進めば島には合歓《ねむ》の花が咲き、その向こうに鳥海山《さん》がそびえ立っていた。

では、今の象潟はどうなっているのか。

潟は姿を消している。九十九島を浮き上がらせていた海は遠ざかり、野や畑のなかにかつての島々が土を盛ったような小さな丘として点在している。花を映していた水面は消えたのだ。

潟から浮き出ていた島々は、鳥海山の噴火による泥流がもたらしたものだと言われている。潟には砂が溜《た》まる一方なので、入り海の面積は年を追って減少し続けたらしい。そして文化元（一八〇四）年、決定的なことが起きた。鳥海山の噴火があり、大地震と

ともにこの地が隆起したのだ。これによって、潟は完全に消滅した。入り海は陸地となり、島は島でなくなった。

蚶満寺も、その昔はやはり入り海に面していたのだ。江戸期からそのまま残る堂々たる山門。精巧な彫刻が施されたこの門をくぐって境内に入り、周囲を見渡せば、寺がかつて入り海のなかにあったことがよくわかる。野や田畑に水を張り、そこに海があると想像すれば、小さな丘の連なりはそのまま小島の群れとなる。『奥の細道』では、この寺の名も〈干満珠寺《かんまんじゆじ》〉となっている。潮の干満のなかに浮かび上がる珠玉のごとき寺だったのだろう。

芭蕉はこの寺の方丈（僧房）に通され、象潟の全景を目に収めた。〈風景一眼の中《うち》に尽きて、南に鳥海天をささえ、その陰うつりて江《え》にあり〉と記しているから、入り海に映える鳥海山を寺の僧室から味わうことができたのだろう。またこの九十九島に咲く合歓の花の美しさを句にしている。

象潟や雨に西施《せいし》がねぶの花

雨に濡れる象潟の合歓の花を、中国春秋戦国時代の伝説の美女である西施に喩《たと》えたのだ。よって、現在の蚶満寺内には、芭蕉だけではなく、その西施の像が立っているのだが、具象化とは厳しいもので、こちらはあまり心が動かない。やはりなによりも、失われた入り海に対して私はイマジネーションを抱いた。ここに海があった頃のきらめき。砂州の潮越しから遠く聞こえてくる波音。小島に咲く花々。西施が伝説のなかで輝くように、私もまた、もはやよみがえることがないかつての風景に対して、心象のなかで美をつくり上げていた。

無粋は承知の上、寺の船着き場だったとされるところで放射線量計を出した。月山や羽黒山と同じく、数値が出るはずもないと思っての気軽な計測である。だが、結果はなぜか違っていた。決して高い数値ではないが、計測の度にしっかりと出る。これはいったいどういうことなのだろうか。0・09から0・14マイクロシーベルト毎時。

羽黒山の旅館の旦那さんは、庄内が被曝《ひばく》から免れた理由として日本海からの風をあげていた。月山の稜線で苦しめられたあの風だ。秋から春先にかけ、風は日本海側から吹いてくることが多い。福島からの放射性物質は風によって遮られたのだ。だとすれば、この数値をどう理解すればいいのだろう。象潟の秋田県と隣の山形県とで風向きが正反対になるということは考えにくい。放射性物質が山形に届かないなら、秋田にだって達しないはずだ。ではなぜ、線量計が反応しているのか。

微量には違いないが、何度測っても数値は出た。もちろん、自然界がもともと含んでいる空間線量はあり、それは地方によって異なるのだから、そう考えて片づけてしまうこともできる。しかし解きようがない謎にはまりこんでしまった気分になり、私はかつて海があった頃の九十九島を想像していた。

芭蕉が訪れたときは、美しさに酔える水面があった場所だ。たった三百余年でそこが陸地になり、微量とはいえ放射性物質の反応すら示している。この変化の大きさから受ける心理的な動揺を的確に表現できる言葉はなんなのだろう。物書きのはしくれのくせにそれが浮かばない。

海沿いを歩き、物見山《ものみやま》という小さな丘に登る。夕陽に染まる鮭《さけ》の供養塔を眺めてから、今夜泊まる予定のビジネスホテルに向かい、荷物をおろした。陽が落ちるとあたりは真っ暗だ。街灯がほとんどないので、行き交うトラックのヘッドライトだけが頼りになる。しばらく歩き、巡り合った居酒屋に入った。ご夫婦で経営されているこぢんまりとした店。

カウンターに座ると、大きなホッケ一匹と茄子《なす》の焼いたのがつきだしとして出てきた。なんだかそれだけで腹六分目くらいになりそうな量だ。生ビールを飲み、焼酎を頼み、他にもいくつか料理をお願いし、ご夫婦と言葉を交わした。「出張？」と聞かれたので、正直にこの旅の行程と目的を話した。ついでに、蚶満寺で線量計が反応したことにも触れた。

するとやはり、ご夫婦は首をひねりながら考えこむ表情になった。福島からセシウムが飛んできたとは考えにくいと言う。根拠はやはり風向きである。ただ、何杯か飲んでいるうちに、ご主人がもの凄いことをおっしゃった。

「中国の核実験じゃないかね」

「え？　中国の？」

「黄砂が飛んでくるわけだから、放射能を帯びた塵《ちり》だって飛んでくるでしょう。核実験をやっていた時代は、雨に濡れてもハゲるって言われたんだよ。それがこのへんの土中にも残っているんじゃないの」

なるほど。真偽のほどはわからないが、放射性物質の半減期から考えて、理論的にはあり得る話だ。

一九六〇年代から七〇年代にかけて、たしかに中国は大気圏内核実験を繰り返した。私も子供の頃、中国での核実験が報道される度に、雨には濡れないようにと大人たちから言われたものだ。もしそのときに飛んできた放射性物質がいまだに放射線を放っているのだとしたら、米仏が太平洋で頻繁に行った核実験も含め、日本列島への影響は当然あるだろう。原発事故はむろん深刻だが、人々の意識が高まる前に繰り返された大国の核実験もまたこの星の大問題なのだ。米英仏ソの核実験による放射性物質はまさに地球規模で撒《ま》き散らされているのではないか。この影響を調べる旅をするなら、とても折り畳み自転車では無理だなと思う。

しかしそれにしても、象潟という地よ。

私は、ひとつのシンボルとしてこの地を捉えたい。

たった三百余年で、風景と環境はこれだけ変わるのだ。象潟の海に島々ができたのも、そこが盛り上がって陸地になってしまったのも、鳥海山の噴火と地震活動のせいだ。すなわちやはり、この列島は生きている。環太平洋の火山地域は常に激しく身震いし、土地の形を変え続けている。三百余年なんて地球史的にはほんの一瞬だ。それほど揺れ動く列島の上で私たちは暮らしている。事実、震度5以上の地震の発生率は日本列島が群を抜いて世界一だ。我が国は、地震の巣なのだ。津波ひとつで大事故を起こしてしまう原子力発電所はやはり「向いていない」と言わざるを得ない。

この意見に関しては、居酒屋のご夫婦もさんざんうなずいて下さった。

「地震の国だからね。原発は向いてないね」

お二人としばらく飲み交わし、真っ暗な夜の道を宿へと戻った。

象潟　蚶満寺船着き場跡　0・09〜0・14マイクロシーベルト

十月十二日（金曜日）

旅は十七日目。

小さなビジネスホテルなのに、朝ご飯が豪華だった。曇り空の薄暗い朝だったが、食堂の雰囲気は明るかった。家族総出で料理に取りかかっている様子。鱈《たら》の塩焼き、海鮮サラダ、味噌汁も具がいっぱいだ。朝からたくさんいただいて、象潟駅へと歩く。国道沿いのバス停の時刻表を見ると、午前中一本、午後一本のみ。東北で暮らすのはやはりたいへんなことなのだなあと思いつつ、駅に着いて驚いた。もうすこし早く宿を出れば

良かったのだが、鶴岡方面へ行く八時台の鈍行列車は一本のみ。それが出た直後だったのだ。次の列車はなんと十時半。もしトイレとかに入っていてそれを逃すと次は午後一時台に一本。

観光客用のサービスなのか、駅の植込みには案山子《かかし》がやたら並んでいた。でも、人はどこにもいないのだ。案山子に囲まれて、ここで今から二時間半待つのか……と、軽くめまいを覚えつつ反対側の秋田方面の時刻表を見れば、数分後に列車が来るではないか。

いや、ここが奥の細道の北限ですよ。芭蕉はそっち行ってないよ。

内なる声はそうつぶやいたが、考えてみれば、すでに芭蕉が歩んだ道からは何度もはずれている。まだ行ったことがない秋田市街を歩いてみたいという思いもあり、本来目指す方向とは逆の列車に乗ることになった。

かつての九十九島の間を縫い、二両連結の列車は羽越本線を走る。蚶満寺からの眺望も風情があって良かったが、鳥海山の噴火によってできたと言われる象潟のスケール感を味わうためには、車窓からの風景の方がふさわしいと思えた。やはりこの列車に乗って良かった。

そして秋田に着いた。県庁所在地はやはり都会だった。とりあえずビルがあり、複数の人が歩いていて、わずかではあるが雑踏の音すらする。お上りさんになった気分で駅前を歩き、久保田《くぼた》城を見学した。城の入口付近には、戦前の国民的歌手、東海林太郎《しょうじたろう》のモニュメントがあった。近づくと、太郎さんの歌が流れだした。なんというタイトルの歌なのかわからなかったが、一人ぼーっと聴いているのもなんなので、線量計を取り出した。反応なし。

久保田城をあとにし、堀のそばを歩く。巨大な鯉《こい》が数匹連れ立って泳いでいる。水面を覗いていると、鯉たちは餌をくれる人だと勘違いしてしまったようだ。堀全体が波立つ迫力で集まってきた。みな大きな鯉なので、肉弾相打つといった様相だ。それなのに私は餌になるものをなにも持っていない。わるいことしたなあ、鯉たちを騙《だま》しちゃったなあと背中を丸め、降りだした小雨のなかを秋田駅に戻った。

駅内の食堂で「究極の親子丼」というのをいただいた。比内鶏《ひないどり》の親子丼だ。看板に偽りなし。これはうまかった。ついでに一杯やりたくなったが、まだ午前中なので我慢。改札をくぐり、十一時台の列車に乗り、酒田を目指す。

小雨を降らせた雲は去り、車窓には突然青空が広がった。光は世界を変える。山の見え方もまったく変わる。そびえ立つ鳥海山の威容を前にし、やはり缶ビールの一つも買ってくれれば良かったとすこし悔いた。そして同時に、この山が噴火し、周囲の環境をそっくり変えてしまうだけの噴煙をあげているところを想像してみた。数百年という単位でみれば、これは今後も起き得ることであろう。

繰り返すが、この列島は生きている。長いスパンで見れば、安泰な地表というものはどこにもない。地盤はどこでもずれる可能性があるのだ。廃炉の方法さえ明確ではない原発をこの列島の上に造り続ける必要性はどこにあるのか。重大事故の種を蒔《ま》き続けるようなものではないか。原発はいらない。むしろ、造ってはいけない。と、強く思う。

秋田　東海林太郎モニュメント前　検知せず

酒田には午後二時近くに着いた。駅のコインロッカーにリュックサックを押しこみ、ウエストバッグ一つで散策を始める。バンドをやっていた頃、レコード会社の担当者がこの街の出身だった。いつも穏やかだった彼の笑顔。昭和五十一（一九七六）年の酒田の大火とその復興の記憶が彼の印象に重なり、私は以前からこの街に独特のイメージを抱いていた。滞在はおろか、歩いたこともない場所なのに、一種の郷愁のようなものを感じていたのだ。すこし寂れた駅前の通りも、昭和のディーバたちの歌声が聞こえてきそうなバーの門構えも、自分には初めての風景のようには見えなかった。親戚の家を久しぶりに訪ねるような気分で通りを歩きだした。

　商店街を抜け、住宅地を通り、芭蕉がお世話になった淵庵不玉の屋敷跡を訪ねる。といっても屋敷が残っているわけではなく、石碑があるのみで周囲の風景はいたって普通の住宅街。写真を撮影していると、七十前後に見える男性が話しかけてきた。「芭蕉に興味があるのですか?」と聞かれたので、正直にこの旅の話をすると、「それはご苦労様なことです」と頭を下げられた。もったいないことである。こちらも頭を下げ、酒田港を見下ろせる日和山公園を目指す。

日和山公園で芭蕉の句碑を見て、線量を測った。不玉の屋敷前の植込みでは0・09マイクロシーベルトと、ごく微量の放射線をキャッチしたが、ここは数値が出なかった。

　雲行きがまたあやしくなってきたので、駅の方に戻ろうと歩きだせば、どこかで見た洋館風の古い建物がある。初めての風景のようには見えない街といっても、いくらなんでもこの既視感はあり得ない。陰気で芸術的なこの建物は見たことがあるような、ではなく、見たことがある、のだ。なんと、映画『おくりびと』で山﨑《やまざき》努《つとむ》演じる葬儀屋の社長がフグの白子を網で焼いて頬張っていたあのビルではないか。つまり本木《もとき》雅弘《まさひろ》演じる新人の納棺夫が出入りするあの得体の知れない会社の社屋だ。好きな作品だったので、私は二度観ている。独特のオーラを放つこの建物にも興味が湧いていた。『おくりびと』が山形の物語であるとは知っていたが、舞台はまさにこの酒田だったのだ。しばしの建物鑑賞をする。

いっそうの郷愁に浸りながら路地から路地へと抜けていく。生活の匂いがしみ込んだ通り。おばあちゃんが嫁いできた頃からなにも変わっていなさそうな屋敷。ランドセルを背負った子供たちが駆け抜けていく。魚屋の軒先には新巻鮭《あらまきざけ》がぶら下がり、そのすぐそばで猫が丸くなっている。なんという風景だ。割烹着《かっぽうぎ》姿の我が母がどこかそのあたりの角から現れそうだ。

ぽつぽつと落ちてきた雨が突然夕立のように激しくなったので、大きな屋敷の軒先で雨宿りをする。雨に煙る路面の向こうには、古漬のたくあんの匂いでも漂ってきそうな街並がある。ただ突っ立っているだけなのに、眺めているという行為のみで充実し、ちっとも退屈しない。今夜は隣の鶴岡に宿をとってあるのだが、酒田の街でゆっくりするのも手だったなと思う。今度はそうしよう。

酒田　不玉屋敷跡　0・09マイクロシーベルト

微量ながら酒田でも線量の数値が出た。これも不思議な話だ。象潟と同じ理由で、月山と羽黒山で検知しなかった以上、福島第一原発の事故の影響とは考えにくい。天然の空間線量なのだろうか。

もっとも、私が線量計を向けるのは土の上、植込みの上などが多い。アスファルトの路面の上では結果が出にくいからだが、そうした場所には放射性物質が集まっている可能性がある。核実験が頻繁に行われた時代からの残留物なのか。あるいは希薄な量でも第一原発の事故で達した放射性物質があり、それが雨水の流れなどで蓄積され、反応しているのか。人体に影響がないとされるレベルだとはいえ、どこからやってきたものなのか、やはり知りたいと思う。

鶴岡には午後四時半を過ぎて着いた。まだ時折雨が落ちてきたが、夕暮れの空からは明るい光が射し、街のあらゆるものを輝かせた。酒田も味わい深かったが、この鶴岡という街もずいぶんと魅力的だ。通りの化粧品店には、アラン・ドロンの若かりし頃のポスターなどが貼ってある。たぶん、私が生まれた頃のものだ。つまりその頃から変わらない風景があちらこちらにあるのであり、それは歴史や思い出ではなく、現在でも息をしている生活の場なのだ。

芭蕉はこの鶴岡で、長山重行という藩士の屋敷に世話になる。重行というのは俳号であり、呂丸と曾良も含めた四人で句会を開いた。現在は、鶴岡まちなかキネマ（二〇二〇年五月、閉館）という映画館の一画にこの屋敷の跡がある。ここでも計測をしてみる。

やはり微量だが数値は出る。

鶴岡　長山重行宅跡　0・09マイクロシーベルト

そこから歩いてすぐのところに内川《うちかわ》乗船地跡というのがあった。「奥の細道」と碑が立っている。芭蕉はここから舟に乗り、最上川の流れに戻り、酒田を目指した。

象潟からずっと、奥の細道に於ける芭蕉の動きとは逆をやってきた。だが、ここで一区切り。線量計を持っての散策は、今日はもうここまでだ。予約していたビジネスホテルでシャワーを浴び、今度はカメラと財布だけを持って歩き始める。

一般に、東北の街の夜の灯りは乏しい。いや、そうではなく、私が普段歩いている東京の夜が明るすぎるのだ。それに慣れてしまうと、鶴岡のような比較的大きな街の灯りでも薄暗く感じてしまう。だが、ニューヨークだって東京ほどは明るくない。タイムズスクエアのような繁華街を除けば、マンハッタンの住宅街も他の欧米の都市同様、必要最低限の灯りのみで夜の在り方を確保している。部屋のなかも間接照明が多く、目に柔らかい。明るさイコール文明ではない。過ぎたれば及ばざるがごとしだ。ましてや、東京の不必要なほどの明るさは、足ることを知るはずの人々の地に造られた原発が供給していた。この皮肉を、いったいどれだけの人が意識しているのだろう。

さほど明るくはなくとも、叙情を感じられる通りを歩き、一軒の居酒屋に入る。無口なお兄さんが肴《さかな》を並べてくれる。野菜の炊き合わせ。甘鯛《あまだい》の酒蒸し。たこ煮。こうしたものをいただきながら、熱燗《あつかん》をやる。店のなかはやはり薄暗い。それがとてもいい。

店を出たあと、鶴岡という街も大好きになっている自分を感じ、山形とぴたり相性が合ったことを祝いたい気分になった。つまり、もう一軒入ろうということだ。商店街を歩くと、手頃そうな小料理屋を見つけた。引き戸を開けて入る。

目に飛び込んできたのは日章旗の鮮やかな深紅。壁一面の海上自衛隊護衛艦隊の写真。カウンターに積んであるのは、兵器大好き人間御用達の雑誌「丸《まる》」だ。すぐに去るべきだと思ったが、適度に酔っているため、口は動いた。

「ここはあの……こういうのが好きな人たちの店ですか?」

眼鏡をかけた店主は「?」という顔になったが、引き返そうとする私の心理を一瞬にして読み取ったようだった。そして、昔からの友人を見つけたかのような声でこう言ったのだった。

「帰らないで。ね、帰らないで。安くしとくから」

どうしたらいいのか自分でもよくわからなくなり、とりあえずカウンターに腰かけた。

私にも右寄りの友人は複数いる。思想的に合わなくても飲むときは飲む。いや、実のところ年に一度会って飲むかつての同級生は、ほんものの護衛艦艦長だった人だ。しかしまさか、全面護衛艦隊の写真に囲まれ、日章旗の鉢巻きをしたマスターと二人きりで飲むことになるとは思ってもいなかった。しかも、頼んでもいないのに、マスターは小振りの鯛を丸ごと刺身にしだした。こちらはビールを飲みながら腕組み。どういう展開になるのか、逆になんだか楽しみになってきた。すると、マスターは鯛一匹分の刺身を私の前に置き、また意表をつくようなことを言った。

「はい。五百円にしておくから、食べて下さい」

五百円？　鯛一匹で？

こちらも現金だ。心の半分くらいが急に緩くなり、気づけばマスターと乾杯をしていた。

「マスター、街宣車なんかにも乗るんですか？」

そんなふうに聞いてみたが、「いや、そういうアレじゃないんですね」と穏やかな声。そういうアレじゃないにしては、そういうアレな人たちが入り浸りそうな店内に見えるのだが、あまり根掘り葉掘り問うのもわるいと思い、「鶴岡はいい街ですね。ちょっと歩いただけですが、好きになっちゃった」と正直なことを言った。マスターは「うーん」とうなりながら、「鶴岡はね、そういうアレな街じゃないですよ」と照れるのである。

やはり鶴岡はいいなと思った。

店を出てからも散策は続いた。商店街を外れると灯りがない。本当に暗い。内川の流れに沿って歩いていると「開運橋《かいうんばし》」という名の橋があった。私はついに書くことを始めたハンセン病関連の小説のことを思い出した。自分の小説は売れたことがない。だが、この小説だけは世に出なければいけない。多くの人に読んでもらわなければいけない。その気持ちを込めて、この橋を渡った。往復して、暗い水の流れに向けて祈った。

十月十三日（土曜日）

旅は十八日目。だが、今日は東京に戻る日だ。

鶴岡から村上《むらかみ》まで特急に乗り、村上で少々の写真を撮る。そのあと、坂町《さかまち》まで行き、そこから米坂《よねさか》線に乗る。米沢《よねざわ》からは山形新幹線という予定。

鶴岡駅で「いなほ」の特急券を買う。午前十一時台の列車だ。昨夜は護衛艦隊に囲まれて少々飲み過ぎてしまったようだ。二日酔いとあって、朝は食べ物をとろうという気持ちになれなかった。だが、「いなほ」の発車時間まで一時間以上ある。もう一度鶴岡の街に戻り、なにか食べようと思った。「まごころ」という店がやっていた。「定食五百円」と看板がある。ちょうどいい。五百円なら、ご飯に卵、味噌汁、納豆といったあっさり軽いものだろう。

しかし、私は忘れていたのだ。ここは鶴岡である。日章旗の艦長が鯛一匹丸ごとを五百円で出してくれた街なのだ。「まごころ」のカウンターに腰かけると、気さくなお姐《ねえ》さんが現れ、さっそく定食の用意が始まった。私の前に皿が並びだしたのだ。マグロの切り落とし山盛り。甘エビの刺身。大根とガンモの煮たの。鮭の焼いたの。トマトのサラダ。海老《えび》がお椀《わん》からはみ出している味噌汁。ご飯に漬物。

「これで、足りるかしらね？」

「本当に五百円なんですか？」

「はい。五百円です」

目を瞬《しばたた》かせることしばし。大人の考えでものを見るなら、処分しなければいけないものが溜まっていたのかもしれない。夜の時間に捌《さば》けなかったものをこうやって昼間の客に出す。しかしそれにしても、東京ではこんなことはあり得ない。田舎商売と言ってしまえばそれまでだが、いただく私の胸には「やはり山形はすごい。相性が合う」と歓喜があふれる。二日酔いだったことも忘れ、全部いただいた。ありがとうございます。

駅に戻り、特急「いなほ」に乗って新潟方面へ移動する。〈鼠《ねず》の関《せき》〉（鼠ヶ関）近辺の海の風景は車窓から撮影。波打ち寄せる日本海は青のすべてのきらめきを巻いて戻して放り上げる。遠くには粟島《あわしま》のシルエット。芭蕉もここを通ったのだから、粟島の島影は見ているはずだ。文章としての記録はないが、粟島を眺めている芭蕉の姿を思い浮かべることはできる。〈加賀《かが》の府〉（金沢）までの道は遠い。汗を流しながら、無言の業としての徒歩に戻ったに違いない。

村上で降り、散策をしながら駅前の写真を撮る。芭蕉と曾良が二日ほど宿をとった場所だ。ここで私は奥の細道のルートを外れる。各駅停車で坂町に行き、以前から乗ってみたいと思っていた米坂線で米沢を目指す。

さて、またもや一時間を越える待ち合わせ時間。急いでるわけではないので、ホームをぶらぶらと歩いたあと、ベンチに座って昼寝を決めこんだ。リュックを下ろし、そこに頭を乗せてのんびりしようと思ったのだ。すると、女子大生らしい若い女性がやってきて、隣のベンチに腰かけた。なぜ女子大生だとわかったかというと、いわゆるリクルートスーツに身を包んでいたからだ。

本来は長いであろう髪を後ろでひっつめにして、彼女は背筋をぴんと立てて座っている。

姿勢の美しい子だなと思った。こうなると、こちらもあまりだらけた格好はできなくなり、よりかかっていたリュックから背中を離した。すると彼女はハンドバッグからなにやら取り出し、それを口に運び始めた。見てはいけないと思いつつも、横目でちらりと覗けば、袋に印刷された「あんぱん」という文字が目に入った。

なんだか私は感動した。次の列車まで一時間あるとあって、ホームの上には私と彼女以外だれもいない。駅のまわりは一面のすすき野で、風に煽られ、銀色の波のようだ。そんなところで、リクルートスーツを着た若い女子大生が背筋を伸ばしてあんぱんを食べている。いけない、いけない、と思いつつも、ついつい話しかけてしまった。

「あの……就職活動なんですね」

すこし驚いた表情をされたが、「はい」と彼女はうなずいた。

「でも、こんなところに、面接を受ける企業があるんですか？」

彼女は首を横に振りながら、「いいえ」と答えた。

「私、企業じゃなくて、村役場の試験を受けにきたんです」

「村役場？」

米坂線でなければ行けない小さな村の名前を彼女は挙げた。

「どうしてまた？　だって、あなたこのあたりの人じゃないよね」

なんだかそんな気がしたので、失礼だと思いつつも聞いてしまった。

「はい。私、東京の人間です。大学も東京です」

「それで……村に？」

「村が、減塩運動というのをやっているんです。村人の健康状態があまり良くなくて。その原因というのが塩分の摂り過ぎだということになりまして。みんなで塩分を控えようということになって、そういう運動をやっているんです。実は私、専攻が栄養学なんです。だから、村の人のためになれるんじゃないかと思って」

「それで東京から一人で？　この米坂線に乗って、その村に行くの？」

「はい」

あんぱんの残りを食べたあと、彼女は「そういうところで仕事をしてみたかったんです」とはっきりと言った。なんだかちょっと泣きそうな気分になり、私は揺れて輝くすすき野に目をやった。私がいなかったら、この子はたった一人、だれもいないこのホームであんぱんを食べていたのだ。

それから二人でいろいろな話をした。人生のこと、社会のこと、恋愛のこと。そして、鶴岡で異様に力を持つ五百円について。

米坂線の列車でも向かい合って座った。噂《うわさ》には聞いていたが、こんなにも風光明媚な場所を縫って走る列車だとは思わなかった。紅葉が始まった山のなかを、その億万の葉っぱの光沢をすべて味わいなさいとばかり列車は走っていく。

そして彼女が降りる駅がやってきた。身の丈に合わない大きなトランクを引っ張り上げて、彼女は列車から降りた。リクルートスーツがまったく浮き上がってしまう鄙《ひな》びた駅のホームで彼女は精一杯手を振ってくれた。

列車は走りだす。降り注ぐ光のなかを進んでいく。

(あの子が幸せになりますように)

なんで泣いているんだろう。

涙をぬぐいながら、山の際の線を目で追った。

四　新潟〜大垣

11.5 新潟
遠藤実記念館
「実唱館」
三条
佐渡島
新潟
福島
栃木
いずもざき
海遊広場
長岡
JR長岡駅前
柏崎刈羽原子力発電所
柏崎 荒浜
11.5 東京から
五智国分寺
直江津 11.6
久比岐自転車道
群馬
糸魚川 11.7
親不知・子不知
市振
桔梗屋跡
長野
入善
黒部川
富山
石川
奈呉ノ浦
新湊
高岡 11.8
倶利伽羅峠
金沢
兼六園
小松
多太神社
那谷寺
11.9 大聖寺
山中温泉
吉崎
永平寺
11.10 福井
天龍寺
等栽宅跡
福井
浅水
岐阜
関ケ原
大垣
11.13 帰京
気比神宮
11.12
長浜
奥の細道むすびの地
色浜
敦賀原子力発電所
気比の松原
敦賀
11.11
北陸道長浜IC付近
琵琶湖
愛知
三重
芭蕉ルート
ドリアン ルート
自転車メグ号
自動車
鉄道
放射線測定地
測定した訪問地
測定した通過地
測定しなかった地点

十一月五日（月曜日）

四度目の旅は、メグ号をかついで駅の階段を上るところから始まった。調布から新宿までは京王線。その先の大宮《おおみや》まではＪＲ埼京《さいきょう》線。ラッシュ時の首都圏を東西そして南北に貫く移動だ。どの列車も人間圧縮工場のように混み合っている。折り畳み式とはいえ、そこに自転車を乗せるのはあまりにも気が引ける。考えた末、私は最後部車両の隅にメグ号と張りつくことにした。「すいません」「ごめんなさい」を連発しながら大宮まで足を踏ん張る。上越《じょうえつ》新幹線のホームに辿《たど》り着けば、すこしは楽になるだろうと期待しながら。

だが、その大宮駅もごった返していた。上越新幹線の指定席は完売。ホームも大混雑。新幹線の車両にはなんとか入りこめたが、片足でメグ号を押さえつけながらまたもや通路で立ち続ける。手には駅弁があるものの、座る場所はない。ひと月前の仙台駅での記憶がよみがえる。完璧なデジャブ感のなか、立ったままで「深川飯」を食した。心なしか、佃煮《つくだに》のハゼまで私をあざけ笑っているような顔をしていた。長岡《ながおか》駅で降りたときには、一日の体力の大半を使い果たしたような気分だった。

さて、長岡である。芭蕉はこの街には立ち寄っていないが、私はここで下車した。理由はふたつ。まずは、中越地震の記録を展示している施設「長岡震災アーカイブセンターきおくみらい」を訪ねてみること。復興とともに震災の記憶は薄らいでいくものかもしれないが、この列島は生きているのだから、地震や津波は繰り返しやって来る。本当の復興は、その礎に「継がれていく記憶」がなければならないのではないか。原発事故の影響を考えれば、東北が元どおりになるのはいつの日になるかわからない。そんな状況だからこそ、今回の天災と人災を共通の記憶として、また負の遺産としてあとの世代に伝えていく姿勢がなければ、本来の復興は始まらないのではないかと思う。ならば、地元では中越地震をどう捉え、今後どう伝えていこうとしているのか、それを観《み》るべきだと思った。

もうひとつは、ここ長岡でも空間線量を測ってみようと思い立ったからだ。

第一原発から放出された放射性物質のプルーム（煙流）は風に乗って渦を巻くように流れ、列島各地に飛散した。昨年十二月の各地の空間線量を地図化した群馬大学の早川《はやかわ》由紀夫《ゆきお》教授の資料によれば、低線量ではあるものの、新潟は米どころの魚沼《うおぬま》あたりまで被曝《ひばく》している。長岡はその地図に於《お》いては「域外」となっているが、実際にはどうなのか、汚染されているのか、いないのか、自分で確かめてみたいと思っていたのだ。

アーカイブセンターの「きおくみらい」。調べた住所を頼りに駅前の繁華街をメグ号を押して歩いた。するといつの間にか、クラブやスナックがひしめくエリアに入りこんでしまった。どうにも場所がわからない。複数の通行人に聞いてみたが、だれも「きおくみらい」は記憶にないと言う。市民みんなが知っている施設、というわけではなさそうだ。

繁華街をぐるりと一周し、長岡駅前のメーンストリートに戻ってきたところで、ようやくその表示がある建物を発見した。施設がビルの二階にあることもあり、最初に通ったときは見落としていたらしい。メグ号を停《と》めて階段を上ると、カフェでも併設できそうな明るい空間のなかに、地震の記憶を留《とど》めようとする「きおくみらい」はあった。

ワンフロアのみの施設である。目につくのは、中越地震の被災地域を撮影した航空写真だ。そのまま床になっている。そこを歩きながら、タブレットを操作すると、各地の被災状況や復興の様子などが手にとるようにわかるという仕組だ。なるほどこれはアイデアだなと思う。とはいえ、それはタブレットを自由に操作できる人ならば、という条件付きの話だ。そうした機器が苦手な人にとってはちょっとハードルが高い展示法だし、そもそもタブレットを貸していただけなければ、足下の航空写真を眺めているしかない。

待つこと半時間ほど。この予感が現実になってしまった。どこかの自治体のみなさん、つまり役所のみなさんが大勢で視察にいらしていた。聞こえてきた会話から判断すると、東日本大震災で被災したある地域からいらしたみなさんのようだ。タブレットはすべて貸し出され、スタッフはその操作説明をするため、みなさんに付きっきりである。私は通常のテレビモニターから流れてくる被災や復興の様子、パネルに貼られた写真などを見ていた。犠牲者一人一人にあった日常、最期の恐怖や無念などを思い、あらためて胸が塞がれるような気分になった。それでもタブレットを借りようと思ってさらに待ったのだが、いつまでも状況は変わらない。残りの時間を考え、この施設を出ることにした。

きっと、小中学校の課外学習などで来れば、スタッフは丁寧に応対してくれたのだと思う。地震学や復興についてのシンポジウムなども頻繁に開かれているようだ。次はいつどこが揺れてもおかしくないのだから、日本中の役所も興味をもっているだろう。出張先、研修先としてもってこいではないか。だから役人はやって来る。そして、私のように一人でぶらりと来た人間は、よわっちゃったなと頭をかきつつ、そっと出ていくことになる。

みなが哀《かな》しみに震えた記憶や遺産をどう整理し、どう展示して伝えていくのか。これはなかなか難しいことだと思った。資料をそろえただけでは図書館の書庫と変わらない。スタッフに余裕がなければ一般の来訪者は戸惑うばかりだ。被災地からの視察は大事にされるべきだが、彼らだけを相手にするなら、役人の役人による役人のための施設になってしまう。そうならないためにはなにかもうひとつ工夫が必要と思われた。

長岡での空間放射線量測定。駅前の植込みを皮切りに、燕三条《つばめさんじょう》方面にメグ号を走らせながら、農地などでも測ってみた。まずは植込み。これが想像していた以上に高く、毎時0・19マイクロシーベルトと出た。群馬大学の資料では、魚沼あたりが0・１２５マイクロシーベルトである。植込みだからこその結果ではあろうが、庭があり、落ち葉が溜《た》まる環境であれば同じような数値になるはずだ。福島や栃木や宮城だけではない。新潟も汚染されていたのだ。このことを新潟の人たちは知っているのだろうか。

長岡　駅前植込み　0・19マイクロシーベルト

新潟市へ通じる国道8号のバイパス、その側道を走りながら、刈り取りが終わった稲田にも線量計を向けてみる。0・09マイクロシーベルトと出た。微量ではあるものの、やはり放射性物質の反応はある。

国道8号のバイパスは自動車専用道路となっている箇所もあるので、折り畳み自転車に乗った私が入りこむわけにはいかない。ひたすら側道を走る。立体交差が頻繁にあり、思わぬ時間をとってしまった。しかも国道8号に出ると、これが完全な産業道路。周囲に目をやりながら走れるような風景はなくなる。交通量も多く、新潟市は遠い。十一月とあって日が暮れるのも早くなってきた。空が茜色《あかねいろ》に染まってきた頃、残りの距離も考え、私はメグ号での新潟行きを断念した。このまま走り続けると、新潟駅前で一杯飲むというささやかな夢も叶《かな》わなくなる。

国道から逸《そ》れ、ＪＲ信越《しんえつ》本線に近づいていく。信濃川《しなのがわ》の支流である五十嵐川《いがらしがわ》に沿ってペダルを漕《こ》ぐ。すると、懐かしさがこみ上げてくるような街並に出くわした。家屋も、なにげない食堂の佇《たたず》まいも、すべてここで暮らす人々の息吹を感じさせる。風景に生活の匂いや温《ぬく》もりがある。一瞬、この三条という街に長居がしたくなった。メグ号を停め、路面に足を着く。だが、「いかんいかん、今日はまず新潟だよ。新潟に行かないと、奥の細道が始まらないよ」と自分に言い聞かせ、ＪＲ東三条駅から先は自転車を漕ぐ人ではなく、電車で自転車を運ぶ人になった。

本来なら、前回の旅で辿り着いた坂町まで戻って奥の細道を継ぐべきなのだが、坂町〜新潟間は記述として残っていない上、芭蕉と曾良は坂町の先の築地《ついじ》から新潟まで船に乗ったという説もある。よって今回はこの距離をカットし、新潟から旅を継ぐのだ。

新潟に着くともはや夜だった。ビジネスホテルにチェックインし、シャワーを浴びる。そして知人が教えてくれた居酒屋へと向かう。店の入口には小さな黒板があり、「南蛮海老《えび》９円／ｇ」と白墨で書かれている。これを食べたかったのだ。一般には甘エビと名がつくホッコクアカエビ。産地の新潟では南蛮海老と呼んでいる。一尾いくらではなく、グラム単位で販売する店が最近は増えていると聞く。

カウンターに座り、南蛮海老百五十グラムを刺身、もう百五十グラムは焼いてもらう。

ビールを大ジョッキで一杯。続いて焼酎の湯割りを二杯。目の前にある南蛮海老を一つずつ食していく。

海老の香りのなかで、熱燗《あつかん》もいいかなとふと思う。旅を始めたのは真夏の八月だった。陽射《ひざ》しは強く、どれだけ水分を補っても汗として流れ落ちてしまうペダル漕ぎだった。ところが今朝の新幹線の車窓からは、頂を白くした山々が見えた。天気予報では明日から崩れるという。しかも長雨になりそうだ。

さて、どうしたものか。焼酎のおかわりをもらい、明日からの走行距離を考える。こうして、のべ十九日目の旅の夜が過ぎていく。

十一月六日（火曜日）

二十日目の旅。

ホテルで朝ご飯を食べたあと、重たげな鉛色の空の下を走りだす。肌寒いし、今にも雨が落ちてきそうだ。新潟駅を迂回《うかい》し、萬代橋《ばんだいばし》方面へと向かう途中で小さな公園が目に入った。長岡では線量を測ったが、新潟市内ではまだ未測定だったことに気づき、公園に入っていく。ベンチの横の芝生で計測をする。数値が出た。

新潟市　芝生の上　0・19マイクロシーベルト

長岡と同じ数値が出た。芝生の上での計測だが、人がくつろぐベンチのそばであり、子供たちが寝転がったりする場でもある。この程度の線量なら健康には害がないと主張する人がいるかもしれないが、放射性物質によって公園が汚染されているのは事実だし、低線量被曝が将来子供たちに与える影響についてはなにもわかっていない。無視してよい数値ではないと思う。

萬代橋を越えながら、信濃川を見る。空の色を映して水面が暗い。西大通りを進み、商店街から住宅街に差しかかったあたりで、とうとう雨が落ちてきた。大粒の雨だ。みるみるうちに路面が濡《ぬ》れていく。通りを行き交う人々はみな傘を開く。私はメグ号を漕いでいるので傘を持つわけにはいかない。古いマンションの軒先を借り、灰色のサイクリング用ポンチョを取り出す。そして背負ったリュックサックの上からそれを羽織った。フードをかぶると……臭い。気持ち悪くなりそうなケミカルな匂いだ。十一月の日本海、その海岸線を走る旅である。今回は悪天候を予想し、これを買っておいたのだ。それは良し。しかし、使うなら一度袋から出して広げておくべきだった。雨を弾《はじ》くための薬剤でも塗られているのか、とにかく臭い。走っているときはまだやり過ごせるが、信号待ちなどで止まると鼻を押さえたくなる。

しかも私はお尻の痛みと戦っていた。一回目の旅で椅子に座れないほどお尻の皮がむけてしまった経験から、二回目の旅はパッドが付いたサイクリング用のパンツを穿《は》いて乗り切ったのだ。石巻から平泉への休みなしの直行など、あのパンツがなければ頓挫していたことだろう。ところが、三回目の旅は主に列車を利用したため、縁の下ならぬ尻の下の力持ちの存在をすっかり忘れていた。あろうことかサイクリング用パンツを調布のアトリエに置いてきてしまったのだ。それで昨日、長岡から東三条までの二十キロほどを走っただけで痛みがじわじわとやってきた。

ちょっと待てよ〜。私は、〈遥々《ようよう》の思ひ胸をいたましめて、加賀の府まで百三十里と聞く〉と芭蕉がのけぞり、あまりにしんどかったので〈病おこりて事を記さず〉と、『奥の細道』にも記さなかったその長い長い北陸道を、ローソンで買った普通のパンツのみで漕ぎ続けるのか？　しかも永々と続くかもしれないこの重く冷たい雨のなかを。

だいたいこの西大通りというのがやたらと長い。新潟市の中心部のみをつなぐ通りなのかと思いきや、交差点を飽きるほど越えても、家やアパートやマンションや学校を何百と過ぎ、また何百と過ぎても、風景が郊外のそれになってきても、表示は変わらず、ずーっと西大通りなのだ。こんな大通りがあるということは、新潟市、やたらにでかいのでは！　というのが人力で走ってみての感想である。

そうこうしているうち、新潟大学の敷地が見えてきた。市の中心部からはずいぶんと離れている。すくなくとも賑《にぎ》やかな場所ではない。しかし学生のときはチャラチャラ練り歩くよりも、本をいっぱい読んだり、議論し合ったりする方が理想的なのだから、この環境でいいのだ。新潟大学の学生諸君、人生はこれからだ。しっかり勉強しなさいよ。と、ほとんど勉強しなかった身でありながら勝手なことを考え、ペダルを漕ぎ続ける。

やがて西大通りは川に差しかかった。雨がやみ、薄日が射してきた。おや、とペダルを止めた。両岸に並ぶ漁船や小舟。越後《えちご》線の鉄橋も構図のなかで決まっている。私がターナーだったら、思わず絵の具を取り出していそうな風景だ。新川《しんかわ》という水の流れに、つかのまの陽光がきらめく。

地図を見ると、そろそろこのあたりから海岸線に沿う北陸道、国道４０２号に出た方がいい。新川沿いに海に向けて走ると、ＪＲ内野《うちの》駅があり、その手前に自転車屋さんがあった。おじさんがお客の自転車を修理している。ちょうど良かった、ここでパンツを買おう。

「すいません。サイクリング用のパンツありますか？」

「パンツ？」

「あの、お尻の部分にパッドが付いていて、長距離を走っても痛くならないやつです」

「パンツはここにはないな。うち、自転車屋だから」

「いや、あの……そういうパンツじゃなくて。自転車用のパンツです」

なにを言っているんだ、この男は？　という表情でおじさんが私を見た。すると、自転車を直してもらっていた客が手をひらひらと泳がせた。

「そういうパンツはこのへんじゃ売ってないなあ」

「え？　パンツ、ないんですか？」

「ないな。自転車屋だから」と、おじさん。

それぞれ頭に描いているパンツがみな違うような気がしたのだが、パンツはないのだと諦め、国道４０２号に出る。もはや仕方がない。お尻が二皮、三皮むける覚悟を決めて、いよいよ北陸道の旅の始まりだ。

しばらく走っていると空が暗くなり、また雨が降ってきた。それもひどい降り方だ。しかも防風林なのだろうか、延々と雑木林が続くため、海がほとんど見えない。海岸線を走る国道なのにその臨場感がない。どこかの深い森のなかを抜けていくような感じだ。

人家もぐっと減った。雨雲と木々以外はなにも見えない。

そこを、走った。走って走って走りまくった。

雨はいっこうにやまず、ポンチョをかぶっていても足もとから腿《もも》まで水浸しになった。風が吹くとこれがこたえた。とてもじゃないが線量計を出そうという気にはならない。車もあまり通らない。人なんかどこにもいない。まったくだれとも出会わない。強く降る雨のなかをただひたすら直江津《なおえつ》方面に向けて漕ぎ続ける。

それにしても激しい雨だ。水煙の帯が、路面に模様でも描くように躍りながら次々とやって来る。人家がすくないのだから隠れる場所もない。体がどんどん冷えていく。なかばうろたえながら走り続けていると、結婚式場と公民館と宗教施設を足したような建物が見えてきた。雨宿りをするならここしかない。メグ号にまたがったまま、私は迷わずその敷地内の駐車場に入っていった。

遠藤実《えんどうみのる》記念館「実唱館《じつしようかん》」とある。

遠藤実といえば、『高校三年生』（舟木一夫《ふなきかずお》歌唱！）『北国の春』（千昌夫《せんまさお》歌唱！）『せんせい』（森昌子《もりまさこ》歌唱！）『こまっちゃうナ』（山本《やまもと》リンダ歌唱！）などなど、昭和の頃のヒット歌謡曲の数々を作曲された大先生ではないか。演歌はあまり馴染《なじ》みがないが、それでも先生の曲ならカラオケで歌わせてもらったナンバーもきっとあるはずだ。雨宿りさせて下さい、と入口に近づけば、なんと今日はお休み。玄関は閉ざされ、人の気配すらない。

　だが、嘆く必要はなかった。玄関横に瀟洒《しょうしゃ》な円形の建物があった。ステンドグラスが印象的だ。おしゃれな休憩所として造られたのか、ありがたいことに扉なしのオープンな構造だった。申し訳ないとは思ったが、ここに入らないという策はない。駐車場には自販機があり、温かい缶コーヒーも手に入った。

　濡れた髪をタオルで拭き、ベンチに腰かける。缶コーヒーを掌《てのひら》だけではなく、顔や首にもあてる。救われた。ほっとした。気持ちを立て直せそう。まったく縁もゆかりもなかった遠藤先生から、「気をつけて行きなさいよ。ときには私の歌も歌ってね」と言われたような気分になり、心身が楽になった。

　しばらく休ませてもらったあと、再びポンチョをかぶり、雨のなかへ走りだす。メグ号のペダルをひたすら漕ぐ。途中で雑木林から海岸へ抜ける道を見つけたので、海辺にも出てみる。日本海はさほど荒れてはいなかったが、なにもかもが鉛色だった。空一面の雨雲も、砂浜も、たゆたう海も、そして遠くに霞《かす》む佐渡《さど》のシルエットも、すべて色彩を忘れたかのような単色のなかにあった。雨の海辺には、もちろんだれもいない。

　再び国道402号に戻る。長い距離をまた走る。防風林が消え、道から直接海が見えるようになった。すると今度は、起伏の激しい地形となった。岬や岩場にさしかかる度に勾配のきつい坂となる。私は漕ぐのを諦め、メグ号を押して上っていく。雨に降られ

ながらなので、これはこれでしんどい行為なのだが、上った分だけ視界は開ける。佐渡が見え、眼下には海が広がる。鉛色の風景でも、岬から見ればそこには地球の広がりがある。それにしても佐渡は大きい。横たわっているのは島ではなく、まるで異国のようだ。

荒海や佐渡によこたふ天河《あまのがわ》

実唱館のある角田浜《かくだはま》から、天気が好ければ絶景といわれる越後七浦《えちごななうら》を越え、駐車場で休憩しながら再び佐渡を眺めていると、車が止まり、声をかけられた。振り向けば若い女性である。澄んだ目をした色白の女性。まぶしい。

「並走しますので、リュックサックだけ車で運びましょうか」

すべての雨雲を吹き飛ばすような急な展開だ。

たぶん、だれも信じてくれないようなできごと。

なぜなら、その女性は蝶《ちょう》でいうならオオルリシジミ、青空から降りてくる風が結晶となって翅《はね》に変わったような……とにかく稀有《けう》な存在感を持つ人だったからだ。私はこの旅をしている間、気が向いたときには日々のあれこれをSNSにアップしていた。それを見てくれていたのだという。昨日の旅の短信を見た彼女は、私が雨の北陸道を走っているると予測した。そこで助け舟を出してくれようとしたのだ。

「今日は会社が休みなので、ずっと並走できます」

近県から車を走らせてきたというルリシジミさんはそう言って下さる。お言葉に甘えることにした。リュックを車のトランクに乗せてもらい、身軽になってメグ号を漕ぐ。雨は相変わらず落ちてくるが、ペダルは軽い。鼻歌でも出そうな雰囲気。ルリシジミさんは、国道沿いの駐車場を見つけては常に先回りして待っていてくれる。だれもいない海岸線の道を一人ずぶ濡れで走り続ける中年男にとって、これ以上の励ましがどこにあろう。

寺泊《てらどまり》で一度休憩。鮮魚店と食堂が国道沿いにずらりと並んでいる。同じく観光バスも列をなす。どの魚屋さんの店頭も、魚介を串に刺した浜焼きで賑わっている。絶妙な焦げ色のついたサバ、タイ、ホッケ、カレイ、イカ、エビ、ホタテ。そこに群がる人、人、人。だれもいない道を走り続けてきた私の目には、別の国に来てしまったような風景にさえ映る。あるいはこれが、日本海側の街の現れ方なのかとも思う。ただ、あまりに混雑しているので、そのあたりの店は避けた。離れた場所の食堂まで行き、ルリシジミさんと刺身定食をいただく。

昼食後に再出発。また雨が降ってきた。どうにもならない空である。先の駐車場で待っていてくれたルリシジミさんも、「どうしますか？」と首を傾《かし》げた。ここで無理を重ねて体調を崩すのが一番恐い。ポンチョを脱ぎ、メグ号を折り畳み、しばしルリシジミさんの車に乗せてもらう。そして小降りになるとまた走る。

曾良の日記からわかることだが、実は芭蕉もこの先の出雲崎《いずもざき》から高田まで連続六日、雨にやられている。しかも地元の有力者からろくな扱いをされなかったようで、精神的な疲弊もあったようだ。そのような場所でルリシジミさんの車に乗せてもらい、のほほんとしていていいのだろうか、という迷いがなかったわけではないが、芭蕉の旅は真夏、こちらは冬が間近。季節が違う。体が芯から冷えてきたので、ここは楽をさせてもらうことにした。

出雲崎を越えると、北陸道は国道４０２号から３５２号へと変わる。いずもざき海遊広場という公園ですこし休憩し、線量測定をした。数値は出なかった。ここからまたメグ号で走りだす。

ただ、この先には近づくのに少々緊張しそうな施設がある。世界最大の発電量を誇る「柏崎刈羽《かしわざきかりわ》原子力発電所」だ。現在は運転休止中だが、原子炉は1号機から7号機まである。いったいどのような場所にあり、どんな外観をしているのか。線量計には反応があるのかないのか。そうしたことを考えながら進むうちに、敵の城に忍び寄る忍者のような気分になってきた。

いずもざき海遊広場　検知せず

やがて、国道は海を離れて山林地帯を巻くように大回りした。延々と続くフェンスが現れる。柏崎刈羽原子力発電所の敷地に近づいたのだ。フェンスに沿ってメグ号を走らせると、あまりの数の監視カメラに圧倒されてしまう。歩道にはもちろんだれ一人いない。原発のそばにいるというだけでなにか罪を犯しているような気分になる。関係者以外は絶対に近づけない、その徹底的な防御ぶりが周囲の空気感までを硬直させている。おまけにこの雨空。呪いの先導役であるような雲が低く垂れこめている。車を停めて降りてきたルリシジミさんも言葉を発しない。二人並んで鉛色の空とフェンスの向こうを交互に眺める。だが、フェンスの横では近すぎて原発の外観を捉えることができない。全容を観てとろうとするなら、ある程度の距離が必要だ。

要塞の入口のごとき原発正門のゲートを過ぎてから海辺の町、荒浜《あらはま》地区に進む。原発

には背を向けるかたちになるが、人々が住む集落に入ることによって、逆にそのシルエットがはっきりと見えてくる。

なんだろう。この圧倒的なまでにシュールな風景。二つの異なる空間を力まかせに張り合わせたようでもある。ルリシジミさんも私も再び黙りこんでしまった。

私が立っている場所は、人々の生活の場である。どの家も過ぎた時間を感じさせる佇まいだ。ここに原発が建つ遥《はる》か以前から、人々は等身大の暮らしを維持してきたのだ。でも、その荒浜地区のどこにいても、世界最大規模の原発の建屋と煙突の群れが見える。小舟が並ぶ漁村の向こうに、その巨大な核反応施設が君臨している。

ルリシジミさんは言葉を失ったままだ。私も黙っている。周囲にもだれもいない。その沈黙のなかで、しかし、この無理やりな風景こそが原発推進の基礎となる「力の構図」を物語っているのだと感じられた。原子力で電気を生みだすという営みは、国民すべてのイーブンな関係の上に成り立っているわけではない。誘致。反対運動。人々を飲みこむ補償額。二分される住民。一人一人の不安。自治体と電力会社の軋轢《あつれき》。政府からの圧力。そのひとつひとつが絡み合うとてつもない混沌《こんとん》を、強き者から弱き者への力の矢が突き刺している。目の前の具体的な「張り合わせ」こそが、その実行である。

そしてその構図と表裏一体にあるのが、私たちの無関心さなのだと思う。

柏崎刈羽原子力発電所は東京電力の発電施設だ。関東に住む者であれば、たとえ原発反対派であろうと、利用していた電気の一部はここから送られてきたものだ。だが、私たちはその電源がどんな風景のなかにあるのかを知らない。知らなさすぎる。原発問題と過疎問題は切り離せないとよく言われるが、逆に言うならば、それは都市住民のエゴという問題でもある。そのエゴを温床にして、政府と巨大企業はやりたいようにやっていく。

ひとつ、気づいたことがある。原発の全貌を臨む荒浜地区から柏崎市街地までをルリシジミさん運転の車で回ってみたのだが、賛成であれ反対であれ、原発関連のメッセージを記したポスターやボードを見かけることがなかった。福島では、脱原発のメッセージをやたら目にした。強制避難や仕事の廃業も含め、住民のみなさんがあれだけ苦労されているのだから当然のことであろう。しかし、世界最大規模の原発のお膝元である柏崎では、そうした意見や主張を目にしない。もちろん柏崎市民だって、推進派と反対派に分かれるのだろうが、原発に関してなにか声をあげることが、とてもやりづらい場所なのかもしれない。

荒浜地区、すなわち原発のすぐそばでも線量を測ってみた。出雲崎に続き、ここでも数値は出ず。それはそうだよね。世界最大規模の原発の近くで大きな数値でも出ようものなら、日本のみならず、世界がひっくり返ることになる。

そのあと。

雨が陰気に降り続くので、夕方以降はずっとルリシジミさんの車にお世話になった。結局、柏崎から直江津まで送っていただいた。直江津に着くともう夜の八時を回っていた。

真っ暗な神社の横に、暖簾《のれん》から薄明るい光を漏らす大衆食堂を見つけた。すこし寂しげな夢に出てくるような光景だ。ルリシジミさんときしむ扉を開けた。サメのフライ。メギスのフライ。具の大きなおでん。餃子《ギョーザ》。野菜の名が手書きされた紙がお皿に付いてきた漬物の盛り合わせ。どれも素晴らしかった。ルリシジミさんには申し訳ないが、私はビールを飲み、今日の旅を振り返る。

朝から濡れっぱなしだった。ルリシジミさんの助けがなければ、今頃ようやく柏崎あたりに着き、くしゃみでもしていたことだろう。

北陸自動車道の方へと去っていくルリシジミさんの車を見送りながら、なんだかすこしせつない気分になる。雨のなか、JR直江津駅に近いビジネスホテルへと向かう。車のなかに漂っていたルリシジミさんの鱗粉《りんぷん》の香りは、もう記憶のなかにしかない。

柏崎刈羽原子力発電所付近　荒浜地区　検知せず

十一月七日（水曜日）

朝六時に朝食をとり、出発の準備をする。

雨は降ったりやんだりで、相変わらず暗く重たい空だ。しかも困ったことに、強風が吹きはじめた。今日もまた翻弄されるのだ。ホテルの駐車場でメグ号のタイヤに空気を入れていると、宿泊客らしきおじさんが近づいてきた。

「こんな日に自転車かい？　大変だねえ」

おじさんは六十代なかばくらいだろうか。視線の先に若者がいるような言い方をする。するとなんだかそのような者であるような気がしてくる。本音をいうと、五十歳という年齢を普段から受け入れられていないのだ。どうも中身と年齢が一致しない。たしかに、この天候の北陸道を自転車で走ろうとするなど、力の余った若者がやりそうなことだ。だが、私は決して無理をしているわけではない。肉体的にはともかく、今の自分の心にはこれが自然な行為だと思われる。

今朝はまず直江津の住宅街を抜け、芭蕉と曾良が訪れた五智国分寺《ごちこくぶんじ》に立ち寄る。流罪になった親鸞聖人《しんらんしょうにん》が草庵をむすんだとされる寺であり、芭蕉自身の筆になる真蹟《しんせき》二枚も奉納されているらしい。なんの予備知識もなく訪れたのだが、本堂の大きさと三重の塔の優美さにしばし見とれる。そして出くわしたのが、池に立つ句碑。

古池や蛙《かわず》とびこむ水の音

芭蕉は直江津を出たあと、高田での句会に参加した。そこで詠んだ〈薬欄《やくらん》にいづれの花を草枕〉という句が真蹟としてこの寺に奉納され、句碑として建立されているそうだ。だが、探してみてもその句碑が見つからない。まあ、いい。薬欄よりは蛙の句の方が圧倒的に親しみがわく。と、言い訳をしながら寺の植込みで線量を測る。

直江津　五智国分寺　検知せず

寺を出て、海岸線の北陸道まで出る。しばしうなる。

日本海だ。どこまでもどこまでも日本海だ。うごめく大陸のような日本海だ。
視界のほとんどを鉛色の躍動が占めている。大荒れの海と空。魔物が吠《ほ》えるがごとく、あらゆる音で風が鳴る。波がぶつかり合い、飛沫となって飛んでくる。

この沿岸を進むのか？

人力で？

だが、怖《お》じ気《け》づこうが、考えこもうが、ペダルを漕がなければ前には進まない。

海岸に沿った一本道をひたすら漕ぎ続ける。厳しい時間のなかに入りこんだ。昨日の輪行は、防風林のために海が見えず、眺望としてはちょっと物足りない道が続いた。今日の旅は対照的に、どこまでもあけっぴろげな海、海、海である。となれば、待ち受けているのは風、風、風である。雨、雨、雨である。

強い風を真横から受け、メグ号がゆらゆらと揺れる。真っ正面から吹きつけてくると前に進まなくなる。腿に来る。何度も停まり、風が弱くなるのを待つ。

やがて国道8号と合流し、JR北陸本線（現日本海ひすいライン）と沿うようになった。たまに横を走っていく列車がやけにたくましく感じられる。人を乗せ、この風のなかを堂々と進んでいく。私は歩行者一人いない海岸線の道でもがいている。

これはまずいことになった、と思う。実は今日の午後、糸魚川《いといがわ》で人と待ち合わせをしていたのだ。直江津から糸魚川までは実際の走行距離にして三十数キロというところだろうか。半日も漕げば楽に辿り着けると思っていた。ところがこのざまである。まるで意志があるかのように風が行く手を遮ろうとする。透明で大きな手が、私とメグ号をつかんではなぎ倒そうとするのだ。これでは一日かかっても糸魚川に着かない。この三十数キロは遠い。

　岬から海を見やれば、雨に密度の差があることがはっきりとわかる。雨は水煙の連なりだ。無限に続く天の橋脚のようにそれは距離を置いて重なり合い、揺れ動きながらこちらに向かってくる。その速さはすなわち、雲の動きを物語っているのだろうか。来るぞ、来るぞ、来るぞと身構えていると、うごめく橋脚は私を叩《たた》きながら通り過ぎていく。リズムがある。緩急がある。そしてまたやって来る。

　風はあらゆる方向から吹きつけてくる。海面の風は護岸にぶつかり、怒りのように噴き上がる。もはやポンチョは役に立たない。水に落ちたように濡れながら、風雨の間隙《かんげき》をついて進もうとする。それでも一向に前に進めないときがある。

　この状況、自分の五十年間に似ているなと思う。気まぐれと混乱の連続。怠惰と努力のないまぜ。あがくことだけはやってきたような気がするが、自分がつくってしまった空白への応急処置を焦ってやっているに過ぎない。たまには良いときもあったし、道が見えたような気分でぐっすり眠れる夜もあった。でも、私は知っている。どれだけペダルを漕いでも進めないときは進めない。振り返ればいつも徒手空拳なのだ。だれもいない、飛沫のかかる道でメグ号にまたがって揺れている、年齢さえも自認できない中年男。

古来より、このあたりから糸魚川の親不知《おやしらず》・子不知《こしらず》を抜けるまでの道は、北陸道随一の難所とされた。場所によっては、日本アルプスを構成する山々が海のなかまでなだれこむ、急峻《きゅうしゅん》な崖を行く道となる。糸魚川に向かって、右手に荒れる日本海、左手に険しい山岳地帯。それぞれの難所をどう攻略していくかが今日のポイントだとわかる。

そこで私はようやく気づいたのだ。国道と平行して、左側の傾斜地に整備された小径《こみち》が続いていることを。前ばかり見ていたので意識が及ばなかった。最初に見かけたときは、地区どうしを結ぶ村人だけが使う道のようなものだと思っていた。だが、どこまで行っても道は見え隠れしつつ続いている。標識が目に入った。「自転車専用道路」とある。

自転車専用！

真夏の東京をたって以来、北関東から東北をぐるりと回っても、自転車専用道路などという標識を見かけたことは一度もなかった。だいたいどこの道でも自転車は邪魔者扱いなのだ。いつも横ぎりぎりを走るトラックにあおられ、怖じ気づいて歩道を走れば雑草がチェーンに絡みつくような輪行となる。今日も相当に心細いペダル漕ぎである。そこに現れた自転車専用道路。

専用道路は国道より数メートル上を通っているので、次の入口を見つけてスロープを上っていく。「久比岐《くびき》自転車道」と表示があるが、自転車だけではなく、歩行者も通れる道路らしい。信号もなければ踏切もない道だ。急な勾配もない。しかも遠くを見ると、岬の岩塊を貫いてトンネルが口を開けているではないか。

なんと、安心して通れるというだけではなく、難所を迂回する必要もないのだ。坂の上り下りもなし、岬の突端で風雨に翻弄されたりせずに前に進めるということ。しかも案内板を見ると、今日の目的地の糸魚川市内までこの道は続いている。

それもそのはず、この道はもともと国鉄時代の旧北陸本線を再利用したものなのだ。自転車のためにわざわざ山野を切りひらくなら反対意見も多数出ようが、廃線路がそのまま自転車と歩行者の専用道路になったのだから、これは立派な進化だと思う。今日のような荒れた天候のもとでは実にありがたい。

風雨に叩かれながら波打ち際の道を行くのと、崖に沿った滑らかな専用道路を進むのとでは、体力の消耗度がまったく違う。山に近づけば風の威力も弱まる。トンネルにもずいぶんと助けられた。入口から覗《のぞ》くその漆黒の闇にはちょっと腰がひけたが、入った瞬間に灯《あか》りがつく仕組になっている。だれかが入ると、ぱっと明るくなるのだ。

長い長い長いトンネルである。

向こうからやって来る人影はない。追いかけてくる者もいない。
ペダルを漕げば、破線のように並ぶライトの光がひとつずつ後方へと過ぎていく。この規則的な、無限にも思われる明滅のなかで、私は少々不思議な体験をした。

一人ぼっちであることの究極の体感がもたらすもうひとつの旅、とでも言うべきであろうか。もともと、旅は一人でするものだ。メグ号以外には話しかける相手がいないのだから、うっすらとした寂しさは常につきまとう。でも、風景が変われば目は奪われるし、生きている人間を見かければ興味も湧く。旅の最中は心の様相がめまぐるしく変わるのだ。しかしどうだろう。長いトンネルのなかで風景を失い、人と出会う予感さえなくなると、心は世界を創ろうとしてもがきはじめる。風景を失った分だけ、心象のなかに埋もれていた日々がよみがえるのだ。すなわち、私はタイムトンネルに入ったような気分になった。浮かぶのだ。遠い日々のあれこれが鮮明に。

私は東京の池袋《いけぶくろ》で生まれた。歓楽街を抜ける通りからすこし奥に入ったアパートで五歳までを過ごした。貧しき我が家には一間しかなく、勤労学生だった父は深夜まで勉強を怠らず、母もまたいくつかの仕事を得て家計を支えようとしていた。その合間に父がつくってくれたひらがなの表。冷蔵庫の扉にそれが貼ってあった。父がゴム動力の竹ひご飛行機を近所の駐車場で飛ばしてくれたこともあった。母が仕事の帰りに買ってきてくれた蟹《かに》。新聞紙を敷いてその上で食べた。あるいは、父母の代わりに祖母が私を連れだし、東北の親戚の家々を転々とした時期もあった。蒸気機関車に引かれた客車は雪の森のなかをゆっくりと進んでいく。車内の明かりがぼんやりと照らす雪原には動物たちの足跡がくっきりと残っていた。私は大発見でもしたかのようにそれがウサギなのかキツネなのかを尋ねた。

そうしたひとつひとつの記憶が、通り過ぎていく光のシグナルのなかでよみがえる。現在という風景が目の前から失われれば、失われた時間から逆に心象の風景がやって来る。なるほどなと思った。この世を去るに際して、人は走馬灯のように自分の人生を振り返るのだという。しかしそれは均等に時系列の記憶を追うわけではないだろう。まずよみがえるのは、おそらく幼き日々だ。大人たちに可愛《かわい》がられた小さな頃の思い出だ。棺桶《かんおけ》のなかで眠る人々がたいてい安らかな顔をしているのは、失われつつある命の最後の力が、愛された幼き日々を見せてくれるからではないか。長い明滅を抜けながら、私はそんなことを考えた。実に、人生はそのしょっぱなから、終わりを用意せんとして日々を刻印していくのではないか。

トンネルをいくつ越えたのか。集落や町があればトンネルはそこで一度切れる。景色はその度に違っていた。流れ落ちる滝の水で大根を洗っているおばあちゃんがいた。すべてこれから漬ける大根なのだという。狭い土地に背の高い家屋がぎっしりと並ぶ地域もあった。木造の和風建築でありながら、四階建て、五階建てと、天守閣が並ぶような風景だった。川で鮭《さけ》を獲《と》っている人たちもいた。投げられる網を避けるように、下流からさかのぼっていく魚影が見える。それでも網がたぐ

られれば、なかには鈍く光る鮭の腹が見えた。人は鮭を石に打ちつけ絶命させる。幼魚としてその川を下ったときには想定し得なかった最期。それぞれの風景が、大雨や小雨の下にあった。

実風景と心象の風景。双方を継ぐ旅をしているうちに自転車専用道路は終わり、再び強風と雨の北陸道へと戻った。もう糸魚川は近い。あと数キロで市街地に入れるはずだ。だが、荒海の上には、山岳のような、黒く大きくふくらんだ雲があった。海面とつながるかのように激しく雨を降らせているのが目ではっきりと確認できた。雲はまっすぐにこちらに向かってくる。おそらく半時間もたたないうちに私はあの雲の真下に入るだろう。しかし雨宿りできる場所はない。ひたすらペダルを漕ぎ、まっすぐに進んでいくしかない。

案の定、雲はやって来た。あたりは日没後のように暗くなった。叩きつけるように大粒の雨が落ちてくる。もうなにもかもがびしょびしょだ。視界も急に遮られた。民家の軒先に一度避難したが、路面に跳ねた雨が足を濡らすので意味がなかった。仕方なくまた走りだす。そういう運命なのだ。こういうことなのだ。それでいいのだ。

糸魚川の市街地に着いた。雨は小降りになり、風もやんだ。初めて訪れる街だ。大きな門構えの民家がある。山門のごときその玄関の軒先になにも考えずメグ号を停めた。リュックサックからタオルを出し、とりあえず拭けるところを拭く。ほとんど風呂上がりの気分。ふと見ると、このお屋敷には物々しいプレートが貼り付けてある。なにかの記念館なのだろうか。

「県史跡　相馬御風《ぎょふう》宅」

なんと、私が無為徒食（無為飲酒）の日々を過ごした「都の西北」、その校歌をつくられた相馬御風先生のお宅ではないか。かつて良寛《りょうかん》さんについて拙文をまとめる際、御風先生の御本で底上げさせていただいたという恩義もある。この上、雨宿りまでさせてもらうとは。

ほのかに恥ずかしいやら、こんな巡り合わせもあるのかという驚きなどがあいまって、なぜかそそくさとお屋敷の前を去った。

初めて訪れる糸魚川市。街の造りは面白い。通りに面した家々の庇《ひさし》が長く伸びてつながり、アーケードの屋根のような構造になっている。雪よけのために、長い歴史のなかで考案され、培われてきたものなのだろう。雁木《がんぎ》と呼ぶらしい。この雁木の屋根の下のすこし薄暗い空間に、食堂や菓子店や八百屋、飴屋《あめや》や洋装店や履物屋などが並んでいる。雪が積もれば土地の方は苦労されるのであろうが、初めて訪れた者にとっては、その頃にまた来てみたいと思わせる街の造りである。

濡れた服を蕎麦屋《そばや》さんのトイレで着替えさせてもらい、カツ丼と蕎麦のセットを所望。うまい。しばし休憩のあと、宿泊予定のホテルに自転車を預け、会う約束をしていたプラムさんと挨拶を交わす。

プラムさんは糸魚川のある建設会社の社員であり、この地での新しい農業を目指す「あぐりいといがわ」の代表でもある。私は数年前、プラムさんが勤める建設会社の大黒柱のような方と最果ての南の島で出会い、酒や本や人生や喜びや哀しみの話をしながら……結局は酒を飲んでしまったのだが、それ以来の縁とあって、糸魚川に立ち寄ったら絶対連絡するようにと言われていたのだ。しかし大黒柱のような方は南の島がお好きで、あっちの島に行ったりこっちの島に行ったりしながら、人生や世界を自在に伸び縮みする望遠鏡で眺めてらっしゃるので、なかなか糸魚川には現れない。というわけで本日は、初めて会うプラムさんが代わりに糸魚川の案内をして下さるのだ。

プラムさんがまず連れていってくれたのは、翡翠《ひすい》の美術館が併設された日本庭園の「翡翠園」だった。糸魚川周辺は古来から翡翠の原産地として知られており、縄文の頃にはすでにこの石を崇《あが》める文化と暮らしがあったらしい。いわば翡翠はこの地の歴史的シンボルであり、また装飾や神事のための貴重な宝石であり続けた。人間と大地をつなぐ接点、神性と権威が宿る輝き。その双方が翡翠だったのだ。美術館には原石をはじめ、装飾品や彫刻などがずらりと展示されていた。

夏からの旅を通じて、宝飾品が並ぶような場所に入るのはこれが初めてだった。だが、私はつい寸前まで、トンネルのなかを全力疾走したり、日本海から押し寄せてくる風雨に翻弄されていたのだ。感受の準備ができていなかった。いきなり日本庭園を歩いたり、翡翠の彫刻を観たりしても、「うーん。これは……」とうめくことしかできない。ある種の方向性の美に対して絶えることのない情熱をもって取り組んだ人々がいたということと、その結果の稀有な作品群を目にしているのだということがわかりつつも、胸のなかの感慨を言語にできないでいた。

加えて、私の品性の問題もある。実は石にはすくなからずの憧憬があって、それが宝石であろうがなかろうが、美しい光を取りこんだり放出したりするものならば掌にのせて眺めていたいという欲望がある。山登りをしているときもそっと水晶を探したりするのだ。しかし、そこから先を深い部分で味わえるかどうかは教養である。正直なところ、私の経てきた人生は、そのあたりを育むには正反対の環境にあった。幼い頃から、我が家のテーマはまず「生きていくこと」だった。それが保全された上で広がっていく文化の世界はなかなかに遠かった。宝石を観る眼力も、日本庭園を楽しむ学びも私にはないのだ。だから言語にならない。「ああ、これは新宿ゴールデン街に出没する黒猫が、ネオンの下で目を丸くしているときのあの薄いグリーンにそっくりの輝きですね」とややこしい喩《たと》えは浮かぶのだが、それは翡翠の評価としていかがなものかとも思い、決して私の口からは出てこない。横にいてくれるプラムさんにとっては、ただ「ああ……」「おお……」となるだけのつまらない人間に映ったに違いない。翡翠の前で私はどんどん小さくなっていった。

プラムさんが次に案内して下さったのは、ある彫刻家の仏像のみを展示している「谷《たに》村《むら》美術館」だった。ひとけはない。白い玉砂利を敷き詰めたような広大な敷地に、独特のフォルムをしたその美術館はあった。「シルクロードの遺跡をイメージ」とパンフレットに説明があったが、夢のなかで訪れた非現実の国の要塞のようにも見える。

この美術館に収められている仏像はすべて、彫刻家、澤田政廣《さわだせいこう》氏の作品である。そして美術館はこの澤田氏の仏像彫刻のみを永久展示するためだけに建造されたのだ。建築家は村野藤吾《むらのとうご》氏。双方ともに文化勲章の受章者であり、澤田氏は一九八八年に九十四歳で、村野氏は一九八四年、この美術館がオープンした翌年に九十三歳で逝去されている。

普通の美術館でないことは、エントランスに入ってすぐの説明書きを見ただけでわかった。美術館は、澤田氏の仏像彫刻一体ずつにつき、一つの展示室という造りになっている。建物があって展示があるのではない。彫刻が先にあって、その彫刻のための替えのきかない展示室が一つずつある。展示室も彫刻に呼応するように、それぞれが個性を放つ空間になっている。自然光を巧みに採り入れ、光と影のコントラストのなかで一体ずつの仏像彫刻を見せる。

私はやはりプラムさんの横で、ただのうなる人になっていたかもしれない。しかしこれは、感慨を言葉にできずというもどかしさから来たものではない。あまりにも大きなうねりがこみ上げてきて、皮膚ひとつで堪《こら》えていたのだ。

これは私だけではないと思うが、ある程度生きてくれれば、心というものはどこかが疲弊してくる。ときには故障もする。全体的にひび割れたり、ひどく乾燥したり、あるいは底の方に穴があいて、眠れない夜などにそこから一滴ずつなにかが漏れていることに気づいたりもする。

ここで出会う仏像彫刻の一体ずつが、よじれてしまったその心に、故障して漏れているその穴に、おしなべてやわらかな眼差《まなざ》しを投げかけてくれるのだ。傷口をふさぐように柔らかな掌で覆ってくれる。展示されている彫刻の数は多くはないが、どのお顔にも、どの指の仕草にも、全体としての佇まいにも、はっきりと神性が宿っている。人間はたしかに創造者になることができ、しかしそれは個人のなかに眠る才覚のみから発するのではなく、私たちをつくった天地の慈しみのようなものとつながったときに初めて具現化するのだと、つくづく感じ入った。

子を抱いた近未来的如来像の前に立ったときなどは、時間の感覚を失ったほどだ。私はほんの数秒のうちに、生命をつくりだした根幹の力である宇宙全体の慈愛と寂寞《せきばく》を受け止めていたのかもしれない。あるいはもう何十年もそこに立っていて、無限に続く言葉に耳を傾けるために身体という存在を越えているのかもしれなかった。

村野藤吾氏の建築物なる展示室は、言うなれば薪能《たきぎのう》の幽玄の世界だ。際《きわ》がない。ひょっとすると限界もない。直接は見えない窓から天光を採り込み、如来像の左右両側にシンメトリカルな影を立たせる。その影もまた生きていて、静止しているのにイメージとしては揺らめき、こちらに語りかけてくる。つまり、澤田氏の仏像彫刻を空間として包んでいるその部屋もまた、生命を宿した作品なのだ。夜明けから日没まで、展示室の光と影は刻一刻と変わっていく。そのなかでまた仏像たちの表情も千変万化する。なんという奇跡のような場所だろう。教養はないにしても、私は上野《うえの》の博物館や美術館はもとより、パリやニューヨークの名だたるミュージアムも訪ね歩いてきた。しかし、これだけの感銘を受けた空間はない。突出している。

「冬に、雪が降っているときにまたいらして下さい。光がやわらかですし、お客さんいないので、仏様たちとゆっくり話ができます」

プラムさんがそう言って下さった。それは私も考えていたことなのだ。積もった雪に反射した陽光もこの展示室は採り込むだろう。どんな光が彫刻を包むのか。仏様たちはどんな表情をされるのか。たしかに冬にもう一度来てみたいと思った。

美術館から出ると、隣にこれまた壮大な日本庭園の「玉翠園《ぎょくすいえん》」があった。庭園を眺められるロビーがあり、そこに座っていると、プラムさんが一杯のトマトジュースを差し出してくれた。口にして驚いた。これまた飛び抜けている。味わったことのない甘みと酸《す》い、加えて旨味《うまみ》までをとことん味わえるジュースだ。このジュースは、プラムさんが率いる実験農場「あぐりいといがわ」のトマトから作られたのだそうだ。仏像に抱かれ、美術館そのものにも圧倒され、身体の内と外がひっくり返っているような状態で、またとんでもない体験をしてしまった。大げさではなく、忘れ得ぬ一杯となるジュースなのだ。

この夜は、糸魚川の名物である「ブラック焼きそば」をいただきながら、プラムさんと酒を飲んだ。調味料としてイカスミを使うことで「ブラック」となる焼きそば。これがまたうまく、二人して歯を黒くする酒宴となった。

私は、糸魚川という街をまったく知らずにやってきたのだ。奥の細道を辿るこの旅は、大震災後の東北の現状をこの目で確かめることがその主目的だった。新潟をここまで南下してくると、震災の影響は直接にはなくなる。放射線量計ももう反応しない。正直な話、そうした意味では旅は終わりに近づいていると思っていた。ところが、こんなにも内側を揺さぶられ、また慰められる空間に予期せぬ街で入りこんでしまった。本来的な意味での旅はまだ続いていたのだ。むしろ新しいページを開いてくれた。日本は広い。知らないことがまだまだ待ち受けている。

深夜、ホテルの露天風呂につかっていると、いくつかの瞬く光が見えた。つかのまの星空だ。明日は晴れるのだろうか。

糸魚川　検知せず

十一月八日（木曜日）

雲は多い。けれども時折、太陽が顔を出してくれる糸魚川の朝を迎えた。

二日間風雨にさらされ続けた身としては、片々たる青空から注ぐおぼろげな陽光でも充分にありがたい。そこに天の意志さえ感じてしまうのは、予期せぬ仏像彫刻と出会い、心を新しくされたその延長線上にまだ自分がいるからだろうか。

午前中はプラムさんの案内により、まず「あぐりいといがわ」の農地を見せていただくことになった。市街地から離れ、山里へと続く道を車は上っていく。人の姿はめったになくなる。人家もどんどん減っていく。だが、そこから先にプラムさんたちの夢の地があった。農場は広く、きちんと整備されている。米の貯蔵庫から出てきた高齢の男性がにこやかに手を振ってくれた。遠くまで山々が見え、広がりのなかにバランスのある風景だ。

プラムさん曰《いわ》く、「あぐりいといがわ」が挑む新しい農業には、ふたつのキーワードがあるのだという。ひとつは限界集落。もうひとつは耕作放棄地だ。

糸魚川に限った話ではなく、今、過疎と高齢化は日本中の山里が直面している問題だ。農地はあってもそこを耕す人はいなくなり、かつての豊穣《ほうじょう》の里は茫々《ぼうぼう》たる荒れ地になりつつある。プラムさんたちはここにもう一度鍬《くわ》を入れ、同時に人も集める。定年退職などで人生の節目を迎えた人々と肩を組むのだ。ほんとうは価値がある土地。ほんとうは労働欲も能力も有り余っているみなさん。このふたつが結びつくことにより、終わってしまったかのように見えていた地域と人が再び実りの季節を迎えるのだ。

このやり方は今後の東北の復興においても、ひとつのモデルケースになるのではないだろうか。人の命が百年に近づいている今、企業の定年制は人生の自然さから遠く離れつつある。働くことで健康も意識できる農業は大きな受け皿になるのではないだろうか。

ところでプラムさん。年齢不詳だ。どちらかというと無口で、体型も佇まいも仕事熱心さも「ジープ」のような人だ。もしもプラムさんが俳優で、車が擬人化されたような物語に出演するなら、その車種は決まったようなものだ。農場を寡黙に歩くときも、ブラック焼きそばを肴《さかな》に酒を飲むときも、なぜかイメージとして四輪駆動の人なのである。

そのプラムさんがうれしそうに繰り返し語ったのが、作物栽培用の水としても使っているこの地の湧き水の清冽《せいれつ》さと旨さだった。湧き水は段々畑の上の方に池のごとく溜まっており、その底はなんと「梅花藻《ばいかも》」に覆われていた。奇麗な清流でなければ見られない藻だ。それが一面、水底の森林のように揺れているのだ。思わず手を伸ばして水をすくい、口に含む。水はきりりと冷えた光の塊となり、咽《のど》の奥を燦然《さんぜん》として流れ落ちていった。

プラムさんはそのあと、目の前の風景と向かい合うだけで酒が飲めるような場所にも連れていってくれた。海谷《うみだに》という峡谷のキャンプ場だ。絶壁や崖を眺めるのが好きだという人なら、酒が飲めるという私のその心をわかっていただけるに違いない。峡谷を隔てて、ものすごいとしか言いようがない巨大な壁がそびえ立っている。

千丈ヶ岳《せんじようがたけ》の大岩壁である。ほぼ垂直な岩壁で、高低差は六百メートルあるそうだ。さすがフォッサマグナ、日本列島を東西に分かつ構造線の地である。あまりにも圧倒的なその高さ、むきだしの地層の鮮やかさ、そして断崖を囲む木々の紅葉、その一面の赤や黄色の競演に、私はもうほんとうに言葉がなく、ただひとつの視界に陶酔する者として立ち尽くしていた。この巨大なカンバスは、イメージさえ越えた長い時間なのだ。そして、そこに絵筆を這《は》わせているのは今現在の自然の力だ。この融合が私の胸を打つ。

芭蕉は糸魚川も訪れている。だが、この大岩壁は観ていないのではないだろうか。観ていれば出羽三山の旅のように必ず印象を記したはずだ。句を詠まずとも、芭蕉ならいったいどんな言葉でこの景勝を表しただろう。

その後、プラムさんが糸魚川の市街地まで車で送って下さった。私は駅前あたりでメグ号を組み立て、また一人の輪行を続けるつもりだった。国道に戻り、海沿いを進むのだ。そして北陸道最大の難所である「親不知・子不知」のトンネルを越え、市振《いちぶり》から黒部《くろべ》へと抜ける予定だった。

ところがその計画を話すと、プラムさんの顔色が変わった。「この自転車でですか？」と聞いてくる。

「そうですけど。こいつでずーっと旅をしてきたので」

「これで、あのトンネルを？」

「はい」

「だめです。絶対だめです」

プラムさんは頑《かたく》なだった。「だめです」を繰り返す。

私は意味がわからなかった。国道にも歩道は併設されている。いくら難所だとはいえ、それは道路が造られる前の話。歩道をそのまま自転車で走ればいいだけではないか。そう話すと、「あー、良かった。行かせないで」と言われてしまった。

プラムさん曰く、難所は今も変わらず難所だとのこと。北アルプスが山脈のまま海になだれこむこの地は、糸魚川から市振まで断崖絶壁が延々十数キロ続く。海外線を縫うように走る国道の大半はトンネルで、常に曲がりくねっている。しかも歩道はない。路側帯もわずかなもので、猛スピードで飛ばしてきた車がすれ違う際は、みなトンネルの壁ぎりぎりをかすめて走るそうだ。

プラムさんはメグ号を見て首を横に振る。私の体の幅よりもふくらんでしまったリュックサックを見て「だめ、だめ、だめ」と連呼する。

「トラックどうしがすれ違うときに真横にいたら、確実に引っかけられますよ」

そう言われて思い出したのが、石巻から登米までの恐ろしい輪行だった。山越えの厳しい道だったが、路側帯はほとんどなく、あっても草に覆われていた。すぐ真横をトラックが何度もかすめていった。それでも事故を起こさずにいられたのは、その道に側壁がなかったからだ。背後からやって来るトラックに対し、体を外側にずらすことができた。

あれがもし延々と続くトンネルだったら……。そしてそれが「親不知・子不知」の現実だとしたら。

「それ相応のサイクリング車ならともかく、その自転車じゃ絶対だめ」

何度目かにそう言われたとき、私はあっさりとうなずいていた。ここで意地を通すのも良いが、別に難所抜けが目的の旅ではない。無理をして本当に親知らず子知らずの人になってしまったら、それこそが失敗だ。メグ号と私はプラムさんの車に再度乗せられ、親不知・子不知に向かうことになった。

芭蕉は『奥の細道』のなかで、〈越後の地に歩行《あゆみ》を改めて、越中《えっちゅう》の国市振の関に到る。この間九日、暑湿《しょしつ》の労に神《しん》をなやまし、病おこりて事を記さず〉としている。新潟を出てから市振まで九日間、暑いわ蒸すわで具合が悪くなり、なにが起きたかはいちいち書いていませんよとことわっているのだ。この市振の直前が親不知・子不知。〈今日は親知らず、子知らず、犬戻《いぬもどり》、駒返しなどといふ北国一の難所を越えて、疲れ侍《はべ》れば〉と記している。

芭蕉は疲れたと書いているが、それでも通り抜けることができたのだから運が良かったのだ。明治の頃にこの地に道路が開通するまでは、旅人は波の様子を見ながら断崖の岩場を歩まねばならなかった。ときには波に飲まれて姿を消す人もいたという。急に海が荒れはじめても、身を隠す場所さえない切り立った崖の真下だ。まさに、親は子のことにかまっていられず、子も親のことにかまっていられずという事態が何度も繰り返された場所なのだろう。

そして私は、カーブが続く長いトンネルのなかで、プラムさんに感謝したのだった。たしかに、ここを小さな折り畳み自転車で抜けるのは相当に難しいことだろうと思った。路肩は極端に狭い。歩行者や自転車を想定していない構造だ。行き交う車もそれは考えていないだろう。それでいてみな飛ばしている。急カーブの向こうから自転車が現れたら即の対応はできないかもしれない。しかもこの厳しい道が曲がりくねりながら延々と続くのだ。

途中、プラムさんは国道からはずれて旧道に近いところで車を停めてくれた。明治の頃にできた道を歩き、岩礁帯で白波を立てている灰色の海を眺めた。陸地に目をやれば絶壁の連続である。北アルプス連峰は海のなかから始まっている。それが実によくわかる荒涼たる風景だった。

親不知のトンネルを抜け、私たちは市振に出た。海岸に沿う細長い集落だ。芭蕉がつづる各地のエピソードのなかでも、この市振の逸話は人の体温が感じられ、またその現場をすぐそばで覗き見しているような気分にもなれる。私は好きだ。

芭蕉と曾良は市振の宿で、新潟から来た遊女二人と襖《ふすま》一枚隔てた部屋で一泊することになる。女二人は伊勢《いせ》参宮の旅らしいのだが、ボディーガード役であろうか、連れの男はここから新潟に戻ってしまう。世間の波に身を任せ、漂うばかりのこの二人を哀れに思い、またどこかで蔑みもする芭蕉。翌朝、彼女たちからあまりに心細いのでついていっていいですかと懇願されると、不憫《ふびん》だとは思うけれど、私たちはあちらこちらに立ち寄る旅なので諦めて下さい、なに、みんなの行く方に行けばいいのですよ、といい加減なアドバイスまでして、あっけなくサヨナラしてしまう。

私だったらたぶん、どこか途中あたりまではいっしょに歩いたのではないか。下心なしで。いや、多少はあるかもしれないが、そんなには丸出しでなく。芭蕉もあっさり彼女たちを振っておきながら、〈哀れさしばらくやまざりけらし〉と、実は気持ちが切れなかったことを記している。そして一句。

一家《ひとつや》に遊女もねたり萩《はぎ》と月

市振の長円寺《ちょうえんじ》には、この句を彫った丸い石碑がある。プラムさんとその前に立ち、眺める。二人とも感想はない。無言で車に戻る。その先には、芭蕉と遊女が泊まったとされる「桔梗屋《ききょうや》」跡がある。といっても、寂しげな通りの端にそれを記す碑《いしぶみ》が立っているだけだ。再びプラムさんと碑を眺める。やはり二人とも感想はない。線量計を取り出し、測ってみる。数値は出ない。

市振　桔梗屋跡　検知せず

難所のトンネルを越え、市振まで連れてきていただいてどうもありがとうございましたとプラムさんにお礼を言う。するとプラムさんは、このもうすこし先まで行くと入善《にゅうぜん》という町があり、そこにはおいしい「ブラウンラーメン」があるのです、と表情を変えずにおっしゃった。そうですか。それならと、私はまた車に乗せてもらった。

市振を出ると、すぐに境川《さかいがわ》に出る。この川を越えれば越中、富山県だ。振り返れば新潟はずいぶん大きかった。なんだかけっこう車に乗せてもらったような気もするが、それでも越後の広さを充分に体感できた。

車は国道8号をのんびりと走り、泊《とまり》の町を経て入善に至った。ブラウンラーメンの昼食である。プラムさんが連れていってくれたのは、国道沿いのどこにでもありそうなドライブインだった。

私は特に期待することもなくブラウンラーメンを待った。むしろ、糸魚川のブラック焼きそばがわかりやすく美味だったので、舌の上のその記憶をまだ残しておきたいような気分ですらあった。ところが、おばちゃんが運んできてくれたブラウンラーメンを一目見た瞬間に、「昨日の麺は昨日の麺、今日の麺は今日の麺」と、なぜか新しい箴言《しんげん》まで思い浮かべた次第。ブラウンといっても、スープは明るい焦げ茶色だ。湯気の立つそのスープにレンゲを入れ、一口すすってみる。

驚きました。深い。深い。深い。スープの味わいが深い。深い上に広がる。しかも絶妙に香り良く、鼻の奥までが喜んでいる。この濃厚なスープは、地元の大豆と米麴《こめこうじ》でつくった味噌《みそ》と沖合の海洋深層水、そして海老のエキスでできているのだという。一滴のスープのなかに海老味噌のなんともいえないコクが隠れている。いや、隠れながら放散している。

まいったなあ。こんなにうまいラーメンがこれまでまったく知らなかった町にあったのだ。考えてみれば、新潟県民のプラムさんがわざわざ富山県まで私を運んでくれ、勧めてくれた逸品なのだ。いい加減なものであるわけがない。

入善のブラウンラーメン。本当においしかった。これは食べるというより、入善の人々の知恵と伝承を丸々味わう体験なのだ。

ドライブインを出たあと、私はまたプラムさんにお礼を言った。難所のトンネルを越えて市振まで、そしてこの入善まで連れてきていただき、こんなにおいしいラーメンもいただきました。ほんとうにありがとうございますと。

するとプラムさんは、また表情ひとつ変えずに、せっかくですから黒部川を越えて魚津《うおづ》あたりまで行っちゃった方がいいんじゃないですかね、とおっしゃる。たしかにそうかもしれないと私も思った。このあたりから先は、黒部川扇状地といい、たくさんの川が海に注いでいる場所だ、芭蕉も〈黒部四十八が瀬とかや、数しらぬ川をわたりて〉と難儀したことをつづっている。今はもちろんすべての川に橋がかかっているのだから水に浸《つ》かった芭蕉の苦労はないが、それでもブラウンラーメンでお腹《なか》はいっぱいだし、橋の前後の上り下りが続くのもなんだなあという気分になり、じゃあ、またすこしだけお願いします、とプラムさんの車に乗りこんだ。

黒部大橋の撮影などしながら、車は進んでいく。片貝川《かたかいがわ》を越え、蜃気楼《しんきろう》で有名な魚津

も越え、早月川《はやつきがわ》を越え、そのまま滑川《なめりかわ》市に入った。曾良の日記を読むと、このあたりは川を越える苦労に加え、〈暑気甚《ハナハダ》シ〉と夏の陽射しにもやられたようだ。

芭蕉が宿泊したのではないかとされる滑川市の古刹、徳城寺《とくじょうじ》には、芭蕉の没後七十年に建立された句碑がある。

早稲《わせ》の香《か》や分け入る右は有磯海《ありそうみ》

プラムさんとこの寺を訪れたのだが、江戸期からの本物の句碑（石碑）はなんとガラスケースのなかで展示されていた。私たちはガラス越しの石碑を眺め、また無言のまま境内から出てきたのだった。私は三たびプラムさんにお礼を言った。

難所のトンネルを越えて市振、入善、ブラ

ウンラーメン、そしてこの徳城寺まで連れてきていただき、ほんとうにありがとうございますと。すると、プラムさんはまた表情を変えずに、せっかくここまで来たのですから、富山市あたりはぶっちぎっちゃって、一気に新湊《しんみなと》あたりまで行っちゃった方がいいんじゃないですかね、とおっしゃる。

いやいや、そんなにも車に乗せてもらうと体が楽を覚えちゃって良くないかも、と思いながらも、そういえば富山市そのものは『奥の細道』に出てこなかったような気がするなあ、ここは一気に〈那古《なご》といふ浦に出《い》づ〉の「奈呉《なご》ノ浦」（旧新湊市。現射水《いみず》市）あたりまで連れていってもらった方がこの先のことを考えるといいかも。となり、じゃあ、またすこしだけお願いします、とまたもやプラムさんの車に乗りこんだのだった。

車は国道からすでに離れており、海岸沿いの道を西へと走った。家並が海から近い。小さな漁港を越える度に、あるいは運河の橋を一つ渡る度に、昭和の頃からさほど風景が変わっていないであろう集落が次々と現れる。自転車に乗ったおじいさん。路地から現れる子供たち。なにやら話しこんでいる奥様たち。一人黙々と歩く男子高校生。一瞬すれ違うだけでおそらく二度と会うことはない人たちの生活がここにある。そこにある。どこにでもある。だれも手を抜いて生きているわけではなく、それぞれがそれぞれの町で人生と向かい合っているのだ。そんなことを思いながら富山の海沿いの暮らしというものを眺めていたら、新湊の富山新港《とやましんこう》に出た。港をまたぐ新湊大橋が見える。

いよいよ今度こそ、プラムさんとはお別れだ。今日、何度お礼を言ったかわからない。

車から自転車やリュックを下ろし、最後の「ありがとうございました」を伝える。プラムさんは、ほぼ無言で車に乗りこみ、またたくまに見えなくなった。

昨日から二日間、プラムさんには本当にお世話になった。この旅に出なければ会えなかった人だ。ただその一点において、旅とは素晴らしきものであると思う。〈松島の月まづ心にかかりて〉と『奥の細道』を歩きはじめた芭蕉であるが、言わずもがな、旅で出会う人々との交流の予感こそが、この長い旅路に臨む魂を高揚させたのだろう。

一人旅がまた始まった。「奈呉之浦」の碑がある「放生津《ほうじょうづ》八幡宮《はちまんぐう》」にお参りし、そこから内川《うちかわ》という町に入った。ここが素晴らしかった。いっさいの予備知識なしでこの運河の町に入ったのだが、あまりに情緒あふれる風景にペダルを漕ぐ足が止まった。

東洋のヴェニスと呼ばれる場所はほかにいくつもあるのだろうから、そうした紋切り型の表現は避けたいが、入り組んだ運河と古い街並の構成が、どの角度から観ても絵になるのだ。もしこの町で育ち、この風景のなかで初恋があったとするなら、おそらくその人は地球を何周もするような生活をしていたとしても、人生の終わりを感じたときには必ずここに戻ってくるだろう。それくらいに私の胸もときめいた。あらためて訪れて何泊かしてみたいという町はほかにもあった。しかし今のところ、この内川が極めつけだ。こんな気持ちにさせる町に出会えたのも、旅をしたからこそ。近くまで送ってくれたプラムさんのおかげでもある。

運河の町を眺め、ヨーロッパのトラムのような万葉《まんよう》線にも心のなかで喝采を送りつつ、私は高岡《たかおか》に向かってメグ号のペダルを漕いだ。新潟から延々と続いた海岸線の旅はここで一応の終止符を打つ。明日は能登《のと》半島の付け根にあたる山岳部を横断し、金沢《かなざわ》と小松《こまつ》を目指す。

高岡に着くともう暗くなっていた。ホテルの玄関の傍《そば》にメグ号を停めさせてもらう。この町の風情もいい。旅愁とあいまって、飲み屋の赤提灯《あかちょうちん》が「よっておいで」とささやく。散策をしているうちにどこかで一杯やりたくなった。だが、明日は長距離を攻めるので午前四時には出発する予定だ。どこにも入らず、コンビニの弁当を買ってホテルに戻る。

布団にくるまると、内川の運河を行く白い小舟のイメージが頭にちらついた。人は生まれる場所を選べない。あの町で生まれ育つことはひとつの幸運だろう。もし自分があそこで生まれていたら、どんな人と出会い、どんな人生を歩んでいたのだろう。

十一月九日（金曜日）

予定より遅れ、午前四時半に高岡のホテルを出発する。風は吹いておらず、星は見えない。垂れこめた雲が泣きださないことを祈りつつ、JR北陸本線（現あいの風とやま鉄道線）に沿ってメグ号を走らせる。街灯は乏しく、あたりは暗い。線路の上のシグナルだけが生き物の目のように赤く輝いていた。

国道8号に出ると、閉店したダンスホールを二店続けて見かけた。大ヒットした邦画の影響だろうか。この近辺でもソシアルダンスが一度は流行《はや》ったのだろう。人々は流行に乗り、そこそこ楽しみ、そして去っていった。ということなのだろうか。夜明け前のペダル漕ぎとしては、もうすこし気持ちが高揚する風景に出会いたかったが、いついかなる場合も現象はどこかで本質を伝えているのだとすれば、これもまた現在の日本の姿なのだ。

さて、日の出は見えずとも、あたりは明るくなってきた。

今日はまず金沢を目指す。そのためには木曾義仲《きそよしなか》が平家を討った倶利伽羅《くりから》峠を越えなければいけない。『奥の細道』でも、〈卯《う》の花山《はなやま》、くりからが谷を越えて、金沢は七月中《なか》の五日なり〉と記されている。ところが小矢部川《おやべがわ》沿いに8号を進み、今石動《いまいするぎ》を過ぎたあたりで、自分がどこへ向かって走るべきなのかがわからなくなった。地図から判断するなら、倶利伽羅峠はこの先の山間部の南に位置している。ところがトンネルを前にして、8号はほぼ自動車専用道路になってしまった。自転車では先に進めそうもない。旧道で山越えをしなければいけない。しかしその道は8号の北側の山を辿っている。そちらへ行くと倶利伽羅峠から離れてしまう。

しばし迷ったが、トンネルに入っていくわけにはいかないので、旧道をメグ号とともに進んだ。延々と上りが続く道だ。人力での山越えは本当に厳しい。ペダルを漕ぐのに疲れると、手で押して歩く。その繰り返しだ。そこで気づいた。この旧道は8号のトンネルの上を北から南に向かって回りこんでいるのだ。すなわち、道なりに進めば倶利伽羅峠に近づく。

山を縫う道を黙々と進み、午前八時、天田《あまだ》という峠を越えた。そこから緩やかな坂を下っていく。上った分だけ下る。しんどさに耐えたご褒美。自転車はこれが楽しい。紅や黄に染まった森が左右に分かれていく。空は曇っていても、風が気持ちいい。かいた汗もひいていく。

あれ？　と思った。

人家がぽつぽつと見えてきたあたりで「石川県」の表示がある。いつのまにか県境を越えていたのだ。そこで我に返った。

倶利伽羅峠はどうした？

ああ……やってしまった。ちょっとした敗北感だ。ある意味で微妙な歳頃にさしかかっているので、「大丈夫だろうか、この頭」と不安がこみ上げてくる。山越えがたいへんだったのは自身で知るとおり。でも、だからといって、本来行くべき場所を忘れて鼻歌混じりで下りてくるとは。単純に疲れが溜まっていただけかもしれないが、こういうことがこれから増えるのかもしれないと思うと、体のしんどさとは別の意味でじわっと汗ばんできた。

木曾義仲が平家軍を討つ際、角に松明《たいまつ》をつけた何百頭もの牛をなだれこませたと言われる倶利伽羅峠。私はそこを見るつもりで上り、まったく見ないまま下ってきたのだ。一瞬、引き返してもう一度峠を目指そうかという気分にもなった。しかし連なる山々を仰ぎ見て、「やめた」とつぶやいた。仕方ない。縁がなかったと諦め、気分新たに金沢へ向けて進むことにした。

ところがそれからしばらくして、私は予期せぬ場所で倶利伽羅峠の牛に出会ったのだった。角に松明をつけた「火牛《かぎゅう》」が待っていてくれたのだ。

その場所とは、「道の駅　倶利伽羅源平《げんぺい》の郷《さと》」。缶コーヒーを買って休憩所の椅子に座ると、筋骨隆々の巨大な黒牛が一頭いるではないか。両の角に松明を結われ、目をむいてものすごい形相だ。もちろん生きている牛ではなく、彫像の牛なのだが、こんなのが何百頭も傾斜地を駆け下りてきたら、寝こみを襲われた平家軍はたまったものではない。木曾義仲は、兵士がたくさんいるように見せかけるための奇襲としてこの「火牛」の夜間戦法を思いついたらしい。相手がパニックに陥ったところで、本物の木曾軍が襲いかかるという段取りだ。

それにしても、と思った。角に火をつけられた牛たちはどうなってしまったのだろう。人間様は人間様で勝手に戦争をすればいい。巻きこまれた牛たちが哀れだ。時代的に、食肉のための牛であったとは考えにくい。農耕用の牛を周囲の農民たちから徴用し、先制攻撃のミサイル代わりに使ったのだろうか。私は牛肉も喜んで食べるので、ここで動物愛護的な主張をするつもりはないが、自分がもしもそのときの「火牛」だったらと想像すると、人間様なんていない方がこの星はよほど平和なのかもしれないと思ってしまう。

金沢の街には、午前十時半に到着

した。国道に沿って走る北陸新幹線の高架がほぼ完成していて、歴史と情緒を感じさせる街並のすぐ上を一直線に貫いていた。あり得ないほど無粋に、無機質に貫いていた。風景のすべてを台なしにして貫いていた。破壊的に、壊滅的に、貫いていた。日本国がなにを捨て去り、なにを大事にしているのか、見て即わかる風景としては秀逸だった。

　芭蕉はこの金沢で、一笑《いっしょう》という俳人に会うのを楽しみにしていた。金沢に一笑ありと、俳諧の世界では名が知られはじめていた人物だ。まだ若い一笑も、芭蕉に会える日を夢見ていたという。だが、使いをやらせても一笑は来なかった。その前の年に亡くなっていたのだ。

　せっかく芭蕉が来たのだからと、一笑の兄が、弟の冥福を祈る追善の句会を催した。芭蕉は次の句を詠んだ。

　塚も動け我が泣く声は秋の風

自分を慕ってくれていた者が早世していたという衝撃。季節の移ろいよりもはかない人の世を嘆き、芭蕉は涙を流したのだろう。この句会が催されたのは、金沢市野町《のまち》の願《がん》念寺《ねんじ》だ。メグ号を大通りに停め、狭い路地の先にあるその古刹の山門をくぐらせてもらった。

苔《こけ》むす、とはまさにこの寺のためにあるような言葉。長い歳月の澱《おり》のようなものがこぢんまりとした寺のすべての陰影に宿っている。悲嘆を詠んだ芭蕉の句碑もあった。しみじみとそこに佇み、元禄の頃の秋の風を思う。

金沢では兼六園《けんろくえん》のそばで線量計測をした。やはり数値は出ない。もはやここまで来ると放射性物質の計測は意味を持たないかもしれない。

金沢　兼六園そば　検知せず

金沢から再び国道8号を走り、野々市《ののいち》を抜けて小松に向かう。途中の下柏野《しもかしわの》からは旧北陸道を通る。芭蕉と曾良が歩いた道だ。空がいくぶん明るくなってきた。家々の向こうに刈りとられたあとの田が広がる。元禄の頃と変わらない風景もきっとあるはずだ。たとえばそれは川で……と思いながら手取川《てどりがわ》を渡ると、いきなり現代の、しかもちょっと変わった風景の遊園地が目に入った。曲がりくねったジェットコースターがあり、どういうわけか「釣り堀」の表示もある。今日はオープンしていないのか、駐車場に車はなく、人の姿も見当たらなかった。ただ、遊園地の柵の上に三羽のカラスが止まっていた。彼らはなにか激しく啼《な》き合っていて、そのうち一羽だけが飛び去り、遊園地の「びっくりハウス」の屋根に止まった。カラスたちの機微が感じられる光景だった。カラスは啼いているのではない。きちんと言葉をぶつけ合っているのだと私は確信を抱いた。

小松に向けて、平野部を走り続ける。家々があり、川があり、池があり、工場があり、コンビニがあり、はるか東南には山々のシルエットがある。眺望できる範囲が広い。大きい。すると、まさに進まんとする方向の左に数本の光の柱が立った。雲が割れたのだ。巨大な劇場のピンスポットのように陽光は独立し、北陸の地を照らしている。

光は物語る。光は導く。光は常に新しい。

自然界の現象と対話しようとした原初の人間のような気分になり、ペダルを漕ぐ脚にも力が入る。

今回の旅は天候に恵まれない。雨と風、あるいはどんよりとした雲の下を走るばかりでほとんど青空を見ていなかった。眺望にしろ、音にしろ、意識が及ぶところのものは実は自身の一部であり、すべてフィードバックして戻ってくるのだから、澄んだ空がしばらくなければやはりどこか気分がさえない。そんなときに目前に現れた光の柱が、そのもやもやとしたとらえどころのないものを一気に吹き飛ばしてくれた。なんだろう。この溶けこむような快感。自分は今、自分という意識すら失い、陽光の柱が支える北陸の風景そのものになっている。そんな気分なのだ。存在は私という個を越えて、主体も客体もなく、ただ統一されて空と大地に化している。高校生の頃、「難しいよ」と倫社の教師から言われたことで何度もトライした西田幾多郎《にしだきたろう》『善の研究』のなかの言葉が唐突によみがえる。「純粋経験の立場より見て、彼我《ひが》の間に絶対的分別をなすことはできない」。あれは、このことを表しているのではないだろうか。

だとすれば、俳句もまた「純粋経験」に近いところでの「見ること、感じること」に基盤があるように思える。彼我なく、見たままに詠む。俳句の心はそうであると唱えたのはもちろん正岡子規だ。

芭蕉も蕪村《ぶそん》も含め、俳諧は明治の頃に一度は過去のものとなった。西欧文明の吸収こそが近代日本の急務とされたとき、五七五に律せられた短詩の型は古くさいもの、未来なきものとして忘れ去られようとした。その流れに歯止めをかけんと獅子奮迅《ししふんじん》の働きをしたのが正岡子規であり、弟分の高浜虚子《たかはまきよし》や河東碧梧桐《かわひがしへきごとう》だった。江戸期の膨大な句から良きものを選び、後世に残そうとしたその仕事への姿勢は、まさに純粋な気持ちに貫かれていたと思われる。

正岡子規は、俳句は「写生」でなければならないと唱えた。といっても、自然界そのものの風景ではなく、自身の心象風景のなかから抽出する「写生」だ。その段階で、知識に訴えようとしたり、俳句はだいたいこんなものだろうと、それっぽい陳腐な言葉の並びに頼るのをとても嫌ったようだ。頭でああだこうだと考えるのではなく、心象と風景が一致した部分から、俳人の視線によって切り取られた「写生」こそを俳句の心としたのだ。

鼠《ねずみ》がひしめき合うような空から鋭角的に降りてきた光の柱。どこまで走っても消えずに大地を照らしてくれている。ここにもし芭蕉がいたらどう感じるだろう。子規ならどんな言葉を並べるだろう。やはりそれは、「彼らならどう考えて言葉を組み合わせるか」ではなく、「彼らならどう感じて写生するか」という思いになる。

ただ、そうなると現況についてひとつ考えてしまうことがある。

風景を見て、感じる視線。それは切り取った風景を自身の存在へと変える力だ。その力はだれにでも備わっているので、良き風景も、そうではない風景も、各人の存在の要素として取りこまれてしまう。原発事故で故郷を去らなければいけなかった人たちが見た風景も同じだ。それはその人たちにとって単なる客体には留まらない。それらもまた、意識に取りこまれた段階で、彼らの人生そのものになるのだ。起きていることは、遠くにあるのではない。すべて関係し合って、それぞれの命に飲みこまれていく。ならば、その責任は、だれが取るのだ？　そこに住んでいたのは運がわるかった、という話では済まないと思う。

小松には午後一時過ぎに着いた。目指すは〈太田《ただ》の神社〉（多太神社）だ。木曾義仲を討ちに行き、逆に討ち取られてしまった斎藤実盛《さいとうさねもり》の兜《かぶと》と、そのひたたれの錦の切れ端が社宝として祀《まつ》られている。芭蕉もこれを観に行った。

実盛は暗殺された源義賢《よしかた》の息子、源義仲を極秘でかくまい、木曾に送る。命がけで守ろうとしたそのときの二歳の幼児がのちの木曾義仲だ。戦乱の世とは実にむなしいもので、かつては源氏、のちに平氏に仕えた実盛は、味方を滅ぼさんとする義仲を討つため、七十三歳の老体にむちを打ち、若い者たちにばかにされないようにと髪の毛まで染めて出陣する。しかし結果は哀れ、義仲の家来に討ち取られ、斬首されてしまう。命の恩人である実盛の死に衝撃を受けた義仲は、その兜とひたたれを、戦勝祈願の願状に添えて多太神社に奉納した。

むざんやな甲《かぶと》の下のきりぎりす

むざんやな、と漏らしたのは、義仲の使いとして兜を届けにやって来た樋口次郎《ひぐちのじろう》であるらしい。彼は義仲と実盛の関係を知っていたので、人生の非情を嘆き、そうつぶやくしかなかったのだろう。

芭蕉はしかし、「写生」の人として必要以上の憐《あわ》れみは引っ張らず、ちょうどそばにいたきりぎりすを一緒に詠んだ。これによって世界は一変し、視覚的にもシュールな句が誕生した。一度聞いたら忘れられない句だ。

ただ、現実の多太神社には、シュールの元祖アンドレ・ブルトンもぶっ飛ぶような奇態なものがあった。観光地でよく見かける、キャラクターの顔のところに穴があいたイラストボードだ。首を斬られた実盛の兜の絵。そこから顔を出せるようになっている。

これ、喜んでやる人はあまりいないかもし

れないなあと思った。おまけにこの神社にいる間は、ジェット戦闘機の轟音《ごうおん》が常に上空にあった。雲が垂れこめているので機影は見えない。圧力を感じさせるほどの凄《すさ》まじい音のみが降ってくる。航空自衛隊の基地が近いのだから、この轟音は小松のみなさんにとっては日常のものかもしれない。非日常が日常であること。そこで私はなにを考えるでもなく、しばらくただぼんやりしていた。

むざんやなの悲劇と、顔出しのイラストボードと、戦闘機の轟音。心象の「写生」がとても難しい多太神社だった。

線量計は反応なし。

小松　多太神社　検知せず

再び国道8号に沿って走り、粟津《あわづ》から那谷道《なたみち》に入り、那谷寺《なたでら》に向かう。光の柱は消えていたが、空は全体に明るい。そこをただひたすらに走る。〈奇石さまざまに、古松《こしょう》植ゑならべて、萱《かや》ぶきの小堂岩の上に造りかけて殊勝の土地なり〉と芭蕉が記した那谷寺に到着する。

寺の前の駐車場は観光バスが並んでいる。那谷寺を観にきた老若男女でいっぱいだ。拝観してみてよくわかった。この寺の紅葉は素晴らしかった。これ以上はないという鮮やかさで、楓《かえで》が茜の雲のように沸いていた。奇石の崖を上っていけばカルマを捨てられる胎内巡りの洞窟もある。けっこうな行列だ。そう、生きていればだれもがすこしずつ汚れていく。だからだれもがくぐりたがる。四季折々訪ねてみたいと思わせる風情に、自主的に取り組める仏道的アトラクション。昔も今も、人を惹《ひ》きつける寺なのだ。

ただ、風景の美よりも私の心をとらえたのは、団体旅行の人たちが話している言葉だった。「ごっつい奇麗やなあ」「ほんま、来て良かったわあ」と、みな丸出しの関西弁だ。しかも私が育った六甲山《ろっこうさん》系周辺のイントネーションのように感じた。

東京を発《た》ってみちのくをぐるりと回り、越後から北陸へと来たこの四ヶ月。そこで初めて耳にするふるさとの言葉だ。うまく行けば、もう三、四日後には滋賀県に入る。じりじりとしか進めない旅ではあるが、とうとう故郷である関西圏に近づいてきたということが新たな感慨となった。まだこの肉体には可能性がある。すこしずつ積み重ねていくやり方なら、なにかできるかもしれない。そう感じた。

那谷寺　検知せず

続いて目指すは、山中温泉《やまなか》だ。那谷寺からは山間部の道を走ることになる。上り下りが延々と続き、さすがに息が上がる。気づけばゴルフ場のなかに入りこみ、カートに乗ったおじちゃんの横を走っている。しかも、道を大きく間違えていたらしい。山中温泉とはそれこそ山ひとつ隔てた「県民の森」という場所に出てしまった。あまり気が進まなかったが、長いトンネルを越えて山中温泉に向かうことにする。

トンネルというものは、長くなればなるほど音を反響させるようだ。人が歩いて越えられる程度のトンネルとは、音のこもり方もその迫力もずいぶんと違うように感じられた。遠くからでも爆音が凄まじい。どれだけ大きなトラックが近づいてきているのだろうと身構えれば、ごく普通の乗用車で肩すかしをくったりする。そういう発見がこのトンネルではあった。

さて、山中温泉。『奥の細道』のなかで最大の事件が起きた場所だ。

芭蕉と曾良は、ここで長逗留《ながとうりゅう》している間に袂《たもと》を分かつことになる。〈曾良は腹を病みて、伊勢の国長島《ながしま》といふ所にゆかりあれば、先立ちて行く〉と芭蕉は記しているが、これを文字どおりに解釈する人はあまりいないであろう。先立たなければいけないほどの腹痛を抱えた病人が、この山中温泉（石川県加賀《かが》市）から長島（三重県桑名《くわな》市）まで歩いて帰れるはずがない。曾良の痛みは体ではなく、精神に起きたと思うのが普通だ。

仲の良い友人どうしでも、ともに旅をし、寝食を重ねているうちにぶつかり合うことはある。よくあることだ。これだけ長く二人で歩き続けたのだから、当然面白くないことも起きたであろう。あるいはよく言われるように、芭蕉が男色の人であり、曾良との衝突はその愛憎の果てに生じた可能性もある。それはそれで興味深いが、資料として私はその周辺を漁ったことがないので、ここでは触れずに進んでいきたい。いずれにしろ、

芭蕉と曾良はこの山中温泉から先は別の道を行くことになる。

今日よりや書付消さん笠《かさ》の露

芭蕉もよほど心にこたえたと見える。書付とは旅笠に墨で記した「同行二《どうぎように》人《にん》」の文字だ。それを笠にまで濡れ落ちる自分の涙で消そうというのだから、なんだかやはりこれはただならぬ空気が漂ってくる。なんたって〈行く者の悲しみ残る者のうらみ〉とまで芭蕉は書いているのだ。相手が腹痛で先に帰る程度の別離なら、〈うらみ〉とまでは言うまい。

とまれ、私は二人が仲違《なかたが》いした山中温泉に辿り着いた。そしてメグ号であちらこちら散策したあと、温泉には入らずにこの場所から去った。関係者の方にはたいへん申し訳ない

が、今やどこの温泉場もそうであるように、活気が微塵《みじん》も感じられなかった。閉館に次ぐ閉館。もはや廃屋となってしまったような旅館跡もある。

　福島の飯坂温泉を訪れたとき、かつてのようには客が来なくなってしまった理由を原発事故と結びつけて書いたが、もちろん今の日本を覆う不況もその一因であろう。私もまた、温泉宿に泊まれる旅をしているわけではない。安いビジネスホテルを探しながら、芭蕉のあとを辿っている。

　その後、山中道を下り、大聖寺《だいしょうじ》という名の街に向かった。別れた曾良と芭蕉が一日違いで泊まった全昌寺《ぜんしょうじ》がここにある。寺に着いたのはもう夕刻五時近くだった。すでに閉館時間となっていたが、住職さんが現れ、

「観ていっていいですよ」とおっしゃって下さった。

追う芭蕉に、逃げる曾良。二人がこの全昌寺に泊まったという歴史的事実もさることながら、寺の最大の魅力である「五百羅漢」に釘《くぎ》づけとなる。室内展示の木造の羅漢様たち、その一人一人の表情があまりにリアルな上、慈しみも感じられ愛《いと》おしくなる。この羅漢様たちは半日眺めていても飽きないのではないだろうか。時間を気にしながら観ているのが惜しかった。ここもまた一度、ゆっくりと訪れたい寺だ。

大聖寺駅前にたったひとつだけあるビジネスホテルにこの夜は泊まることにした。今日はおそらく百キロ以上を走っている。近くの赤提灯で一杯やり、明日の計画を練る。

十一月十日（土曜日）

目を覚ますとまた雨が降っていた。雲が低い。

思わずもう一度布団にくるまりたくなるような空模様だが、ぐずぐずしているわけにはいかない。朝六時には丼めしをかきこみ、ポンチョをかぶり、ペダルを漕ぎだす。今朝はまず海へ向かい、芭蕉が訪ねた吉崎《よしざき》を目指す。西行の歌を借りてその枝ぶりや佇まいを記した〈汐越《しおこし》の松〉があったとされる場所だ。ここから先は福井県となる。芭蕉が歩いた道を辿っているのだから、だいたいどの町を訪れても芭蕉の句碑やゆか

りのある名刹と遭遇することになる。しかしこの吉崎においては、町は完全に「蓮如《れんによ》」一色だった。記念館や御坊《ごぼう》跡はともかく、饅《まん》頭《じゆう》や土産物まで蓮如、蓮如、蓮如の連続なのだ。

終宵《よもすがら》嵐に波をはこばせて　月をたれたる汐越の松

西行の歌、と記したが、実はこの歌も蓮如のものだとする説がある。宗教と政治の混沌を生き抜いてきた蓮如。吉崎に御坊を建立するのは五十代も半ばになってからだ。争いごとやパワーゲームからすこし距離を置き、水と緑の美しいこの地に腰をすえたとき、あらためて澄んだ目で世界を捉え直す機会を得たのだろうか。

吉崎で雨がやみ、東の空に大きな虹が現れた。道なりに進むと北潟湖《きたがたこ》があり、鴨《かも》の群れが水面ぎりぎりを飛んでいた。だが、汐越の松がどのあたりにあったのかがわからない。歌に詠まれた松の末裔《まつえい》の、そのまた末裔でも探そうかと海岸線を走っていると、堤防を越えて吹き上がる波しぶきをもろにかぶった。私自身が汐越になってしまった。

やがて空はまた曇り、再び雨が落ちはじめた。丘の上では風力発電の巨大なプロペラが回っている。近くを通ると、ヴォン、ヴォンと低周波がやって来る。

松は見つからない。いや、松はいたるところにあるのだが、それはいたるところにありそうな松であって、いかにもこれはという松ではない。こうして松を探しているうちに、またもやゴルフ場の傍を抜ける道に入りこんでしまった。時折雨が落ちてくるなか、おじちゃんやおばちゃんがカートに乗って同じ道を移動していく。

私はゴルフはやらないので事情がよくわからないのだが、せっかく体を動かしに来ているのだからカートなどに乗らず、歩き続ければいいのではないかと思ってしまう。ゴルフクラブが重いなら、せいぜい三、四本を背負うようにしてすべて人力でやったらどうか。その方がスポーツとして誇れるような気がする。部外者ゆえ、まったく見当違いなことを言っているのかもしれないが、老いは足腰からやって来るのだ。歩いた方がいい。不可能な距離なら自転車だ。

などと勝手なことを思いながら方々見て歩いたのだが、それらしき松の末裔も見つからなかった。気持ちを切り替え、永平寺《えいへいじ》へ向かうことにした。

ここから先、芭蕉はまず〈丸岡《まるおか》〉（松岡《まつおか》）の天龍寺《てんりゅうじ》へ向かい、そこで金沢からお供として従《つ》いてきた北枝《ほくし》と別れる。私は、曾良の機嫌を損ねたのはこの北枝の存在だったのではないかと思っている。曾良にしてみれば、長い間ともに旅をしてきた師匠の心が、自分以外の闖入者《ちんにゅうしゃ》へも向けられるようになったのだから面白くない。ましてや、そこに師弟関係を超えた情愛があったのなら、嫉妬は憤怒《ふんぬ》と化し、焦げつくほどの焼きもちとなったのではないか。

芭蕉は天龍寺をたったあと、〈五十丁（五キロメートルほど）山に入りて〉永平寺を訪れている。私はこの道を逆に辿ることにした。北潟湖から芦原《あわら》温泉、金津《かなづ》、北陸道を越え、九頭竜川《くずりゅうがわ》に沿って山間部を上り、永平寺へ。そこから福井を目指しつつ、松岡の天龍寺を訪れる計画だ。

だが、気づいたときにはすでに道を誤っていた。芦原町から福井方面に進み過ぎ、金津からずいぶんと離れてしまった。雨が再びやんだのでポンチョを仕舞い、住宅もまばらな農耕地を後戻りする。すると芦原農協直営の食堂があり、茹《ゆ》でたカニを売っていた。ズワイガニがひとつ千円。なんとうまそうなと思ったが、輪行の途中でカニを食べるのはなんだか面倒くさい。ニシンの乗ったおろしそばに揚げはんぺんの昼食とする。これがとてもおいしかった。道を間違ったおかげで、この場所にしかないそばと出会えた。

腹ごしらえはできたが、永平寺は遠い。ひたすらペダルを漕ぎ続ける。千束《せんぞく》の一里塚を越え、金津に向かう。そこから先は当初予定していた道ではなく、坂井《さかい》から永平寺口を目指す。住宅街もあれば連なる農地あり、原野あり、森があり、九頭竜川がある展望の広い風景だ。

途中でキジを二度も見かけた。双方とも茂みのなかからいきなり現れ、驚いたように羽ばたいてはまた草むらに消えた。二羽とも白っぽい褐色だった。雄なら鮮やかなグリーンの体色をしているはずなので、雌だと思われる。

この道ではマムシとも遭遇した。路面の真ん中で孤高のS字を描き、なぜかじっとしている。車でも来たら終わりではないか。ところが、どうしたものかとそばで覗いていたら、鎌首をもたげて威嚇してきたので退散した。

人間である私は、どうしても人間の目線で世の中を捉えてしまう。都市生活を疎ましく思っても、原発を非難しても、人間がいて、人間社会があってのこの世だという無意識の理解がある。だから、ふいにキジが飛び出してきたり、マムシが怒りだしたりすると、世界のなにかがずれ、新しい感覚がふと芽生えたような気持ちになる。

たぶん私は、キジやマムシの目を見たのだ。この命たちもそれぞれの目と意識でこの世を捉えている。それはきっと私たちが意識している世の中とは、少々か、あるいは大いに違ったものだろう。

でも、同じところもあるのではないか。そうも思う。当たり前だが、キジやマムシは原発事故が起きたことを知らない。私たちもまた、降り注いだ放射性物質が今後どんな影響を自然界に与えるのか予測できずにいる。見えている世界のなかに、見えていない世界が隠れているのだ。その入れ子の仕組は、生き物の種に関係なく、意識が世の中を成立させる際の限界的な構造なのではないだろうか。つまり、私たちは万能ではない。世を知り切るということがない。一度事故が起きればコントロールできない原発に対し、安全ですと言い切る人たちは、その謙虚さを失っている。

息を切らしながらペダルを漕いでいると、永平寺の門前町がようやく近づいてきた。曹洞宗《そうとうしゅう》の大本山である。初めての訪問ということもあるが、自身が俗物以外のなにものでもないとよくわかっているので、その分だけ身が引き締まる思いがした。というのも、私は永平寺に対して、かなり確固たる「私が近づけない場所」というイメージを抱いていたからだ。大晦日《おおみそか》に酒を飲んでいると、どうしてもNHKの「ゆく年くる年」を観てしまう。あの番組では必ずといっていいほど永平寺からの中継が入る。凍《い》てついた夜の底で修行に励む若き雲水たち。その真摯な姿は、体の半分が酒カスでできている私のような者とは対極の清冽さに貫かれている。開祖道元《どうげん》も恐ろしい。ものを食べるときは一切音を立ててはいけない。たくあんでも落とそうものならお山（永平寺）から追放される。そんな食作法を唱えた道元は、私にとって畏怖の対象でしかなかった。寺の門をぐった瞬間、私は雲水から棒で殴られるのではないだろうか。

ところが、メグ号を手で押しながら参道を歩いているうちになんだか違うような気がしてきた。今日は土曜日なのだ。観光客であたりはごった返している。駐車場は観光バスでいっぱい。空きを待つ車は数珠《じゅず》つなぎ。参道の両脇に並ぶ食堂や土産物屋からもあまり聖なる気配は伝わってこない。通用門のそばの駐輪場でメグ号を停める際も有料だった。まあ、しかしこれは寺の外の話。永平寺の門をくぐれば……。

くぐるためには、まず参拝料を払わなければならない。ここでも大混雑。関西弁の渦のなか、人の流れに乗って永平寺の内部に入る。さあ、修行の世界だ。道元の厳しさだ。凛《りん》とした雲水たちに叱られないように……。と、一瞬は思ったが、ただただ人の流れに乗って靴を脱ぎ、ただただ人の流れに乗って廊下を歩き、ただただ人の流れに乗って僧堂や仏殿の傍を通る。見ればたしかにそれは僧堂で、見ればたしかにそれは仏殿なのだが、「わいわいがやがや、あんたあかんで、なにしてんねんな、ほんま、ごっついなあ、もうかりまっか、ぼちぼちでんがな」といった集団に挟まれながらの行進とあって、永平寺にいるのか道頓堀《どうとんぼり》にいるのかわからなくなる。

極めつけは売店だった。こういうふうに歩いて下さいという順路どおりに進むと、ただただ人の流れに乗ってそこに到達してしまうのである。お札だのお守りだの、永平寺由来のありがたいものが飛ぶように売れている。まさに黒山の人だかり。相手をする売り子は雲水たちだ。「それは二千円！」「そっちは五千円！」と声を嗄《から》しながら飛び交うゲンナマをさばいている。私は年末のアメ横を思い出した。

外に出て、菩薩《ぼさつ》様の像の前でようやく一息ついた。そして独り言も。

「俺より、俗っぽいかも……」

まさか、そんなはずはないのだが、大晦日のテレビに現れる永平寺と、今自分が垣間《かいま》見《み》てしまった永平寺。この距離感がどうしても埋まらない。軽く目眩《めまい》さえ覚えながら庭を歩く。敷地はずいぶんと広いようだ。私たちのような一般の参拝客が入れるエリアは限られている。

ああ、そうかと思った。私たちが入れないところで、雲水たちは厳しい修行をしているのだろう。それがほんとうの永平寺だ。手に手に紙幣を挟んで売店に群がる人々は、いわば俗世の象徴だ。そこでうまく立ち回るのも仏道の修行なのだ。でも私は、若い女性の参拝客と、その他大勢の参拝客に対する雲水の表情が微妙に違うことを知ってしまった。それは、まあ、そうだろうと思う。煩悩があるからこそ雲水になったのだ。仏の道は遠い。遠いなあ。

一応、線量計を出してみる。

永平寺　庭　検知せず

永平寺をあとにした私は、福井市へ向けてメグ号を走らせ、途中で松岡の天龍寺に寄った。先にも記したが、金沢から芭蕉に従いてきた北枝はここで戻ることになる。

物書きて扇引きさくなごりかな

別れを惜しんだ二人は、一つの扇にそれぞれの句を書きこんだ。そしてその扇をちぎって二つに分け、名残《なごり》として持ち合う。

この激しさ。この情愛。これがただ見送りに来た男と交わす儀式であろうか。気分を害した曾良が袂を分かっても、芭蕉は北枝と旅を続けた。

そういう見方で『奥の細道』に迫るべきではないという意見もあろうが、行間から窺《うかが》える風景なり、人の情というものがやはりそこにはあるのだから仕方がない。男と男の間で萌《も》えるなにかがあったとしても、いや、あったからこそ、俳諧の旅を独自の美意識が支えたのではないだろうか。

人ごみの永平寺とは違い、天龍寺には参拝客一人いなかった。清閑とした寺には石庭があり、水の流れが表現されていた。芭蕉がこの寺の和尚を訪ねたのは、〈古き因《ちなみ》あれば〉とのことだが、それだけの古刹であり名刹である。永平寺以来ざわついていた胸のなかがこの天龍寺に立ち寄ったことで平安を取り戻した。穏やかな空気のなかにある寺だった。

福井市内までメグ号を漕ぎ、福井駅前のホテルに投宿した。チェックインの際、大学の駅伝大会があるので明日の朝食は早めにとった方がいいとホテルのスタッフから言われた。なんのことかよくわからないまま曖昧にうなずき、荷物を下ろす。

シャワーを浴びてから赤提灯を求めて路地裏を散策する。気の張らない、適度に散らかった店に入った。ヤリイカの刺身と焼き豆腐をもらう。酒瓶のラベルが手書きだった。家族でこぢんまりと造っている醸造元から取り寄せているのだという。カウンターのおかみさんは漬物樽《つけものだる》から取り出したばかりのような関西弁で話しかけてくる。大阪から嫁いできて、酸いも甘いも苦いも辛いもある日々をこの福井で送り、毎夜陶然とする酔客を相手に混然としつつも屹立《きつりつ》しているらしい。やはりここが福井なのか道頓堀なのかよくわからなくなってきた。深酒はせず、宿に戻る。

十一月十一日（日曜日）

旅はのべ二十五日目ということになる。

外はひどい雨だ。そして、なかはひどい朝食会場だった。昨夜フロントで言われたことがようやくわかった。

疲れもあり、窓ガラスを叩く雨粒にもげんなりし、少々寝坊をしてしまった。八時を過ぎてホテルのレストランに入ると、スポーツウェアを着た大学生たち男女がほぼすべてのテーブルを占拠していた。朝食はバイキング形式だ。トレイにお皿を載せて大学生の列の最後尾に並ぶと、おかずのたぐいが消滅していた。ご飯もあとわずかで、味噌汁も汁のみが若干残っている程度。それでも私はなんとかキャベツの切れ端とシューマイ一つ、ご飯と味噌汁の汁のみをいただけたが、あとから来たインド人の団体はトレイを持ったまま茫然としていた。「ないの。もうないの。学生さんたちが全部食べちゃったの」と、ホテルのおばちゃんがジェスチャーをまじえて説明していた。

今日は敦賀《つるが》まで行くつもりだが、前線が近づいている。ただの荒れ模様ではない。ネットの気象予報では「爆弾低気圧」であるらしい。

どうしようかなと迷いが生じる。ここで一日休んでもいいなと、ふと思う。期日が決まった旅ではない。芭蕉のようにゆっくり、安全に進めばいいではないか。だが妙な依《い》怙地《こじ》があって、昨日出会ったマムシのようにそれが頭をもたげてくる。私のような者には嵐のなかを進むのもまた一興だ。

結局私はポンチョをかぶり、メグ号のペダルを漕ぎはじめた。福井県庁の横を通ると、

庁舎の壁に沿って、おびただしい数の大根がぶら下がっていた。産地の札もいっしょだ。県を挙げて大根栽培を盛り上げようとしているのだろうか。大根は私も好きだ。漬物にしても、煮ても焼いてもうまい。ふろふき大根に味噌だれをつけて熱燗をやるのはいいものだなと思いながら、先を進む。

芭蕉はこの地で、等栽《とうさい》という年寄りの俳人を訪ねている。等栽もまた十年以上前、江戸に芭蕉を訪ねているので、二人は旧知の間柄だ。私は『奥の細道』のあらゆる記述のなかで、二人が再会するまでのここのくだりが一番好きかもしれない。

芭蕉は、等栽がどれだけ老いさらばえているだろうか、あるいはもうこの世にいないだろうかと思案しながらその住処《すみか》を探す。人に尋ねると、まだ生きていて、どこかそのあたりに住んでいますよと教えられる。そして〈夕顔、へちまの延《は》えかかりて、鶏頭、帚木《ははきぎ》に戸ぼそをかくす〉という〈あやしの小家〉の門を叩き、等栽の妻である〈侘《わび》しげなる女〉から言われるのだ。

「うちの主人はそのあたりのなんとかさんという人の家に行ってますよ。用があるなら訪ねて下さいな」

　余分な文章は極限まで削ったと見える『奥の細道』。たとえば永平寺参拝に関しては〈五十丁山に入りて永平寺を礼《らい》す。道元禅師の御寺《みてら》なり。邦畿千里（京の都から千里四方の人のいる場所）を避けて、かかる山陰に跡を残し給《たま》ふも、貴きゆゑありとかや〉とだけ記している。これが永平寺参拝に関するすべてなのだ。それなのに等栽との再会に関し、芭蕉はまるでエッセイでも書くかのように細やかな光景から心境までをもつづっている。芭蕉にとってなにが大事だったのか、それがストレートに伝わってくるから、この箇所が好きだ。

　そういうわけで、私もまず等栽の住居跡を訪ねることにした。福井鉄道福武《ふくぶ》線を横に見ながら、北陸道を武生《たけふ》方面へゆっくりと進む。九十九橋《つくもばし》を越え、住宅街に入っていく。目指すは、等栽宅跡がある左内《さない》公園だ。だが、なかなか見つからない。芭蕉と同じく人に道を尋ね、ようやく辿り着くことができた。
立派な公園を想定しながらここを訪ねると、ちょっとがっかりするかもしれない。幕

末の志士、橋本左内《はしもと》の名をいただいている割には、どこにでもありそうな普通の公園だ。橋本左内の像が立ち、等栽宅跡を示す案内も立っているが、〈あやしの小家〉のなにかが残っていたり、再現されているわけではない。ただ、目を引くものがあった。子供がまたがって遊べるようにとつくられたのだろう。動物たちのオブジェがいくつかあった。つくった人には申し訳ないが、これらがいたって出来がわるいのだ。パンダだと言われればパンダに見えなくもないが、パンダではないと言われれば新種の動物のようにも見える。またがる以前に子供たちも一瞬立ち止まりそうだ。二十六歳で処刑された橋本左内の、その決然たる表情と、メイクが落ちてしまった感のある動物たちのオブジェ。ここはやはり〈あやしの小公園〉なのだった。

ためしに線量を測る。

福井　等栽宅跡　検知せず

この公園には来なくてもよかったかなとすこしむなしい気分になりつつ、激しく降る雨のなかを武生方面へ進む。芭蕉は等栽がお邪魔していた家に自分も乗りこみ、二泊もしてしまう。敦賀に向かうのはそれからだが、なんとそのまま等栽がついてきてしまうのだ。二人は〈あさむづの橋〉を渡り、〈玉江《たまえ》〉という場所に出て、峠越えの道を辿る。実際の地理では、玉江、あさむづ、峠越えの順となるのだが、『奥の細道』ではとにかくそうつづられている。

雨はいっこうに小降りにならず、道もわるい。歩道は劣化していて、一部は崩壊し側溝に落ちている。吹きつける雨で前が見えなくなると、下ばかり向くようになる。ようやく玉江橋を過ぎ、浅水《あそうず》というところで「朝六つ橋」に出くわしたが、特にどうということはない普通の橋だった。

私はここで、それ以上前に進むことを断念した。爆弾低気圧を前にして、山中の峠を越える自信がなかった。引き返すことを決意した理由はもうひとつあって、今日は福井市内の中央公園で「脱原発集会」が開かれるのだ。今朝、ホテルの前でメグ号の整備をしているときに、おじさんからビラを渡された。いったいどんな集会が開かれるのか、どんなメッセージが飛び交うのか、目の前で見てみたいと思った。

福井は日本一の原発過密地帯だ。ということはつまり、世界一の原発過密地帯かもしれない。決して大きくはない県で、その大半は山間部だというのに、入り組んだ海岸線に敦賀原発、高浜《たかはま》原発、大飯《おおい》原発、美浜《みはま》原発とあり、さらに事故ばかり起こしている高速増殖原型炉もんじゅ、旧新型転換炉原型炉ふげん（現原子炉廃止措置研究開発センター）などがある。これらの施設の一つでも福島第一なみの事故を起こせば、地元はもとより、列島への被害は甚大なものになろう。

なぜ福井にばかりと、まるで県や自治体が交付金欲しさに原発を誘致しているような論調の記事を見かけることもあるが、見誤ってはいけないのは、敦賀以外の原発はすべて関西電力の施設であり、ここでつくられる電力はおもに京阪神で消費されてきたということだ。東京電力の福島第一が福島に向けてではなく、首都圏に向けて送電していた関係に等しい。この構造抜きで原発を語ることはできないと思う。

どれだけ安全性に配慮したところで、電源を失うような事故を一度でも起こしてしまえば収拾がつかなくなるのが原発だ。まったくコントロールのきかないモンスターと化す。事故は起きない、とは絶対に言いきれない。事故を起こさせる確実な方法があるからだ。航空機なりミサイルなどを使ってテロを企てれば、いとも簡単に目的を遂げることができる。ニューヨークで同時多発テロを体験した私はそれが絵空事だとは思わない。

安全だと百万回力説されても、危険なものは危険なのだ。そんなに安全なら、人間の道義として、関西電力は大阪湾に原発をつくるべきだし、東京電力も都内に一つ二つ建てるべきだ。それができず、福井や福島や新潟に原発を集中させているのは、やはり都市に住む人間のエゴの具現化なのだ。

こうした背景を抜きに原発は語れない。福井のみなさんはどんな集会を開くのか。なにをメッセージとするのか。ざんざん降りの雨であろうと、これはやはり見ておくべきだ。

さて、その集会。

合羽《かっぱ》を着こんだり、ビニール傘をさしたり、計百人ほどの人たちが広場中央のマイクを囲むように点在していた。「原発NO」「子供たちに安全な未来を」といった横断幕が張られているものの、いかんせん人がすくない。ほんとうにこの雨が疎ましい。爆弾低気圧が近づくなか、ずぶずぶに濡れても集会に参加したいという人はよほどの思いがあるに違いない。

私はポンチョをかぶったまま木の下に陣取った。枝振りが良ければ多少の雨よけになるからだ。この作戦をとった人は多かった。どの立ち木の下にも数人ずついる。ただそのために、演者が話すステージの前は空《す》いている。

メインの講演者はのちに控えていて、それまではだれが出てなにを話しても良いというスタイル。私からすればどの演者にもそれぞれまっとうな部分があったように思えたが、腑《ふ》に落ちなかったのは与党民主党をこき下ろして溜飲《りゅういん》を下げるパターンにみな行きがちなことだ。特にひどかったのが、民主党をからかう歌ばかりを歌ったギターの兄さんたちだった。野田《のだ》首相のことを野田ブタと連呼して、私たちにも一緒に歌えと強制してくる。彼らのやっていることが説得力を持ち得るとは思えなかった。元絶叫系バンドのサケビストであった私から見ても浅薄に思えた。

民主党が与党として機能しているかどうか。それはたしかにさまざまな意見があるだろう。この国の経済的な落ちこみは甚だしいし、浮上する気配すら見えない。しかしそれはそれまでの与党にも責任があるのではないか。民主党になったから、日本の経済は脆弱《ぜいじゃく》になったのか？　十年、二十年というスケールで考えると、私にはそう簡単な見方はできない。

ただ、こと原発に限って討論するなら、それなしの未来を政策として打ち出してくれそうなのは民主党なのだ。今ここでヒステリーを起こし、わるいことはみな民主党のせいなのだとばかり以前の与党の時代に後戻りしてしまえば、再び原発を正義と唱える人々が現れるだろう。そしてそれが主流派となり、各地の原発が再稼働されることになる。

この公園で雨に濡れている人たちだって、みなそのことがわかっているはずだ。では、なぜ、脱原発を主張しながら、同時に民主党の悪口を連呼するのか。その矛盾はどこから来るのか。これは私の推量だが、野党のある党がこの集会を支えているからに違いない。野党のある党にとっては、脱原発を唱えていようが、与党である以上は打倒すべき敵なのだろう。その図式が見えてしまったので、ちょっと残念な印象の集会だった。

ちなみに私は政治に対しては是々非々である。今のところ情熱的に支持する政党はない。民主党や自民党の議員にも好意を持つ人はいる。一方で、野党のある党の存在意義も大したものだと思っている。良いと思える候補者がいれば票も入れる。だから、なんだかがっかりしてしまったのだ。脱原発の集会なら、目的をはっきりさせて、すくなくともそのテーマに徹して欲しかった。

そのような意味では、のちにメインの講演者としてステージに立った福島からの避難者の話が胸を打った。彼女の親族の一人が津波で行方不明になったのだという。その地が福島第一原発から至近距離にあったため、彼女も含めて住人はすべて強制避難となった。行方不明になった親族がどこかに引っかかって生きているのではないか。その思いを抱えたままの避難だった。結果的に親族は亡くなって見つかった。だが、今でも思う。即死ではなかったのではないか。しばらくは生きていたのではないか。原発事故さえなければ、強制避難さえなければ、探しに行くこともできたのに。

当事者の訴えだけに、みな静まりかえって彼女のアピールを聴いた。雨で冷えた身体の内側にまで、彼女のひとつひとつの言葉が入りこんだ。

ＪＲ福井駅でメグ号を分解し、肩にかつぐ。福井名物の小鯛《こだい》の押し寿司《ずし》弁当を買い、武生行きの列車に乗る。車窓を伝う雨水。峠越えを諦めた敗北感が残る。脱原発集会で浴びたさまざまな言葉もダメージとして引きずっている。

武生駅で次の列車を待つ。風雨が激しい。プラットホームのベンチで小鯛の押し寿司を食べる。思ったよりも甘い。こんなふうだったっけ？　以前食べたときは感動したのになと思う。やって来た敦賀行きの列車に乗る。長いトンネルを抜けて、敦賀に着く。

敦賀は大嵐だった。駅から見えるビジネスホテルに電話をかけ、すぐに行きますと予約をとる。だが、まさかと思うほどの風が吹き荒れている。自転車が軒並み倒れ、アーケード街の看板がわらわらと揺れている。分解したメグ号を肩にかついでいるので、バランスがわるい。突風が吹くと転倒しそうになる。何度もしゃがみこんでホテルに近づいた。たぶん風速三十メートルを越えている。雨粒が当たる顔が痛い。人の姿がない。日曜日だというのに、アーケード街にはだれもいない。猫一匹見かけない。風で揺れまくる信号が盲人用のメロディを放っている。その音ですら、うなる風の向こうに時折消えていく。爆弾低気圧のど真ん中に敦賀はあるようだ。妙な蛮勇をもって峠越えに臨まなくて良かったと思った。

ホテルに入るとまだ午後四時だった。こんなに早く投宿したのはこの旅で初めてではないか。しかし、荒れ狂う風の音はホテルの室内まで聞こえてくる。外に出る気はしない。

だれもいない大浴場で一人のんびりと湯につかる。今日の敗北感を洗い流そうとする。風がやんだのは午後八時を過ぎてからだった。アーケードを歩く人々も見られるようになった。近くの赤提灯に入り、小振りのカニをつまみに熱燗をいただく。厨房で一人切り盛りする女性は、たいていの男なら一目惚《ぼ》れしてしまうタイプのとても美しい方だった。案の定、男性の一人客が続けて入ってくる。「今日はすごい風でしたね」と隣の初老の男性に話しかけると、「そんなに珍しい天候じゃないよ」と言われた。

お銚子を何本かいただき、おでんなども食べ、体が温まったところでホテルに戻る。若い男女が出会う「街コン」が行われているとかで、アーケード街には打って変わって歓声が響いていた。

十一月十二日（月曜日）

朝飯を腹一杯に詰めこみ、午前七時前にはペダルを漕いでいた。

等栽とともに敦賀に着いた芭蕉は、〈けいの明神〉（気比《けひ》神宮）に夜参し、まばゆい月と高貴なる白砂の妙、そのコンポジションに感嘆する。翌々日、〈ますほの小貝拾はんと種《いろ》の浜に舟を走《は》す〉とあるので、敦賀からは陸路ではなく、舟に乗って色浜《いろはま》に向かったようだ。この浜は、西行の歌〈汐染むるますほの小貝ひろふとて色の浜とはいふにやあるらむ〉に詠まれており、芭蕉が訪ねてみたい垂涎《すいぜん》の歌枕の一つであったと思われる。

旅の順序として、私はまず色浜へ向かい、敦賀に戻ってから気比神宮にお参りすることにした。芭蕉の逆だ。余力があればそのまま塩津《しおつ》街道に入り、県境の山を越え、琵琶《びわ》湖《こ》へと向かう計画だ。ただ、『奥の細道』には敦賀から色浜まで〈海上七里〉とある。直線距離でそれだけあるなら、海岸線の起伏に富んだ道の往復はそれよりもはるかに長く、しかもかなりしんどいであろうと予感する。

加えて、ここから先は丁寧に線量を測っていきたいという思いがあった。敦賀のみなさんには怒られてしまうかもしれないが、やはり敦賀といえば原発、原発といえば敦賀である。昭和四十五（一九七〇）年、日本で二番目の原発による電力が敦賀原発より送電されたこともあり、敦賀という地名が原発を表す記号として機能していた時代がある。今でも市の姿勢としては原発あっての敦賀であり、福井の原発関連の研究施設の大半がここに集中する。いわば炉心の密集地だ。

だが、空間線量を示すモニタリングポストはまったくといっていいほど見かけない。

私が偶然そのような道を選んで旅しているのかもしれないが、ほんとうに見当たらない。だからここは……もちろん微弱であろうとどこかの施設から放射性物質が漏れ出ていたらそれは大変なことだし、もうまったくあり得ない話なのだが、それでも私は天《あま》の邪鬼《じゃく》なので、一応は念入りに線量を測って旅をしようと思うのだ。

敦賀市内を港へ向かって走ると、日本原子力研究開発機構の施設があった。だが、ゆるキャラのような名前がつけられたその施設は閉鎖されており、ゲートの表示も白く塗りつぶされていた。反原発の気運が高まるなか、一時的にちょっとお隠れします、ということなのだろうか。あるいはこのままどこかへ移転してしまうのだろうか。

気比の松原を抜け、敦賀湾の海岸線に沿った道を「色浜」へ向けて走る。雨はやんでいるが、空は雲で覆われている。風は弱まっている。でも、吹けば冷たい。

想像していた以上にアップダウンのある道だ。湾を挟んだ対岸には、まるで要塞のような北陸電力の火力発電所が見える。原子力にしろ、火力にしろ、膨大な消費電力を賄うための施設というのは大掛かりなものになる。芭蕉にはまったく想像がつかなかった世界に私たちは住んでいる。たった三百年で異次元的に風景は変わる。これから三百年後はどうなのだろう。やはり私たちのイマジネーションでは追い切れない風景が出現しているのだろうか。果たしてそこに人間はいるのだろうか。生き物たちは存在しているのだろうか。

そんなことを考えながら、上ったり下ったり、線量を測ってみたりの輪行は続いた。

すると、久しぶりに線量計が数値を表し始めた。

敦賀　気比の松原〜色浜　0・09〜0・14マイクロシーベルト

長岡と新潟では線量反応があったが、それ以降はどの地もまったく検知しなかった。いくら原発銀座であろうと、福島からはどんどん離れているのだから、予想としてこの敦賀湾も数値は出ないであろうとたかをくくっていた。

だが、出てしまった。あくまでも微量で、人体には影響のないレベルだとは思うが、出ることは出た。これはいったいなにか？　もちろん、どこかの施設が事故を隠しているのだとしたら、こんな数値ですむはずがない。いくら脱原発の立場だからといって、この数値を原子力関連の施設に直接結びつけようという気はない。しかしなんなのだろう。自然界にもとからある線量なのだろうか。あるいは秋田の象潟で居酒屋のマスターに言われた「中国の核実験の影響がまだ残っている」ということなのだろうか。線量の理由がわからないまま、私は色浜に着いた。

舟で色浜に着いた芭蕉一行が熱燗をやったという本隆寺《ほんりゅうじ》は今もあり、『奥の細道』に記されているとおり、等栽の筆による記録が残されているらしい。〈侘しき法華寺《ほっけでら》あり〉と芭蕉が表現したように、ほんとうにこぢんまりとした寺で、住職には申し訳ないが、参拝しているのか、個人宅に押し入っているのかちょっとわからない感覚に陥った。色浜も規模としては小さな浜だ。形ばかりの堤防と数隻の漁船があるばかり。砂浜には朝鮮半島からのものと思《おぼ》しきゴミやその他の細かいプラごみなどが混じり、気をつけて歩いていても、どれが〈ますほの小貝〉なのかよくわからない。近くで作業をしていた漁師のおじいさんに尋ねると、「ああ?」と面倒臭そうな顔をされたが、それでもいっしょに探して下さり、「これや。これがますほの小貝や」とちっこいのを二つ三つ摘《つま》み上げてくれた。なんとまあ、幼稚園児の小指の爪のような貝。品のいい桃色である。実物を見て、芭蕉が詠んだ浜の光景が目に浮かんだ。日本中の砂浜にプラごみが散乱していない頃の一句である。

波の間や小貝にまじる萩の塵《ちり》

色浜の堤防に腰かけて、今日どこまで行くべきかをもう一度考える。敦賀からここまで二十キロほどはあったと思う。これから敦賀に戻れば往復で四十キロだ。気比神宮にお参りし、山越えして琵琶湖を見る頃には夕方になっているのではないだろうか。もしも峠を越えている最中に日没を迎えてしまったら……。のんびりはしていられない。再びアップダウンを繰り返す道を行く。敦賀湾と巨大な火力発電所を横目に見ながらひたすらペダルを漕ぐ。

月清し遊行の持てる砂の上

敦賀に戻り、気比神宮で参拝をさせていただいた。遊行上人が神前に担い給《たま》うたという白い真砂《まさご》を探したが、どうもそのようなキレキレなものは見当たらない。失礼かと思ったが、氏子さんが参道のあたりを掃いていらしたので、芭蕉が月光の下、〈霜を敷けるがごとし〉と形容した真砂はどこですかと聞いてみる。すると氏子さんはよく問われるのか、怪訝《けげん》な顔をされるわけではなく、むしろ笑みを浮かべた上で、「この参道のあたりらしいですよ」と、箒《ほうき》で掃いている直下を示して下さった。

なるほど。元禄時代の真砂がそのままそこにあるはずはないのだ。ただ、芭蕉が感嘆した光景を想像しているうちに、なぜかまだ現実のものとして今もそれがあるような気分になっていた。歳月とともになにもかも転変していくのだと知りながら、これは私が迂闊《うかつ》だった。それでも気比神宮の参道は細かな砂利を敷き詰めてあり、充分に美しい輝きを放っていた。

無粋だなと思いつつ、参道の端で線量計を出す。

気比神宮　参道　検知せず

どこかの店に入って昼をとっている時間はない。コンビニでおにぎりやリンゴを買い、ハンドル中央部の外側に付けたバッグに突っこむ。カメラや線量計を収納しているメグ号のインテリジェンス部だが、今日はこのあとかなりの距離を進まなければいけないので、いちいち降りていられない。サドルに座ったまま手にとって食べることを考えると、食糧の保管場所はここになる。

色浜との往復ですでに四十キロ以上を走っている。いよいよ県境の峠越え、塩津街道を抜け琵琶湖を目指す。芭蕉は結びの地の大垣《おおがき》から迎えにきた弟子の露通《ろつう》とともに、この道を辿った。ただし、〈駒にたすけられて〉の旅だ。敦賀から大垣までは馬を利用したのだ。

敦賀の街を抜け、国道8号の坂をまっすぐに上っていく。振り返れば日本海が見える。ここから先の山間部に入れば、もう二度と日本海は見えなくなる。

坂が続く。延々と坂が続く。ただひたすらにペダルを漕ぐ。JR北陸本線に沿って勾配を上り続ける旅でもある。道口《みちのくち》から疋田《ひきだ》方面へ。麻生口《あそうぐち》からの分岐点を塩津街道へと抜ける。途中でちょっと休憩してリンゴを頬張っていると、すぐそばの森のなかを猿の群れが通り過ぎていく。目が合う者数名。リンゴを欲しそうな目をしている。しかし、一個しかないリンゴだし、すでに半分食べているのであげなかった。

塩津街道を新道野《しんどうの》方面へまっすぐに進む。新道野の集落のなかには、芭蕉が友人の書家の素龍《そりゆう》に清書させたという『奥の細道』（重要文化財）を保存している西村家があるらしい。これはぜひ、とそれと思しき集落のなかにメグ号で乗り入れてみたが、ひとけはなく閑散としている。西村家がどこにあるのか、結局はよくわからなかった。

さあ、どうしようと思う。

うなりながら腕組みをした。

体はかなりしんどい。琵琶湖周辺の宿を探すためにも時間はあまりない。

まあ、いいか、と思った。思っただけではなく、「まあ、いいか！」と声にも出した。芭蕉本人が書いたものならなんとしてでも観るべきだが、ここは省略！

気を取り直して街道を漕ぐ。北陸から滋賀への山越えだ。トラックが連なってすぐ横を通り過ぎていく。風圧を感じる。疲れからかメグ号が揺れる。風景が歪《ゆが》む瞬間がある。メグ号から降り、押して歩く。すこし楽になるとまたサドルにまたがる。これを繰り返す。

気づけば、道は下り坂になっていた。峠を越えたのだ。滋賀県に入った。なだらかな坂を下りていく。下りていく、下りていく、下りていく。やがて平野部となり、ＪＲ近江塩津《おうみしおつ》駅の真横を通り、まっすぐまっすぐまっすぐ……。

とうとう正面に、巨大な銀の鏡のような湖面が見えた。

琵琶湖だ。陽光を湛《たた》え、青空を映している。

青空？　上を見る。

新潟を出発して以来、これだけすっきりと晴れ渡った空を見たのは初めてだ。これまでいつも天を覆っていた重たい雲が消えている。しかもその空が水面にも映え、空間は澄んだ青ときらめく青に挟まれた無限の奥行きとなった。疲れはここで霧散した。メグ号は快調だ。

ああ……とサドルにまたがったまま背伸びをする。

この感覚をここで得たことは大きいと思った。私がひたっている解放感は、きっと私だけのものではないだろう。北陸から京滋《けいじ》に徒歩や馬で抜けようとしたこれまでのすべての旅人たちも、祝福にも似た感動をここで得たに違いない。自動車やバイクの旅では、この感覚はなかなかわからないと思う。

勝手な喜びにひたっていたら、塩津街道の藤ヶ崎《ふじがさき》トンネルに出くわしてしまった。トンネルからはトラックや乗用車の走行する音が爆音のように伝わってくる。なかへ入っていく気がせず、私は、山が琵琶湖になだれこんでいるこの藤ヶ崎という突端を、遠く巻いて走ることにした。

だが、これがまた良かった。琵琶湖を海にたとえるなら、岬めぐりの旅だ。青く輝く湖面と空。山々の紅葉。歴史を感じさせる家並。住人以外の姿は見かけない。車も通っていない。そこをメグ号でゆっくり進んでいくのだ。やがて道は塩津街道に合流したが、岬めぐりがこれでもう終わりかと思うと、なんだかちょっともったいないくらいだった。

そのまま私は走りに走った。賤ヶ岳《しずがたけ》のふもとを通り、古くからの交通の要所である木之本《きのもと》の町へ。そこからは国道8号を通らず、国道365号を南下していく。ここから岐阜県の関ケ原《せきがはら》あたりまでは、この細い国道を出たり入ったりしながら進むことになる。琵琶湖の輝きはすこし遠くなり、連なる山並を左手に見ながら、ひたすら平野部を進んでいく。

おそらくもう今日の走行距離は百キロを軽く越えている。お尻が痛い。それでも景色は変わらない。漕いでも漕いでも、左手には山々、右手には平野。その向こうには琵琶湖。頭が空っぽになったようであり、私は脚と目だけの生き物と化す。

戦国の世のはるか以前から、この地域は歴史の宝庫なのだろう。寺や城跡はもちろん、ひとつの風景のなかに位置する田畑、川、岩、草木のたぐいまでが、過ぎ去った膨大な時間につながる「今」を眼前に表す。左に小谷《おだに》城跡を眺めながら、伊部《いべ》の集落を抜ける。

じきに夕暮れだ。午前中、敦賀の色浜で貝殻拾いをしていたのがずいぶん昔のことのように感じられる。そろそろ今夜の宿を決めなければいけない。どこかにメグ号を停めて腰をおろすか。そんなことを考えながら、見渡す限り田んぼだらけの浅井町《あざいちょう》（現長浜《ながはま》市）に入ったところで異変に気がついた。

メグ号の立てる音が変わったのだ。いや、音などなかったのに、音を立てるようになった。後輪ががたがたと路面の感触を伝えてくる。いやな感じがして後輪を見ると、タイヤがぺしゃんこになり、ホイールが路面と接している。

おお……。

ついにこのときが来たか。

無理もない。遠出はやめてくださいよと店員に言われた自転車なのだ。途中、車に乗せてもらったこともあったが、東京から岩手まで走り、今回は新潟からここまで来た。タイヤのグリップ部の模様はなくなり、ゴムがてかてかと光っている。穴があいたのはなかのチューブであろうが、タイヤそのものも限界に来ている。

試しにと、手動のエアポンプで後輪に空気を入れてみる。注入口のネジが緩んだこと

ですこしずつ空気が抜け、パンクと同じ症状をきたすことがあるからだ。
　おや？　と思った。空気を入れると、後輪はちゃんとふくらむのだ。なんだ、ネジが緩んでいただけなのか。ああ、良かった。勘違いだった。パンクではなかったのだ。ああ、良かった。助かった。奥の細道結びの地、大垣まではおそらくあと四十キロほどだ。ネジに気をつけて走れば、このまま行ける……。
　そんな安堵《あんど》もつかのま。十分も走ると、また後輪ががたがたと音を立てはじめる。まさかと覗くと、タイヤから空気が抜けている。やはりパンクだったのだ。チューブに空いたのは大穴ではないのだろう。きっと小さな穴だ。だから空気を入れればしばらくはもつ。しかし私が乗って漕げば、その重みで空気は漏れ出る。

これはこれで、完全なるパンクなのだ。

なんだか力が抜けていく。私は背負っていたリュックサックを路面に投げ出した。近江の浅井町。見渡す限りの田園地帯だ。しかし稲刈りは終わっているので、むきだしの土ばかりが目の前に広がる。人の姿はない。車もめったに通らない。パンクしてしまったメグ号の横で私も仰向けにひっくり返った。

空が青い。高く、澄んだ空だ。終着地まであと一日というところでパンクしたメグ号。ここまでよくもってくれた。残念というよりは、メグ号に対する感謝の気持ちがわき上がる。

さあ、今日はここまでだ。メグ号を押して長浜の町の方へと歩いていく。米国製の特殊な自転車とあって、私は替えのチューブもパンクを直すキットも持ち合わせていない。どこかに自転車屋さんはあるだろうか。そして今夜の宿を決めなければ。お尻が痛い。

十一月十三日（火曜日）

北陸自動車道の長浜インターチェンジ近くのビジネスホテルで、朝早く目を覚ました。窓辺からは遠く鈴鹿《すずか》の山々が見える。群青のシルエットに靄《もや》がかかる。

外に出ると肌寒かった。滋賀県ではまだ線量測定をしていなかったので、ホテルの前の植込みで線量計を構えてみる。

北陸自動車道長浜インターチェンジ近く　ビジネスホテル前　検知せず

問題はメグ号のパンクだ。昨夜、長浜の町を少々探索したのだが、自転車屋さんは見つからなかった。より積極的な態度で探せばきっと見つかったのだろう。でも、自転車屋さんよりも先に赤提灯が見つかってしまったので、疲れていたこともあり、私自身がパンクしないように命の水を求めて暖簾をくぐってしまった。

その判断が、今朝になって重くのしかかってきた。

二日酔いで、ちょっと頭も重たかった。

今日は奥の細道結びの地、岐阜県大垣市まで一気に走るつもりだ。しかし後輪はパンクしたままだ。事実としてパンクしている。頑としてパンクしている。限界まで空気を入れても、十分も走らないうちにタイヤはぺしゃんこになってしまう。しかもここから大垣までは、伊吹山《いぶきやま》や関ケ原など、田舎のなかの田舎といった風景が連続する地だ。自転車屋さん、あるのだろうか。運よく自転車屋さんに出くわせばいいが、そうではない場合、空気を入れてはちょっと乗り、空気を入れてはちょっと乗り、空気を入れてはちょっと乗りと、まるで尺取り虫のような進み方をしなければいけない。

しかし、そのことでかえってメグ号をいたわる気持ちが湧いてきた。ぎりぎり昨日まではもってくれたのだ。照りつける真夏の栃木路から、みちのく一直線の根性漕ぎ。今回は荒天が続く越後路の旅となり、福井からの峠越えまで経験した。そのすべての道をメグ号は文句ひとつ言わずに走ってくれた。実によくやってくれたと思う。今日はちょっと大変な旅になりそうだが、こうなればそれも味わいのひとつと考え、乗ったり、押したり、乗ったり、押したりで大垣を目指そうと思う。

芭蕉は、馬に助けられて大垣に入ったとだけ記している。どの道を通ったかについていっさいの記述が残っていない。だが、当時の旅の常識から、ここを通ったのではないかと言われる道はある。北陸道から分岐して関ケ原へ抜ける「北国脇往還《ほっこくわきおうかん》」だ。そしてこの街道が今も当時の姿そのままに残っているという。いったいどんな道なのか。まずはこの北国脇往還への入口を探して今日の旅を始めることにする。

長浜インターチェンジを背にして、伊吹山方面に向かってまっすぐ進んでいく。防風林に囲まれた古い農家。畑。田んぼ。畑。田んぼ。なにかの耕作地。畑。田んぼ。畑。田んぼ。あぜ道に並ぶお地蔵さんたち。人はほとんど見かけない。石田三成《いしだみつなり》の出生地と看板があり、古い寺や神社がある。時の流れが分断されておらず、戦国の世すら風景の向こうにうっすらと見えるような土地だ。車が行き交う国道365号のみが現代の忙しさを伝えている。そこだけが沸騰し、突出している。そこだけが目を覚ましているよう

であり、そこだけが夢の一部であるようにも感じられる。
国道を越え、姉川《あねがわ》の橋を渡る。里山のなかへ入っていく。タイヤに空気を入れながら、田畑の間の道を進んでいく。
やがて、路面すべてが木の葉で覆われた暗い林道に出た。道は鬱蒼《うっそう》とした森のなかを抜けていく。メグ号を停めて深呼吸をする。晩秋、もしくは初冬の木々の香りが胸のなかに入りこんでくる。これが北国脇往還だ。落ち葉溜まりは深い。踏みこむと足が隠れてしまう。しかも足底にはまだ弾力がある。場所によっては数十センチも葉が積もっているのだろう。とてもメグ号に乗って進めるような道ではない。どのみちパンクしているのだし、ここからはハンドルを押して前進する。
子供の頃、虫が好きだったのでずいぶんと

雑木林を歩いた。今はもうあまり甲虫類には情熱を感じないが、それでも山にはよく登る。落ち葉で覆われた道は慣れているのだ。それでもこんなに深く落ち葉が溜まった道を歩いたことはなかった。その気になれば落ち葉の海を泳いで前へ進むこともできそうだ。

遠くを行き交う車の音はかすかに聞こえてくるが、それでも雰囲気としては深閑としている。たまに鳥の声。風が木々を揺らす。無数の葉が舞いながら落ちてくる。道は延々と森を抜けていくが、時折開墾された場にも出くわす。畑があり、電流柵で囲まれた耕地もある。こうした柵を作らなければ、イノシシやサルに作物を盗られてしまうのだろうか。人の気配がない場所で「感電注意」と書かれた板を見かけると、古来の道を旅しているという気分が一瞬引き戻される。

とはいえ、森の向こうにそびえる伊吹山を含め、元禄の頃から風景は大して変わっていないはずだ。馬に乗った芭蕉も同じ森、同じ山を見ながら大垣へと向かったのだろう。沢を越える橋も昔ながらの丸太橋だった。苔むしていて、丸太の間から草が伸びている。果たしてこれは渡っていいものなのだろうかと迷ったが、迂回する道が見つからなかったので恐る恐るメグ号を押した。

東海道新幹線に乗っているとついつい眺めてしまうのが伊吹山だ。平野部から突然盛り上がるように隆起し、丸みと厳しさの双方を備えたフォルムも独特だ。特に冬場が魅惑的だ。積雪の日本記録をもつ山とあって、たいてい純白となりそびえている。私にとっては、中部地方と近畿地方を区切るシンボリックな山でもある。いつも愛着をもって眺めてきたのだ。そしていつかはこの山のそばを、山麓を自分の足で散策してみたいと思っていた。だから、北国脇往還の落ち葉の上をゆっくりと進みながら、木々の枝越しに伊吹山を見られたことは、私的にずいぶんと幸福な体験だった。

道が崩れたような場所に出ると、里山の舗装路や国道365号に戻った。これら近代の道は北国脇往還と平行して走っているので、あぜ道を辿れば利用することができる。長い坂を下る前は必ず後輪に空気を入れる。タイヤがタイヤとして機能している間はメグ号にまたがることができるので、勢いをつけて下っていく。坂を上るときはメグ号から降りる。押していくだけなので多少タイヤがへこんでいても気にしない。こんなことを繰り返しながら、やがて伊吹山を後方に見るようになり、岐阜県に入った。すでにここは関ケ原の古戦場だ。

関ケ原を訪れたのはこれが初めてだ。伊吹山と同じく新幹線の車窓からこの地も見えるが、まさかこんなに幟《のぼり》が立っている場所だとは知らなかった。西軍石田三成、東軍徳川家康、再現された各陣地にそれぞれの武将の家紋の幟が林立し、歴史マニアと思しき老若男女がうれしそうな顔で歩いている。

私は石田三成の陣跡にメグ号を停め、売店で購入した関ケ原アイスクリームをいただ

いた。パッケージにはアニメっぽい武将の顔があり、「焼き芋味」と印刷されている。言われてみればたしかに焼き芋の香りがするような気もしたが、朝からなにもお腹に入れていなかったので、焼き芋そのものが食べたくなった。空は晴れ渡り、冷たい風が吹く。「決戦地」と書かれた幟《のぼり》がはためく。

　四百年ほど前、ここで十数万人の日本の若者たちが殺し合いをしたのだ。そのことの是非は今ここでは述べないが、結果的に今、殺し合いの地は観光地となり、パンクした自転車を押し続けた男が一人アイスクリームを舐《な》めている。実に平和な風景なのだ。歴史マニアはみな喜色満面で散策し、子供たちも走りまわっている。だったら、殺し合いなんかしなければ良かったのに、と思うのだが、殺し合いをしたからこそここが観光地になっているわけで、平和はむしろ記憶に残らないのだということを学習し、「歴史とは悲惨さの記録なのだ」と新しい箴言を思いつく。

石田三成の陣跡でも線量計を出してみる。

関ケ原　石田三成陣跡　検知せず

決戦地からJR関ケ原駅へと向かう途中で、「徳川家康駐車場」というのを見かけた。家康の初陣跡はたしかに近い。そこでこうしたネーミングになったのだろうか。駐車場は特に変わった点はなく、ごく普通のコインパーキングだった。徳川家康の名は勝手に使ってもいいのだろうか。それとも、駐車場の所有者が徳川家康の末裔かなにかなのだろうか。

中山道《なかせんどう》を辿り、大垣を目指す。

車の往来は激しい。空気を入れては十分間乗り、という繰り返しでここまで進んできたのだが、もはやそれも難しくなってきた。ものの五分もたたないうちにタイヤはへこんでしまう。チューブに開いた小さな穴が徐々に大きくなってきているのだろう。私はもうサドルにまたがることを諦め、ひたすらメグ号を押して歩きだした。歩く。歩く。自転車屋さんはない。どこにもない。

やがて垂井《たるい》という町に入った。小京都と呼んでもいいような古い街並が続く。訪れてみなければわからないものだなとつくづく思う。新幹線の車窓からなら瞬時に過ぎてしまう風景のなかに、こんなにも趣のある町があったのだ。私が歴史に疎いだけなのかもしれないが、駅前の案内図を見て、ここに美濃《みの》の国府があったことを知る。日本史の教科書をあらためて読み直し、このあたりはもう一度来てみたい場所だ。

中山道は国道21号でもある。この幹線道に沿って、美濃路と呼ばれる旧街道が垂井から伸びている。芭蕉はおそらくこちらを通った。私もまたメグ号を押しながら美濃路を歩く。相川《あいかわ》を越える橋を渡っていると、七十前くらいのおじさんが話しかけてきた。

「自転車屋さん、行った方がいいんじゃないですか。ありますよ、近くに」

おお、ありがたい。大きなリュックサックも背負っているし、困っているように見えたのだろう。だが、私は大して考えることもなく、自分でも意外な答え方をしていた。

「ありがとうございます。でも、いいんです。このまま行きます」

そうなの？　という表情でおじさんは去っていった。その後ろ姿を見送りながら、

「待て待て、本当にいいのか？」ともちろん私も自問した。

でも、いいのだ。これでいいのだと思った。

これまでずっとメグ号に乗せてもらった。おそらくここから大垣の結びの地までは十キロほどだろう。ここはメグ号を押して歩く。なんだかそれが、この旅のお開きにふさわしいスタイルであるように思えた。

美濃路の名勝である松並木を越え、ただひたすらに歩く。古い街並はもはやなく、耕作地や工場、ファミリーレストラン、ホームセンター、団地といった建物がいっさいの

統一感なく並ぶ郊外の風景が続く。食堂やレストランを見かける度に私は足が止まりそうになる。朝早くに長浜のホテルを出てからまともに食べていない。関ケ原でアイスクリームを舐めただけだ。もう午後三時を過ぎている。腹も減るはずだ。だが、食べるのは結びの地に着いてからでいい。そう思って歩いている。

やがて、大垣市街に入った。美濃路をまっすぐに進み、住宅や商店や寺や神社を抜けていく。遠くにはなぜか自由の女神像が見える。その下には「ホテル」の文字。奥の細道の旅の最後に、つらぬる契《ちぎり》の女神像を見るとは思わなかった。そうこうしながら、私とメグ号は、水門川《すいもんがわ》の住吉《すみよし》灯台を仰ぐ地に立った。とうとう、結びの地に辿り着いたのだ。

芭蕉がこの地、門人の如行《じょこう》の屋敷に着いたのは、元禄二（一六八九）年八月（現在の十月）某日のことだ。伊勢より駆けつけた曾良をはじめ、越人《えつじん》や前川《ぜんせん》、荊口《けいこう》父子など、門人や知人たちが集結した。その様子は、〈蘇生の者に会ふがごとく、且《か》つ悦《よろこ》び且ついたはる〉だったという。

私にはもちろん、そのように待ち受けてくれている人はいない。「奥の細道むすびの地」と記された案内板の横にメグ号を停め、しばし佇んだ。観光客らしき老夫婦が通りがかったので、「自転車と一緒に記念撮影をしたいんですけど」とお願いした。ほんとうは、「この自転車と苦楽をともにしてきたんです。昔飼っていた犬の名前がついているんです。昨日パンクしちゃって、今日は垂井あたりから押しっぱなしですよ」なんて言いたかったのかもしれないが、こちらも半世紀生きてきた身なので、決してはしゃぎはしない。ただ黙ってメグ号とともに写真に収まった。

水門川は流れの先で揖斐川《いびがわ》に合流する。美濃の国と伊勢湾を結ぶ水運の要所だった。内陸部なのに灯台があるのはそのためで、如行の屋敷でひと休みした芭蕉は、ここから舟に乗って、伊勢の国は桑名までの旅人となった。桑名といえば蛤《はまぐり》が名物。よって、奥の細道の結びの句もこうなった。

蛤のふたみにわかれ行く秋ぞ

人生は出会いと別れの連続だ。その後の芭蕉は伊勢や京都へ足を運び、また江戸に戻るなど、ひとつの地に安住することがない日々を送る。そして元禄七（一六九四）年、門人のトラブルを仲裁しに出かけた大坂で体調を崩し、その人生を終えることになる。

五十歳だった。私と同い年で世を去ったのだ。

この結びの地には、驚いたことに読んでそのままの「奥の細道むすびの地記念館」なるミュージアムがオープンしていた。地元の信用金庫がメーンスポンサーらしい。とびとびとはいえ、四ヶ月かけて奥の細道を旅した私には気になる施設である。というのも、資料の展示以外にAVシアターが併設されており、「3D映像で奥の細道の旅をお楽しみいただけます」と案内があったからだ。

3D。立体的な飛び出す映像である。私はディズニーランドでしか3Dを観たことがないが、正直な話……けっこう好きなのだ。あれはあれでわくわくするものだと思っている。しかもこの3Dを観れば、たった二十分で奥の細道の旅を体験できるのだという。反発と好奇心のないまぜである。満身創痍《まんしんそうい》のメグ号を押しながらようやくゴールに辿り着いた旅人の前で、そんなインスタントなものを御開帳しないでもらいたいという気持ちが半分。その一方で、どんなものなのか観てみたい。これまでの旅を二十分で振り返れるなら、それはそれでいいではないかといった気持ちが半分。

こんなふうに書くと、観るか観ないか、いかにも迷ったようだが、私はまったく迷わずにシアターの開演を待つ列に加わっていた。大半は観光客であろう。並んでいたのはおじいちゃんおばあちゃんばかりだった。係員から3D用の眼鏡を渡された段階で、みなすでに嬉々《きき》としている。

映像は、子供たちとアニメーションのキャラクターが、実際の風景のなかを旅するというつくりだった。これがとてもよくできていて、あらゆる世代が飽きずに楽しめる構成となっていた。

ショックだったのは、現実に旅をしてきた私の脳裏にあるものよりも、スクリーンに映る風景の方が美しかったことだ。夕陽にきらめく松島、朝日を浴びている立石寺の岩肌、最上川の水面から撮られた両岸の景色など、どれもこれもが「あれ？　こんなに奇麗だったっけ？」と思わず座り直すほどの輝きで目の前に現れるのだ。現代の撮影技術の粋を集めた映像なのであろうから、これはまあ、そういうものなのであろうが、実際に各地を歩いてきた身としては、美を収穫する才能が自分に欠けている証拠を突きつけられたようでもあり、ちょっと肩を落とした状態でシアターから出てきたのだった。

ミュージアムの売店でお弁当と缶ビールを買った。今日初めてのまともな食事だ。水門川のほとりが遊歩道になっているので、そこのベンチに座ってビールを飲む。お弁当のウインナーを食べる。

空は夕焼けの光でいっぱいだ。ようやく、自分自身の奥の細道の旅がお開きとなる。

３Ｄの映像に負けたという思いをまだ引きずっている。でも、と当たり前のことも思う。たしかに、二十分でまとめられた奥の細道は素晴らしい映像の連続だった。でもそこには、福島第一原発の事故で廃業に追いこまれた農園は出てこなかった。外へ出ることができず目を悪くしている福島の子供たちもいなかった。米をつくっても買ってもらえないと嘆いている郡山の農家の青年はいなかった。無理に戻ってこなくていいと娘に言う福島のお父さんもいなかった。育てても破棄するしかないネギの山もなかった。津波に飲まれた石巻の街もなかった。人を寄せつけない巨大な原子力発電所も映っていなかった。今現実の奥の細道にあるものは、美しい映像のなかにはこれっぽっちも現れなかった。

そうか。そうだよなあ。

それならやはり、自分が旅をした意味はあるのだと思った。

弁当を食べて、缶ビールを飲み干した。メグ号を押してJR大垣駅まで歩くのだ。そこでメグ号を分解し、肩にかついで電車に乗る。それですべて終了だ。

いや、待てよ。

関ケ原からここまで線量を測

っていないことに気がついた。どのみち数値は出ないだろうが、線量を測る奥の細道の旅なのだから、結びの地で計測しないのはまずい。

私はリュックサックから線量計を出し、水門川の遊歩道の植込みにかざしてみた。意外にも数値が出た。

そんなはずはないと思い、川岸を歩きながら方々で試してみた。数値の出ない場所もあるが、出るところは出る。どうしてだろう。ビールを飲んだことでほのかな酔いがあったのだが、急にそれが醒《さ》めてきた。

この岐阜県大垣市にまで、福島第一原発のセシウムは飛んできたのだろうか。

大垣　奥の細道むすびの地　0・09マイクロシーベルト

その後──あとがきにかえて

私は旅人であり、作家であり、朗読者であり、歌い手である。これらはひとつの芯から出た円環の表現だ。舞台に上がるときは道化師の格好になり、ギタリストの演奏とともに詩や歌を届けている。二〇〇八年から活動を始め、全国の、ときには海外の、会いたいと言って下さる方がいらっしゃる場所を訪れている。

ピエロは無言劇のパフォーマンスをするが、私が演じるアルルカンは言葉や歌を手段とする道化師だ。舞台の常識的な秩序を破壊し、煽動《せんどう》役にもなる。私たちの場合も演目は種々ある。人生相談の回答として一曲ずつ歌うステージ。背景いっぱいに絵本の原画を投影する動物ものの歌劇。『星の王子さま』を翻訳したことから、飛行士の独り語りというスタイルでサン＝テグジュペリの幻想世界も演じている。イタリア統一の際、国土の一部がフランスに割譲されてしまったサルディニア王国の悲劇をカンツォーネを交えて届けることもある。そして、この新しい『奥の細道』も大事なレパートリーのひとつだ。二〇一二年の旅の写真を背景に映しながら、そこでだれと会い、なにを見たのか、どんなことに悩んだのか、記録した空間線量を交えて淡々と朗読していく。

二〇一六年の初夏、私たちは那須でライブを行った。「三月十一日以前に戻ってくれないかなあ」と繰り返しつぶやいていたゲーテさんとシャルロッテさん夫妻の農園だ。耕作地と森の狭間《はざま》にお堂があり、そこをライブ会場にさせていただいた。写真を投影するスクリーンを組み立ててくれたのはチーちゃんの旦那さん、ムッちゃんだ。そしてチーちゃんはシャルロッテさんとともにライブの実行委員会を組織し、地元のみなさんへの広報活動に尽力して下さった。

ライブは昼と夕方の二回行われた。遠方からの泊まりこみのお客さんも含めて、のべ二百人ほどが農園に集まった。演目は動物もののなかでも特に人気の高い『クロコダイルの恋』と、シャルロッテさんからリクエストがあった、この新しい『奥の細道』だ。放射性物質に汚染された地元でも、被曝《ひばく》の影響について声を発しようとする姿勢が失われつつある。そのなかでもう一度、前向きな意識を喚起したいというみなさんの気持ちがあって実現したライブだった。

昼も夕方も二時間を越える長尺のステージとなったが、那須のみなさんは熱心に見届けて下さった。終演後は長く続く拍手に包まれた。夜になってから、農園の作業場で打ち上げも行われた。ギタリストがコードを奏で始めると、ムッちゃんも含め、歌いたい人たちがビールを片手に躍り出る。まるでこの日三回目のライブが始まったようであり、私も歌わせてもらった。ただ、さすがに体力の限界を感じた。作業場の椅子に座り、夜明けまで続きそうな宴《うたげ》を眺めていた。

あの暑い夏の日に始まった奥の細道の旅がなければ、チーちゃんとの再会はなかった。旦那さんのムッちゃんを知ることもなく、ゲーテさんシャルロッテさん夫妻と会うこともなかった。この農園でのライブも、那須のみなさんと触れ合うことも、歌を聴いてもらうこともなかった。実にたくさんの出会いがあり、変化があり、育みがあった。そんなことを思う夜だった。

さて、今このひとつひとつの文字を記しているのは、二〇一七年十二月だ。メグ号とともに奥の細道を辿ってから、五年の歳月が過ぎた。そこであとがきにかえて、現代にいたるまでの記録も残しておきたいと思う。

まずは、ライブをやらせてもらったゲーテさんとシャルロッテさんの農園だ。初めて訪れたときは線量計測を忘れるほど衝撃を受けた場所だったのに、その後幾度も足を運ぶことになった。農園から近いチーちゃんの家に泊めてもらい、あるいは農園の母屋にお世話になり、収穫された旬の野菜を囲んでお酒やご飯をいただく。

ゲーテさんとシャルロッテさんは、やはり肉牛の繁殖業には戻らなかった。大地が汚染されたのだから、野菜類の栽培も難しかった。収入は激減した。でも、嘆いてばかりでは前に進めない。生きていくことすらできない。ゲーテさん曰《いわ》く、「生き残らなければならない」のだ。そこで、田畑の土を入れ替えた。免許を取り、神社への奉納に使われる麻の栽培にも挑戦されている。シャルロッテさんは出荷する作物の放射線量を今も測っている。米も野菜もすべて安全なものばかりだ。

だが、森も含めた広大な農園そのものを除染するわけにはいかない。二〇一六年二月に私が線量計で測ってみたところ、あぜ道や藪《やぶ》では決して低くはない数値が出た。原発事故の直後は0・3から0・9マイクロシーベルトあったとゲーテさんは言う。数値はその半分ほどに下がっていたが、那須の野山にはまだそれだけの放射性物質が残っている。

ゲーテさんは、原発事故が起きた頃のことをあまり思い出せないのだという。それだけ追いこまれていたのだろう。ようやく回りだした農園の経済だが、あの三月十一日以降、夫婦二人が歩いてきた道のりは、当事者以外には想像しがたい厳しいものだった。しかも農園の隅に置かれた汚染堆肥や藁《わら》は、シートをかぶったまま、いまだ同じ状態にある。

チーちゃんの家の周囲も依然として放射線量が高かった。同じ時期、二〇一六年の二月に計測したのだが、0・36から0・48マイクロシーベルトという数値が出た。草地や落ち葉が溜《た》まる場所ではどうしても高くなりがちだ。二〇一二年の計測とあまり変わっていない。むしろ数値が高くなっているところもある。山に降った放射性物質が雨水などで里山に流れ、それが沈積するからだ。

たとえば遊行柳の近隣だ。二〇一二年の計測では0・19マイクロシーベルトだった。二〇一六年の計測では、柳の直下で0・10マイクロシーベルトと出たが、人が座るベンチの横で0・24マイクロシーベルト、すぐ後ろにある天然記念物のイチョウの周囲では0・36から0・43マイクロシーベルトと予期していなかった数値が出た。遊行柳のそばでは線量が半減しているが、背後の山から落ち葉が降り積もるイチョウのまわりでは事故の翌年より高まっている。

チーちゃんは大学の先生としてフィールドワークと学問に邁進《まいしん》している。旦那さんのムッちゃんは那須に大きな工房を設け、木材で可能なあらゆる造作に挑みつつ、後進の教育にも当たっている。若い見習いが日参し、古い鉋槍《かぎやり》の使い方などを学んでいる。

その工房のそばに、おびただしい数の太陽光発電パネルが並ぶ土地がある。原発事故以降、北関東に急激に増えたのがこれだ。那須もそうで、原野がつぶされ、次々と無機質なパネルの列に変わりつつある。それは人工的な直線が仕切る世界で、もともと自然界には直線などないのだから、見た目にもはっきりと不自然だ。

脱原発のためには自然由来の再生可能エネルギーによる発電が必須だ。その筆頭が太陽光発電だとされている。しかし、そのために森林が破壊されている現状を見ると、ムッちゃんは複雑な気持ちになるのだという。本来ならば森のなかで生涯を終えるキツネや夕ヌキたちの死骸がやたら目につくようになったとムッちゃんは言う。棲《す》む場所を追われ、仕方なくアスファルトの路面にさまよい出るのだ。そこを車に轢《ひ》かれる。だが、人間はそんなことにはおかまいなしだ。どんどん原野を切り拓《ひら》いていく。完全なる人工物の群れをそこに設置していく。この行為のどこがいったい「環境に優しい」のかと、ムッちゃんは疑問を呈する。

二〇一二年、ささやかではあるが、私はアルルカンのライブの年間売上を東北の被災地で役立ててもらった。福島県西郷村の白河めぐみ学園にはまとまった冊数の絵本を置いていただいた。二〇一五年に被災地の大学生たちといっしょに学園を再訪した際は、子供たちの前で絵本を読む機会もいただいた。

そのとき、学園長の山下勝弘さんが再び園内を案内して下さった。二〇一二年に0・596マイクロシーベルトだったモニタリングポストは0・064マイクロシーベルトを示していた。線量が激減している。園内の除染作業が進んでいるからだ。ブルーシートをかけられていた汚染土も村はずれの仮置場に運ばれ、姿を消していた。だが、当時除染されたばかりで0・14マイクロシーベルトだった園庭は、0・19マイクロシーベルトと数値がわずかに上がっていた。初期に除染が行われた場所は、それだけ歳月が過ぎている。やはり山から降りてくる放射性物質などの影響があり、すこしずつ数値が戻っていくのだ。除染は何度か繰り返さなければと山下さんはおっしゃる。

除染をし、線量の数値が下がったことで、安全になったと国や行政は宣言する。しかし山下さんによれば、住民によってその評価は分かれるという。山菜やキノコはいまだに汚染度が高くて食べられない。学園で子供たちが口にするものはすべてダブルチェックをしているそうだ。公の検査を通り、これは安全だと認められた食材でももう一度学園側でベクレル数を測る。行政の努力を無視するわけではないが、安全基準に対しては自分たちも真摯な姿勢で臨む。そうした心構えがあらたに生まれている。

一方で、別の意味での変化もあったそうだ。子供たちの意識が変わったと山下さんはおっしゃる。自ら進んでは外で遊ばなくなったという。また、福祉施設の女性の働き手が目に見えて減っているらしい。そこから福島の若い女性じたいが減りつつあると感じられる。かつてであれば、首都圏の大学や専門学校に進学した若者たちでも、何割かは福島に戻ってきて就職し、生活の基盤を構えた。その構図が見えなくなってしまったのだという。若い女性が減れば、若い男性も減っていく。そこから先、待ち構えているものはなにか。山下さんはその結論までは言葉にされなかったが、福島が抱えている問題は、決して「アンダー・コントロール」などといった簡単な言葉でけりをつけられるものではないと私も思う。

名物の餃子《ギョーザ》をごちそうして下さり、お宅に泊めていただいた飯坂温泉の渡辺さんとも縁が続いている。ご家族でライブを観に来て下さるし、二〇一五年に被災地の学生たちと飯坂を訪れた際にもいろいろと話をさせてもらった。現状はどうですかと、つい最近もメールのやり取りをした。そこで、渡辺さんはこんなふうに語って下さった。

「お久しぶりです。私は去年から畑が復活したので、畑仕事の楽しみを取り戻しつつあります。畑の作物、梅・じゃがいも・タラノメなどからはセシウムが検出されなくなりました。畑は除染されてから空間線量は測っていませんが、毎年送られてくる福島全市放射線量測定マップ（高さ1mでの測定値です）によると0・25以上0・50未満の区画に入っています。でも、私のような漁撈《ぎょろう》採集野生児としては畑よりも山や川が大事です。その点ではまだ復活したとは言えません。一昨年《おととし》見つけた近所の山のキノコ（ムキタケ）は144ベクレルでしたので廃棄しました。ホームグラウンドだった摺上川上流部ではナメコが33ベクレル（これも廃棄）。渓流魚は今年もまた全面禁漁です。空間線量や作物の線量が下がる中、イノシシやクマの線量だけはあがっているという話も聞きます。先日ある猟師に会いましたが、肉は基準を超えることが多いので、その場合は皮だけ売ったり利用したりしているとのことです。そういうわけで、魚釣りは山形や宮城まで遠征しています。浜通りの方はずっと防波堤工事が続いていて趣がないので、やはり日本海側まで遠征しています。お金がかかるので、年に三、四回がせいぜいになりました。ただ一昨年摺上川の支流のかなり奥で取れたムキタケはセシウム検出せずでしたので、そこにだけは毎年通って渓流のイワナの姿を目で追いながら、復活する日を思い描いています。キノコ採りや山菜採り、狩猟者の声は誰も取り上げません。一時盛んだった渓流釣りや自然志向のブームも去ったらしいこと、そして、従事者も高齢化してすくなくなっていることもあるでしょう。それに山で会う人と話すと、もうセシウムだのなんだの気にしてないという声もよく聞きます。これはあくまでも私の印象ですが、原発災害については、『風評被害』とやらを恐れて人が口を噤《つぐ》んでいるうちに、自分たちのなかでもその災害自体が風化してしまっている、という気がします。ざっとこんなところが近況です」（渡辺さんのメールより抜粋）

渡辺さんのお嬢さんは都内の大学に進学された。彼女が将来福島に戻るのかどうか、それはだれにもわからない。幸せだと感じる方向へ彼女が歩いていく。そこに福島があるなら戻ればいいし、そうでないなら戻らなくていい。それが親としての渡辺さんご夫婦のごく自然な気持ちだと思われる。お嬢さんはただ、福島に戻るとしても、健康被害についてはなにも心配されていないという。渡辺さんからはこんな意見もいただいた。

「県外はもちろん県内の人々も含めて、風評被害と実害とをはっきり区別していただきたいと思います。私自身、禁漁や特に林産物の汚染、さらには自然に対する無垢《むく》の信頼も含めて、金銭に換算できなくても実害です。生産者さんたちの金銭に換算できる実害についてはなおさら言うまでもありませんが、風評被害を恐れて実害について口を噤むということはあってはいけないし、実害の報告を基にして風評被害が生じるということも決してあってはならない。これは当然のことなのですが、私の感じる空気はそうでもないような気がしてならないのです」（渡辺さんのメールより抜粋）

まさしくおっしゃるとおりだと思う。渡辺さんはそうしたことも考えながら、このあともずっと福島に住み、野山や河川がいかに回復していくのか、あるいは半永久的に傷跡を残すのかどうか、それを自身の目で見届けようとされている。

二〇一六年八月、私は車を借りて福島を縦断し、各地の線量を測った。郡山の逢瀬川土手（右岸）が0・34〜0・48マイクロシーベルト。奥州街道を進んだ安積山公園が0・05〜0・28マイクロシーベルト。二本松の智恵子記念館の周辺が0・43〜0・46マイクロシーベルト。

高い線量を記録した福島市の文知摺観音周辺は大規模な除染作業が進んでおり、0・33マイクロシーベルトまで下がっていた。二〇一二年の計測では、逢瀬川土手が0・52マイクロシーベルト、安積山公園が0・62マイクロシーベルト、智恵子記念館の周辺が0・81マイクロシーベルト、文知摺観音が1・48マイクロシーベルトあったのだから、除染作業が行われた場所とそうではないところでは線量の減り具合に大きな違いがあることがわかる。

ただ、除染作業が行われればそれで良いのかというと、当然のことながら問題の解決とはほど遠い。あくまでもこの作業は表層の処理に過ぎない。汚染された土を表面から十センチほど削り、新たな土で覆う。廃棄される汚染土や堆肥、草木はドラム缶のような黒いフレコンバッグに入れられ、仮置場に並べられる。日本中どこを探しても放射性汚染物質の最終処分場はないのだから、その数はおびただしい。二〇一三年、私は避難地域を含む福島の海岸線沿いを訪れたのだが、海浜のすべてが黒く埋め尽くされた場所が複数あった。これは今後どんどん増えていく。しかもそうした場所は海浜だけではない。人里離れた野山だけでもない。

二〇一六年の線量調査で、私は再び信夫山に登った。福島市の中央にある小さな山だ。二〇一二年の計測で1・34マイクロシーベルトを記録し、近くに高校もあることからたいへん驚き、被害が都市部に及んでいることの深刻さをあらためて知った場所だ。かつてメグ号を押して登ったその山頂の展望台に、今回は車で近づいた。すぐに到達できるものだとたかをくっていた。だが、展望台の駐車場から先はフェンスが張られていた。除染作業をしているらしい。駐車場の脇にはモニタリングポストが設置され、0・25マイクロシーベルトという数値を示していた。ずいぶんと下がっている。

その日は日曜日とあって、作業員の姿は見えなかった。しばし考え、私はフェンスを越えて歩を進めた。そして目を疑った。福島の美しい夕景を見た山頂が消えていたのだ。

山肌はごっそり削られ、フレコンバッグの帯に変わっていた。芭蕉も仰いだに違いない信夫山はその形を変えていた。

除染の基本が土を剝ぎ取る行為である以上、線量を減らしたいと望むなら、樹木を切り倒し、土を削り取るしかない。禿《は》げ山にすることが最善の策なのだ。結果として信夫山の山頂は工事現場のような風景になってしまった。

映画『シン・ゴジラ』は、福島原発の事故を描いた作品だと言われる。放射性物質による汚染は、たしかにどんなミサイルを撃ちこんでも倒れない強敵だ。そこで私は思う。寓話《ぐうわ》に託すまでもなく、シン・ゴジラは本当に現れたのだと。透明なシン・ゴジラは仁王立ちになり、その口元から放射性物質を含む炎を吐いた。そして腕力一発で、信夫山の山頂を剝ぎ取ったのだ。

今後、もしも山林で除染作業を行うなら、行政はそれぞれの山で同じことをやるしかない。福島県全土の七割以上を占める山林がすべて禿げ山と化すことになる。そうなれば梅雨時には膨大な泥流が発生し、里山を襲うだろう。それを考えれば、山岳地帯の除染など実際にはあり得ない話なのだ。信夫山は人が訪れる場所だからこそ作業を行っている。そうではない場所は、汚染されていることを無視するか、忘れるかしかない。オリンピックという仮想繁栄を設定し、まだ多数の人々が仮設住宅で暮らしている現実を意識外に葬り去らせるかのような積極的な無神経さがなければ、福島や栃木北部が課せ

られた問題の前で、私たちはただただじろぐしかないのだ。

人々はしかし、難題を前にしても、今日という日を生きようとする。奥の細道の旅で出会ったみなさんがまさにそうだ。

角田のクラウン、森文子さんとはその後二度、宮城県内でステージを組んだ。大きな会場でのライブだったので果たして人が集まるのだろうかと思ったが、ふたを開けてみれば満員の盛況だった。森さんも私も道化の格好だ。だが、おふざけでやっているのではない。だれにも落涙する夜があることを知っているから、頰に雫《しずく》をペイントするのだ。森さんは東北だけではなく、東京でもパフォーマンスを繰り広げるようになった。地域を越えたファンがすこしずつ増えている。

森さんとのイベントには、いつも似顔絵師の熊谷祥徳さんが駆けつけてくれる。絵を描く道具を広げると、すぐに子供たちや親子連れの行列ができる。数々の悲劇と向かい合ったことで一時は精神的に追いつめられたという熊谷さんだが、繊細な感覚はそのままに、より包容力のある似顔絵師になられたのだと私は思っている。被災後の苦しい生活をともにした息子さんが就職をされた。その喜びなのですと言って、熊谷さんはワインまで送って下さった。

石巻郊外の道の駅で、一人の大道芸人としてオルガン演奏をされていた石川明さん。初めてお会いしたときは、生きていくことができなくなったら日和大橋からオルガンを抱いて飛び降りるとつぶやかれた。でも、もちろんそうはならなかった。被災地の学生たちと二〇一五年に会いにいったとき、すこしふっくらとしたお顔で、微笑《ほほえ》みを絶やさずに演奏をして下さった。石川さんは今日もまた曲を奏でている。その事実は、表現者のはしくれとして純粋に力の糧となる。石川さんの演奏を聴くみなさんにとってもそれは同じだろう。石川さんは鍵盤に向かい、訪れる人を連日励ましている。

郡山で若者たちの交流の場をつくっていた岩崎大樹さんは「ぴーなっつ」をさらに発展させ、コミュニティースペース「福島コトひらく」を創設された。そしてこのグループに私を誘い入れてくれた小笠原隼人さんは「ぴーなっつ」のメンバーだった女性と結婚。今はいわき市に住み、福島全域の頑張っている生産者を応援し、全国の消費者と結びつける「福島の食のファンクラブ　チームふくしまプライド。」を展開されている。「福島コトひらく」も「チームふくしまプライド。」もホームページがあるのでぜひ覗《のぞ》いてもらいたい。

一方で、こんなこともあった。二〇一六年十二月、糸魚川が大火に飲まれた。一軒の店舗を火元とする火災だったが、強風により延焼が拡大し、ＪＲ糸魚川駅の北側から海浜にいたるまでの市の中心部が焼失した。人的被害がなかったことは不幸中の幸いだったが、家屋を失った人々だけではなく、多くのみなさんが厳しい状況に追いこまれた。特に、宴会や祝いごとなどの自粛ムードが起き、いっさいの商売が止まってしまったのだ。大火があったところに行くべきではない。そんな場所で酒を飲むのは不謹慎ではないか。そうした意識が新潟県の内外を問わずに生まれてしまった。年末年始をまたいでもビールケースひとつ売れない。商店主はみな追いつめられた。

そこで、プラムさんと相談して、あることを企てた。燃えてしまった繁華街は仕方ないが、それ以外の店はお客さんを待ちわびている。不謹慎でもなんでもありません。糸魚川を旅しておいしいものを食べよう。お酒を飲もう。ネット上でそう呼びかけてツアーを組んだのだ。その結果、大型バスをチャーターするだけのお客さんが全国から集まった。いわば、食べて飲むだけのボランティアである。プラムさんは身を粉にして働き、宿泊先の手配から糸魚川各地の旅ガイドまでをすべてやって下さった。そして宴席には、糸魚川が誇る酒の数々や、「あぐりいといがわ」の珠玉のトマトジュースなどを大量に提供して下さった。お客さんはみなプラムさんのホスピタリティーに感動し、谷村美術館の仏像に圧倒され、ブラック焼きそばのとりこになり、一人一人が糸魚川をしっかりと胸に刻んだのだった。プラムさんがいる限り、糸魚川からは光が射《さ》し続ける。

そしてつい最近のこと。私はまたゲーテさんとシャルロッテさんの農園を訪れた。半年ほど先に、農園のお堂でライブをやらせてもらう予定なのだ。ただ、今度は私の舞台ではない。俳優の中村敦夫《なかむらあつお》さんの朗読劇『線量計が鳴る』を、二日間連続で公演する。原発推進派の利権や、事故による汚染の実態をデータを交えて告発する中村敦夫一世一代の大芝居だ。全国百ヶ所を目標とし、すでに二十ヶ所ほどで公演されている。この舞台をどうしても那須のみなさんに見て欲しかった。準備としてなにをすべきなのか、それを話し合うために旬の野菜料理を囲んでの宴席となったのだ。

生きていけるかもしれない。ゲーテさんとシャルロッテさんがそう思うようになったのは、田畑の土を替え、野菜を出荷できるようになってからだ。今も決して楽観視しているわけではない。これから先どうなるのか。そんなことを思う夜もあるという。ただそれでも、お二人は私が今取り組んでいる貧困児童の問題にも参加したいと言って下さる。給食以外はろくに食べていない子供たちの居場所として、現在東京には三百を越える私設の「子ども食堂」がある。そのうちの数ヶ所に私は出入りをしているのだが、お二人もまた野菜や穀類を届けたい、できれば子供たちと一緒に餅つきなどもやってみたいとおっしゃるのだ。これは実行に移そうと思う。逆境にある者に手を差し出すのは、いつも等しく逆境にある者たちだ。

奥の細道の旅で出会ったみなさんは、今もこうして一日一日を懸命に生きている。津波がすべてを破壊した街で、放射性物質が降り注いだ農村で、あるいは炎がなめつくした土地で、それぞれが日々の辛苦と対峙《たいじ》し、それを乗り越えようとしてきた。そしてもちろんこうした無言の奮闘は、旅で出会った人々だけではなく、被災した地域のすべてのみなさんがなさっていることなのだ。

数えきれない被災者が、デモに訴えるわけでもなく、テロに走るわけでもなく、ただおのれの手を見ながら立ち上がり、生活の再建に向けて汗を流している。まさにもの言わぬみなさんの毎日の努力が、復興基盤の本質なのだ。

だからこそ私は言葉をもって訴えたい。

無言の人々が我慢を重ねている状態に、為政者は寄りかかるべきではない。権力を持った者たちは、訴えようとしない人たちの心の声を把握するべきだ。

二〇一六年に起きた熊本大地震は、九州から本州へと通じる日本列島最大の活断層、中央構造線が活発に動きはじめたことを示している。その活断層のすぐ近くにあるのが四国電力の伊方《いかた》原発だ。中央構造線の活断層の動きは、熊本から大分へと移動し、現在は止まっている。しかし次に動けば四国の山岳地帯の北側に強烈な地震を見舞うことになる。熊本大地震では、阿蘇山《あそさん》の一部が山体崩壊した。大地震の加速度に耐えられず、山がひとつ消滅したのだ。中央構造線はそれだけの破壊力を持っている。次の地震が起きれば、耐震構造の問題ではなく、原発そのものが崩壊することになる。福島原発の事故では、メルトダウンによって放出された放射性物質の大半が、風にのって太平洋に散った。もし今、伊方原発で同じことが起きれば、放出される毒素は、風向きによっては日本中に降り注ぐことになる。

芭蕉と曾良の旅から三百余年。象潟が陸地になったように、日本列島は方々で形を変えている。世界一の活断層の巣であり、薄皮一枚下はプレートが複雑にうごめき合っているのがこの列島の正体なのだ。数えきれないほどの大地震の歴史と、実際に起きた原発事故から、私たちはなにを学んだのか。危機はすぐ目の前にある。

文庫版あとがき

東日本大震災から今年で十年。

だれもがマスクを着用した姿で、三月十一日を迎えようとしている。

あの日の大地震と津波、原発事故による放射性物質の拡散がまったくの不意打ちだったように、中国大陸から始まったコロナウイルスのパンデミックも寝耳に水、あれよあれよという間に手がつけられなくなったという感がある。対策を巡って人々が喧々囂々《けんけんごうごう》とやり合っている間に、日本列島のみならず、地球全体が飲みこまれてしまった。グローバリゼーションによってあらゆる地域がつながり合った結果、ウイルスは驚異的な速さで広がった。

未知のウイルスに対する私たちの無力さも強い印象となって残った。五千万人以上の犠牲者を出したとされるスペイン風邪の流行からは百年が過ぎている。当時とは比較にならないほど医学は進歩しているはずなのに、私たちは近未来のワクチン開発に期待を寄せる以外、ほとんどなにもできなかった。これから出現する新たなウイルスの毒性によっては、人類の存在基盤が脅かされる可能性があることも私たちは知った。

だから、これはもう無理もない反応なのだが、人々の意識は対コロナ一色になった。オリンピック開催の是非も含め、メディアはコロナから派生する火急の問題ばかりを報じるようになった。そしてその陰で、他の問題がすっかり見えにくくなってしまった。まるでコロナ以外の問題はすべて解決し、消滅してしまったかのように。

だが、それはもちろん違う。コロナ禍のカーテンの向こうでは、相も変わらず複数の問題が発生し、引き延ばしにされ、多層的に絡み合っている。

たとえば福島第一原発の廃炉の問題だ。私は二〇一九年一月、事故を起こした第一原発の構内に入った。そのときの様子を、『ジャーナリズム』(二〇一九年三月号　朝日新聞出版)に記している。以下はその抜粋を少々書き改めたものである。

廃炉作業のための設備が並ぶ光景は目に馴染《なじ》みがないフォルムの連続で、まるで他の星の宇宙基地に来てしまったかのような印象を受けた。強烈な放射線を浴びているという緊張感に加え、とうとうここまで来てしまったかと、途方もなく長い旅をしているような気分にもなった。

線量計を携え、自転車のペダルを漕《こ》ぎだしたあの夏の日がここにつながるとは想像もしていなかった。原発事故のその後を考える私の歩みは、芭蕉の足跡を自転車で辿《たど》る旅から始まり、歳月を経るなかで定点観測へと変わり、そしていよいよ事故を起こした本体へと遡行したのだ。

といっても、第一原発の構内に自転車で入ったわけではない。奥の細道を辿ったとき、私はどの組織にも属していなかったが、今は原発問題や海洋汚染をテーマに活動する日本ペンクラブの環境委員会の一員である。このグループによる再三の申請が通り、東京電力からようやく入構の許可が降りたのだ。日本ペンクラブ吉岡忍《よしおかしのぶ》会長を始め、総勢二十名ほどの福島行きとなった。

まずは長い間避難地域となっていた富岡町に入り、東京電力の廃炉資料館を訪れた。第一原発に入る前にここを訪れて欲しいと東電側から要請があったからだ。

この資料館では、第一原発を襲った津波、水素爆発によって吹き飛ぶ原発建屋の映像などを含め、あのときになにが起きたのかの丁寧な説明があった。加えて、廃炉作業のために今なにが行われているのか、各号機に残っている燃料棒の数、燃料が溶けたデブリはどのような状態で残存しているのかなど、デジタル映像によるこれまた詳しい展示や解説があった。この資料館で原発と廃炉に関する基礎知識を得た上で、第一原発の現状を観《み》て欲しいという東電側の配慮だったと思われる。

資料館を出たあとは、東電が用意したバスに乗り、いよいよ第一原発に向かった。強制避難が解かれたとはいっても、富岡町から大熊町《おおくままち》へ通じる国道6号からの風景は震災直後のままだ。家々の屋根は崩れ、店舗のガラスは割れたまま放置されている。事故が起きるまでは原発に良いイメージを持っていた住人もいたのだろう。廃墟に残された「回転寿司アトム」という看板が、震災以前のこの地の雰囲気を寂しげに伝えていた。

さて、第一原発の構内である。

いくつかの事実をここで挙げるならば、構内に入るためには国際空港の保安検査場なみのチェックがあった。防護服の着用は必要ではなかったが、両手にものは持てず、鞄《かばん》のたぐいは持ちこめず、写真撮影も禁止という条件での視察となった。東電が用意した構内巡回用のバスで、案内役の社員の解説を聞きながら決められたコースを回る。バスから降りて歩くことはできなかった。

バスのなかにいても放射線は浴びるので、案内役がいちいち線量を読み上げてくれる。構内では平均して40マイクロシーベルト毎時ほどあったろうか。一瞬ではあったが、強烈な放射線も浴びた。水素爆発を起こした3号機の真横まで進んだときだった。案内役が読み上げる線量は280マイクロシーベルトだったが、私たちが持参した線量計では400マイクロシーベルトに達していた。いずれにしても、そこに居続けるわけにはいかないとんでもなく高い線量だった。

「これだけの放射線を浴びてもなにも感じない。自覚がない」

「こわいね」

私たちはそんなことを話しながら、汚染水を溜《た》めこんだ巨大なタンクや、1号機から

4号機までの原子炉建屋、キュリオンと呼ばれるセシウム吸着装置、延々と並ぶ放射性廃棄物貯蔵庫の箱などを眺めたのだった。

　第一原発の視察が終わったあと、もう一度廃炉資料館に戻り、案内役の社員との質疑応答の時間となった。私はそこで、かねてから疑問に思っていたことを尋ねてみた。

「まだ燃料棒とデブリが残っている1号機から3号機まで、すべての廃炉作業が終わるのにあと三十年から四十年かかると言われていますよね。この年数を打ち出した根拠はなんですか？」

　案内役の社員はすこし考える表情になったが、落ち着いた口調でこう話しだした。

「参考にしているのはスリーマイル島の原発事故です。あちらではひとつの原子炉の廃炉に十年かかりました。こちらは三つあるので三十年から四十年ということです」

　そんな単純な比較でいいのだろうか。まずそのことを思った。スリーマイル島の事故でもメルトダウンは起こったが、原子炉から放射性物質が噴き出す事態にはならなかった。こちらはデブリの確認が精一杯で、その取り出し方については、まだ明確な方法さえわかっていない。そもそも原子炉の構造が違う。「根拠にならないのでは？」と再度問いかけると、案内役の社員はうなずいた。「根拠は……ないと言えばないですね。百年かかるかもしれないし、技術の進歩でもっと早く解決するかもしれない」

　廃炉作業には今でも年間で二千億円がかかっているのだという。四十年なら八兆円だ。これはやがて電気料金に上乗せとなり、国民が負担する額となる。しかも廃炉までの予定年数に根拠はないと認めてくれた。さらにふくれあがる可能性がある。「だから……」と案内役は続けた。

「どうしても柏崎刈羽原発を再稼働させたいのです。そうすれば、年間で千億円ほどが浮くことになります」

とても誠実に話してくれる社員ではあったが、私たちとはやはりどこか感覚が違うと思った。再稼働を進めようとする為政者と同じで、徹底的に国民不在なのだ。

自転車を漕ぐところから始まった原発問題を巡る私の旅は、ついに第一原発の構内に入り、東電の社員から事故後の本音を聞き出すところまで来た。しかし、私はここからいったいどこに向かえばいいのだろう。

この原稿を書いたのは二年前だが、コロナが世界に強烈なインパクトを与えた今では、いささか遠い日々の記事のようにも感じられる。では、この二年間で、廃炉の問題になんらかの光明が射《さ》したのだろうか。

残念ながら、私の耳にはそのようなニュースは届いていない。むしろ、つい先日（二月十六日）発生した福島沖地震（福島浜通りで震度6強）では、第一原発内の地震計が故障したままだったと報じられたことが印象的であり、かつ象徴的であると感じられた。

廃炉以前に、いまだそうした基本的な問題が立ち上がっている。抜本的な解決策がないまま、難問は永々と目の前にある。メルトダウンしたデブリをどうやって取り出すのか。仮に運び出したところで、その後どうするのか。こうしたことがすべて見えてこない。

もはや飽和状態に達している汚染水についても同じだ。海に流すという方向で政府は動きだしているが、どうだろう。トリチウム放出による環境汚染のリスクは低いと関係者がいくら力説したところで、国際社会を納得させるのは到底無理ではないか。そもそも福島沖では、放射性物質の基準値の五倍越えという魚介類が今もまだ揚がっている（二〇二一年二月、クロソイ）。これは風評ではない。いまだに続く実害なのだ。

富岡町や大熊町など、かつての強制避難地域への住民の帰還問題もある。政府にしてみれば、汚染されていた福島の浜通りに住民たちが戻ってきた、線量が下がったのです、もう安心ですよ、なんの問題もありませんよとアピールをする腹づもりなのだろう。

しかし、帰還の日処《めど》となる基準値は、チェルノブイリの現在の強制移住基準値である年間5ミリシーベルトを越える20ミリシーベルトに設定されている。第一原発が事故を起こすまでは、環境省が指定した基準値は年間1ミリシーベルトだった。それが突然、20ミリシーベルトまで引き上げられたのだ。多くの被災者は、暴投でもストライクとなりそうなこの無茶なカラクリを知っている。政府が理想とする帰還劇など進むはずがないのだ。20ミリシーベルト基準ならおそらく問題は起きませんと御用学者が希望的観測を語ったところで、将来に於《お》ける保障はなにもないのだから。いや、それどころか、国の方針に従わない国民はある種のカテゴライズまでされるようになった。

二〇二一年一月二十一日に行われた自主避難者の賠償問題に於ける控訴審（東京高裁）で、国側は、「自主避難者は日本の国際的評価を下げた」という意味の主張をした。まるで、自ら避難した者は不良国民であるといった言い草である。

歳月が過ぎていくなかで、追い詰められた者たちの声は届かなくなり、政府のこうした姿勢ばかりがまかり通るようになってくる。そしてそれが国民一般の空気というものに転じていくことが恐ろしい。反原発運動さえも過去のもののように見られがちだ。原発に頼らない電力を使おうという「ノーニュークス権」を求める運動などは新しい動きなのだが、なかなか大きなうねりにはならないままコロナの時代を迎えてしまった。

では、どうすればいいのか？

より声を大きくするべきなのか？

だれに向かって？

こちら側とあちら側で対立をしていればそれで済むのかという問いかけは自分のなかに当然ある。対政府、対経済界に反発さえしていれば原発問題は解消されるのだろうか。

原発で作られた電力を使い続けてきたのは、私たち自身であるというのに。

　過ぎていく歳月のなかで、私自身にも変化があった。きっかけは若い人たちと向かい合い始めたことだ。この『線量計と奥の細道』が「日本エッセイスト・クラブ賞」を受賞した二〇一九年、私は大学の教員になった。小説の執筆やライブハウスでの歌唱はいまだ続けているが、学生たちと過ごす時間が生活の中心になった。

　大学で教え、自らもまた学ぶことが日課になったとき、いったいどういう心構えで学生たちと向き合えばいいのかと考えた。そんなとき、キラキラネームとそれぞれの生年月日が並ぶ学生名簿を眺めているうちにあることに気づいたのだった。

　東日本大震災が起きたとき、彼ら彼女らはまだ小学生（高学年）だった。私は、児童の大半が津波に飲まれて亡くなってしまった石巻市の大川小学校のことを思った。あのとき子供たちが助かっていたら、今は大学生となって私の授業に参加していたかもしれない。

　そうか。それならば、と思った。

　あの子たちがどこかで生き延びていて、成長した姿で教室にやって来た。そのつもりで授業をやろう。教室でだけ会える魂と対峙《たいじ》するのだ。

　年間十コマの授業の内容は多岐に渡るが、通奏低音のようにそこを貫く主題は自《おの》ずと決まった。それは「希望の源泉とはなにか」というテーマである。ホロコーストから生還したフランクル博士の著書『夜と霧』、ハンセン病文学や世界の著名詩人たちの作品まで、絶望と希望が交差する様々な表現のなかに私と学生たちはどっぷりと浸る。福島発の詩や短歌を読みこんでいく授業も行った。

仮設住宅から発せられる無名の詩人たちの言葉に触れて、私たちは思う。

「当たり前にあった生活や仕事が奪われたとき、人は揺れる船の上でなにかにしがみつくように、心のよりどころを求め始める。そのひとつが、表現なのではないか」

「ただぼうっと過ぎていく一日ではなく、命ひとつしかない状態で新たな一日に臨まなければいけないとき、問われるのは生きるための主体性なのだ」

「主体的に生きているかどうか。表現はまさにここから芽吹いていく。希望もそこから生まれていく。なぜなら、表現とは、どっこい生きていることの証《あかし》であり、だれかへと息吹をつなげていく架け橋でもあるからだ」

「詩や俳句、短歌など、福島から表現が相次いでいることは必然である。そしてその表現は、できることならば福島を越えなければいけない。民族や国家を問わず、だれにとっても、生きていくことは不条理との共棲に他ならない。福島から始まる表現は、ある種の普遍性をもって時と場所を越えていく可能性がある」

こんなことを学生と話し、また詩作に励んでもらうなかで、私自身の感性にも変化が訪れたのだ。

認識している世界と自分が不可分である以上、また、自身が原発で作られた電力を使ってきた以上、この問題は自分自身の存在と切り離すことはできない。水素爆発を起こした原発の建屋も、溶けてしまった燃料棒も、巨額の負債を背負ってしまったからこそ原発再稼働をと訴える東電の社員も、私が住む世界の必須のワンピースであり、もっと言ってしまえば、私自身なのである。

新たな表現は、この認識に立たなければいけない。希望もまた、対立するだれかを叩きのめすためではなく、敵味方を越えてつながる風景の芽吹きのなかにこそあるべきであろう。

考えてみれば、小さな折畳み自転車にまたがって旅をし、日記をつけ始めたのも自分なりの表現であり、自分自身であったのであろう。それがこうして読者に届くことは、希望の具体的な姿だといえる。対立を越えて、多くの人に読んでもらえたらどんなに良いだろうと思う。

あの夏の日、懸命にペダルを漕ぎだしたところから始まったつたない筆記を、学生たちも読んでくれるだろうか。

いつどんな時代がやってきても、「ここから始めるしかないのだ」ということを理解してくれるだろうか。

そう。文庫本として、またこの文字群は命を得て、新しく始まるのである。

単行本刊行のために尽力して下さった幻戯書房の田口博さん、文庫本の刊行へと導いて下さった集英社の伊藤木綿子さんを始め、このドキュメントに携わっていただいたすべての関係者に、心からの感謝を捧《ささ》げたい。

ドリアン助川

二〇二一年三月

解説——宿命の旅人

中江有里

現代で「旅」と言えばどんなイメージがうかぶだろう。自然豊かな地、あるいは流行最先端の都会、どこであれ、今と違う場所へ行くこと、それは最終的に「旅」と呼ばれる。

「一生に一度はお伊勢参り」と言われた三重県伊勢の神宮には、小学校の修学旅行や家族旅行、仕事のロケで何度も足を運んだ。二見浦《ふたみがうら》の夫婦岩《めおといわ》を背景に集合写真を撮って、内宮《ないくう》、外宮《げくう》を回り、おかげ横丁で柔らかい伊勢うどんを堪能《たんのう》し、お土産の赤福を買い、帰りの近鉄電車で「また行こうね」と語り合う気楽な旅行。「一生に一度」という言葉の重みなど皆無だ。

お伊勢参りが流行《はや》った江戸時代の移動手段は徒歩。今のように一、二泊のんびり遊んでさっと帰れるものではない。一度旅に出れば、無事帰れる保証などない。この命がけの行為が「旅」だったとも言える。

本書はドリアン助川さんの、二〇一二年八月から十一月にかけて松尾芭蕉の「奥の細道」のルートをたどった旅の記録。こちらはかつての「旅」に近い。親本の帯に掲げた「野ざらしの覚悟」という言葉が相応《ふさわ》しい。

しかし芭蕉と同行の河合曾良の行脚に対し、ドリアンさんは自転車のメグ号と列車などの交通機関を使ったり、現地の友人たちに車で送ってもらったりもしている。東京での仕事もあるので、旅はいくつかの行程に分かれていることを明かしている。こうして記しているのは別に「楽してる」と責めたいからではない。

独り旅を自分で記録するのだから、多少の誇張や省略があっても読者にはわからない。芭蕉の『奥の細道』にしてもすべてが事実ではないのだ。書いていることと実際の行動が食い違うところもあり、芭蕉は立ち寄った場所で詠んだ句をあとから修正をしていたりする。

でもドリアンさんは誇張も修正もしないだろうと思う。見てもいないのになぜそう思うかと言えば、本書を読み進めるほどに嘘《うそ》がつけない状態に追い詰められるからだ。

独り旅と書いたが、人ではない同行物はある。放射線量計だ。

旅に出る前年、東日本大震災が起きた。地震による大津波は福島で原発事故を誘発し、放射性物質という見えない汚染に誰もが慄《おのの》いた。

東京に住む私もその一人だった。地震による被害は書棚の本が床に落ちたくらいだが、地震直後からしばらくの間、どうしようもない不安に苛《さいな》まれて、眠ることができなくなった。

度重なる余震、空っぽのスーパーの食品棚、繰り返される津波の映像、そして放射線量の数値。どれかを目にする度に、心を細い針で突かれたような痛みが走る。しかし人間はどんな痛みにも慣れてしまう。

余震はどうしようもないが、スーパーの棚にはまた食品が並ぶようになり、津波の映像は局側が放送を控えるようになった。

放射線量はなるべく見ないようにした。見れば原発事故を思い出し、再び恐怖が襲ってくる。そのうち、線量について不安を抱く人の言葉にも耳を塞ぎたくなった。本当のことを知りたくなかった。あの時はそういう精神状態だった、としか言いようがない。

ドリアンさんはあえて嘘をつかない線量計を旅のお供とした。誠実な線量計は、私が見たくない、知ろうとしなかった数値を明らかにする。

旅の前半、線量計の数値は風の向きや線量ポイントによって増減するが、ある個所《かしょ》で信じがたいような数値を記録する。しかしそこには人々が何事もないように暮らしている。

ドリアンさんは葛藤する。旅をしながら放射線量を測ることは、義憤に駆られてやっていること。汚染された地であると公表されることを地元民は望むのか、と。

様々な理由から被災地から離れられない人がいる。逃げるわけにいかない人もいる。

人が選べる道は案外少ない。

ドリアンさんもまた、旅を続ける限り葛藤から逃げられない。「奥の細道」のルートを自転車でたどっている、と行く先で話すと「なんでそんなことを？」と尋ねられる。ドリアンさんはうまく答えられない。

冒頭で自身を「旅人」とドリアンさんは称していたが、読みながら私は「宿命の」と付け加えたくなった。

宿命からは逃れられない。そして宿命という言葉には、どことなく影がある。

誰もが生まれる時代も場所も何もかも選べず、そして何も持たずに死んでいく。生きている者は宿命の中で限りある自由を得ようともがき、そして宿命の元で死を迎える。

誰に命じられたわけでもないのに、衝動的に動かされることもまた宿命。ドリアンさんはそういう旅人、そんな風に思う。

その姿は戦場のカメラマンに似ている。

被災者を報道することについては、個々のプライバシーの問題もある。報道によって「晒《さら》される」という感覚を覚える人だっているだろう。仕事で来た側が、帰る場所や家を失った側を記録していく……身も蓋もない言い方だが報道とはそういうものだ。

しかし誰かが記録、報道しなければ、人々の記憶は風化してしまう。ドリアンさんが書いたもので東北へのイメージが悪くなる人もいるかもしれないとしても、ドリアンさん自身が悪者となってもそうしなければならない。宿命とは損な役目を引き受けることでもある。

旅ならではの出会い、再会は独り旅のオアシスのような時間だ。ＳＮＳで旅の行程を明かしていることもあって、行く先々で宿の提供や移動の手伝いを受け、一区間を共に旅する仲間もあらわれる。でも特に印象に残るのは、想定外の出会いだ。

福島の白河駅でドリアンさんに力説する、そのスジの方に見えるスキンヘッドの男性は「もしかしてドリアンさんのドッペルゲンガー？」と考えてしまった（ドリアンさんはスキンヘッドじゃないけれど）。

自分のまとまらない考えを誰かが代弁してくれることほど気持ちいいことはない。良い小説を読んで「あぁ、私がこれを書きたかった」と心地よい敗北感を味わうみたいなものだ。

「地底の底だって生きてるんだぜ。マグマだって動いてるんだ」

そうスキンヘッドさんは言う。

この国において、原発事故だけでなく、隠蔽したいものを地面の下＝目には見えないところに埋めてしまうという発想自体が間違いだ。なぜならこの地は生きているから。地震が起きることがその証《あかし》と言える。

山形の坂町駅のベンチで隣り合った女子大生も忘れがたい。すすき野に囲まれた駅でドリアンさんと女子大生がベンチに座っているシチュエーションは、そのまま映画のワンシーンのよう。二人は米坂線の列車でも向かい合って座る。『銀河鉄道の夜』のジョバンニとカムパネルラのように。

旅先にまるで準備されたような舞台は、互いの心の躊躇《ちゅうちょ》をそっと剝がす。剝《む》かれた心で話しかけられた方も答えようとする。

こんな時間も旅の宿命だと思わずにいられない。ドリアンさんにとっても、女子大生にとっても、この先に何かあって、その度にこの瞬間のことを思い返すような気がする。ほんの数分関わった誰かのことが記憶に刻まれる面白さ。気付けば一緒に泣いていた。

二〇一四年、私は生まれて初めて放射線量計を身に着けて、福島第一原発とその周辺を訪ねた。報道関係者の個人的な視察に誘われて、少し迷った末に参加することにした。郡山までは列車で移動したが、その先は車移動。配付された線量計が反応する度にドキドキしたのを覚えている。

あれが震災から三年後のことだ。翌年に「奥の細道」のルートをたどったドリアンさんの覚悟は計り知れない。しかし行く手には震災前から暮らす人がいる。突如、自分の視点から離れて、あの日以前へと思いを馳《は》せた。

新型コロナウイルスの脅威に見舞われた現在、旅自体が難しくなってしまった。いずれこの感染症の脅威は去るだろう。震災とウイルス、そして原発が齎《もたら》したものについて奇妙な共通点が浮かび上がってくる。

突然日常を奪われ、人は動けなくなった。子どもたちは外で遊ぶこともできない時期があった。大人たちはやるべき仕事を失った。

ひとつ違うのは放射性物質を恐れ、窓を開けることが躊躇《ためら》われたあの頃と、換気をよくするために窓を開けることが良しとされている現在。通気のためや気温に合わせて開閉する便利な窓が、自分たちの思い通りに開け閉めできなくなった。皮肉なことだが、便利を追求するあまり、タガが外れてコントロールできなくなってしまった現代を象徴しているようにも見える。

うっかり芭蕉から離れてしまったが、「奥の細道」のスタート地点近くの芭蕉庵跡と芭蕉稲荷神社、そして結びの地である大垣を訪ねたことがある。ドリアンさんが大垣に着いたところを読んだ時は、お堀のそばで見た芭蕉の銅像を思い出した（芭蕉とドリアンさんが命がけでたどり着いた場所に、新幹線を使い名古屋経由で、日帰りで行ったことが何やら申し訳ないです）。

滂沱《ぼうだ》の汗と尻の痛みと、空腹と満腹と、義憤と葛藤と、旅のあらゆる感覚が生々しく収められた稀有《けう》なエッセイの解説に、私が何を書いても蛇足になる。最初から重みが違う……ここまで書いてそれを悟った。

でもこのことが私のささやかな宿命だとするならば、喜んで受け入れたい。

（なかえ・ゆり　女優／作家）

本書は、二〇一八年七月、書き下ろし単行本として幻戯書房より刊行されました。

写真　ドリアン助川

地図　テラエンジン

集英社文庫

線量計《せんりょうけい》と奥《おく》の細道《ほそみち》

2021年8月25日　第1刷　　定価はカバーに表示してあります。

著　者　ドリアン助川《すけがわ》

発行者　徳永　真

発行所　株式会社 集英社

東京都千代田区一ツ橋2-5-10　〒101-8050
電話　【編集部】03-3230-6095
【読者係】03-3230-6080
【販売部】03-3230-6393(書店専用)

印　刷　中央精版印刷株式会社　株式会社美松堂

製　本　中央精版印刷株式会社

フォーマットデザイン　アリヤマデザインストア　　マークデザイン　居山浩二

ISBN978-4-08-744289-2 C0195